왕의 프러포즈

황금의 아이

King Propose 4
golden colors maiden

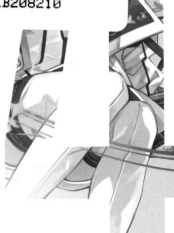

건강할 때도, 병에 걸렸을 때도.
기쁠 때도, 슬플 때도.
부자일 때도, 가난할 때도.
아빠와 엄마는, 같이 있고 싶지?

―그러니까 수, 힘낼게

"내가 사랑하는 사람은
미래에도 과거에도 당신뿐이야, 안."

4

왕의 프러포즈
황금의 아이

"혹시, 수를 화장실에
데려가고 싶은 거야?"

수리야
―안비에트를 아빠라고 부르며
어리광을 부리는 정체불명의 소녀.

"그러니까 딸이 아니라고 했잖아!"

안비에트
스바르나
—사생아가 있다는 소문이 돌고 있는,
〈공극의 정원〉 교사 겸 S급 마술사.

쿠오자키 사이카

—세계 최강의 마녀.
무시키와 융합 중일 텐데…….

"으음…… 안녕, 무시키. 좋은 아침이야."

"이 복장이 이상하다는 건지요?"

카라스마 쿠로에
—커다란 비밀을 안고 있는
사이카의 종자.

"같은 옷?
당연하잖아.
교복인걸."

후야죠 루리
—사이카와 오빠인 무시키를
편애하는 마술사.

"왜 그러지?
내 옷차림에
문제라도 있어?"

"엄마는, 수가 구할 거야—¿"

CONTENTS

King Propose 4
golden colors maiden

서장 꿈이라고 생각해?

"으음…… 안녕, 무시키. 좋은 아침이야."

만약.

만약의 이야기다.

너에게 진심으로 연모해 마지않는, 동경하는 이가 있다고 치자.

그 사람을 생각하면 마음이 들뜨고, 가슴이 뛰며, 세상이 극채색으로 빛나는…… 그런 사람이다.

상냥한 미소를 머금기만 해도 뇌에서 이제까지 나온 적 없는 액체가 넘쳐흐르고, 손가락 끝이 닿기만 해도 온몸이 녹아내릴 듯한 황홀함에 사로잡힌다. 아아, 자신은 이 순간을 위해 태어났다— 하고 농담이 아니라 진짜로 실감하게 되는 듯한 감각이다.

그렇다고 위법적인 약물 이야기를 하는 게 아니다. 결단코 아니다.

하던 이야기를 계속하겠다. 여기서부터가 본론이다.

너에게, 그렇게 동경하는 이가 있다 치고—.

어느 날 아침에 눈을 떠보니, 그 사람이 옆에 누워 있다면 대체 어쩔 것인가.

그것도 실오라기 하나 걸치지 않은, 갓 태어난 듯한 모습으로 말이다.

"……."

쿠가 무시키의 경우…….

눈을 동그랗게 치켜뜬 채, 딱딱하게 굳어버릴 수밖에 없었다.

망막으로, 고막으로, 콧구멍으로, 방대한 정보를 입수하고 있다.

창문을 통해 스며드는 빛을 받아, 찬란히 빛나고 있는 햇살 빛깔 머리카락.

신의 총애를 받았다고 여길 수밖에 없는 미모와, 그 한가운데에 자리한 극채색의 두 눈동자.

그리고 목 아래로 이어지는 매끄러운 능선—.

"아—."

그렇다. 틀림없다. 잘못 볼 리가 없다.

이 사람은 무시키가 연모하고 동경하며 갈구해왔지만, 만날 수가 없는 소녀의 모습을 하고 있다.

—최강의 마술사, 쿠오자키 사이카.

그날 아침. 무시키는 그때 만났던 소녀와 드디어 재회했다.

제1장 수를 기다려준 거야?

인간에게는, 집중력이 날카로워지는 순간이 있다.

예를 들자면, 좋아하는 것에 몰두했을 때.

예를 들자면, 목표를 향해 매진할 때.

예를 들자면— 자기 몸에 위험이 닥쳤을 때.

"……, ……, ……."

1초가 한도 끝도 없이 길게 느껴지는 긴박함 속에서, 쿠가 무시키는 투명한 검을 쥔 채 간헐적으로 숨을 토했다.

무기를 손에 쥔 상대와 대치한 긴장감이란 것은, 필설로 형용하기 어렵다. 실제로 체험해본 이가 아니라면, 이 감각을 실감할 수는 없으리라.

마주한 상대가 〈공극의 정원〉 안에서도 손꼽히는 마술사라면 더욱 그럴 것이다.

"——."

〈정원〉 서부 에어리어에 위치한 연무장 중앙.

무시키의 맞은편에는 긴 머리카락을 두 갈래로 나눠 묶은, 드세어 보이는 인상의 소녀가 서 있었다.

그녀의 이름은, 후야죠 루리. 무시키의 여동생이자 같은 반 학생, 그리고 〈정원〉 기사 중 한 명이다.

현재 그녀의 머리 위에는 도깨비의 뿔과 눈을 연상케 하는 2획의 문양이, 그리고 손에는 불꽃 같은 칼날이 달린 길쭉한 무기가 생겨나 있었다.

계문(界紋). 그리고 제2현현. 현대 마술사의 임전 태세라 할 수 있는 모습이다.

"하얏―."

다음 순간, 루리가 움직였다.

평소보다 움직임이 느리지만, 그 기백은 진짜배기였다. 무시키는 검을 쥔 손에 힘을 주더니, 미리 들었던 조언을 의식하면서 행동하기 시작했다.

"하아아아앗!"

날카로운 기합을 내지르며, 손에 쥔 투명한 검, 【영지검(零 ^{홀로 에지}至劍)】을 휘둘렀다.

온갖 현현체를 없애는 무시키의 제2현현. 그 투명한 칼날은 아래편에서 쇄도하는 불꽃의 왜장도, 【인황인(燐煌刃)】과 격돌하자, 그 존재를 없―.

―애지 못했다.

"어―?"

루리가 뜻밖이라는 듯한 반응을 보였다.

루리는 무시키의 술식을 알기에, 자신의 제2현현이 소멸되리라는 전제하에 행동했을 것이다.

하지만 무시키는 【홀로 에지】에 깃든 술식을 발동시키지 않고, 루리의 왜장도를 그저 쳐냈다.

그리고 얼이 나가 있는 루리를 향해, 연이어 검을 휘둘렀다.

"아하— 그렇게 나오시겠다?"

루리는 자신만만한 미소를 머금더니, 순식간에 자세를 고치면서 무시키의 공격을 전부 막아냈다.

하지만, 그것도 예상한 바였다.

"오오오오오—!!"

다음 순간. 무시키는 【홀로 에지】의 술식을 발동시켜서 루리의 【인황인】을 없앴다.

"쳇……!"

루리는 인상을 찡그렸다. 그녀도 이런 상황을 예상하지 못한 건 아니지만, 타이밍까지는 예측하지 못한 것 같았다. 미세하기는 하지만, 루리의 자세가 무너졌다.

"지금이다……!"

기회다. 무시키는 그대로 무방비한 루리의 어깨를 향해 검을 휘둘렀다.

"하앗—!!"

하지만 상대는 기사, 후야죠 루리다. 부자연스러운 자세에서 땅을 박차더니, 발놀림만으로 무시키의 공격을 피해냈다. 그리고 물 흐르는 듯한 동작으로, 순식간에 제2현현을 다시 펼쳤다.

"꽤 하네. 하지만, 이걸로 끝이야."

"……큭!"

무시키는 그 자리에서 몸을 빼며 【홀로 에지】의 칼날을 들어 올려서 공격을 방어하려 했다.

하지만…….

"아니……?!"

다음 순간, 루리의 입에서 당황한 목소리가 터져 나왔다.

이유는 단순했다. 【인황인】과 【홀로 에지】가 닿은 순간, 무시키가 제2현현을 해제해서 【홀로 에지】를 없앤 것이다.

"큭……!"

【인황인】의 칼날이 어깨를 스쳤다. 〈정원〉의 튼튼한 교복을 입지 않았다면, 피가 뿜어져 나왔을지도 모른다.

하지만, 무시키는 그것을 대가로 해서 오늘 들어 최고의 기회를 손에 넣었다.

무시키는 의식을 집중해서 다시 제2현현을 발현시키더니, 루리를 향해 필살의 일격을—.

"아얏."

바로 그 순간, 따악 하는 기분 좋은 소리가 들려오더니 무시키는 그 자리에 널브러졌다.

아무래도 무시키의 재발현보다, 루리의 공격이 빨랐던 것 같았다.

"—그만. 루리 양의 승리입니다."

거기에 맞춘 것처럼, 차분한 목소리가 들려왔다.

고개를 돌려보니, 검은 머리카락과 검은 눈을 지닌 소녀가 오른손을 들고 있었다. ─이 시합의 심판을 맡은 카라스마 쿠로에였다.

무시키는 욱신거리는 뒤통수를 손으로 문지르면서 몸을 일으키더니, 분하다는 듯이 주먹으로 지면을 때렸다.

"큭……, 이기면 사이카 씨가 머리를 쓰다듬어줬을 텐데……!"

"대체 무슨 소리를 하는 겁니까?"

쿠로에는 눈을 살짝 뜨며 그렇게 말했다. 그러자 무시키는 「아」 하고 말하며 고개를 들었다.

"미안해요. 그런 상상을 하며 최선을 다해봤거든요."

"상상……."

쿠로에는 앵무새처럼 그렇게 말했고, 루리는 하아 하고 한숨을 내쉬었다.

"무시키는 물러터졌다니깐. 나는 이긴다면 무릎베개에 귀 청소를 받을 작정이었어."

"뭐……?! 역시 루리…… 이게 기사의 힘─."

"기사와는 상관없습니다. 이상한 오해를 하지 말아 주십시오. 그리고 루리 양 또한 당사자와 약속하지는 않았을 텐데요?"

"다, 당연하잖아! 쿠로에야 말로 무슨 소리를 하는 거야!"

"어떻게 그런 황송한 짓을 하냐고요……!"

두 사람이 허둥지둥 그렇게 말하자, 쿠로에는 이해가 안 된다는 듯한 표정을 지었다.

"뭐, 좋습니다……. 아무튼 무시키 씨는 방금 패배에 이의는 없으신 거지요?"

쿠로에가 마음을 다잡는 듯한 투로 그렇게 말하자, 무시키는 고개를 끄덕였다.

"네. 역시 루리는 대단해요. 전혀 상대가 못 됐어요."

"……그렇게 비관할 건 없어."

무시키의 말을 들은 루리는 호흡을 가다듬으려는 듯이 어깨를 들썩이며 몇 번 숨을 쉰 후, 말을 이었다.

"『상대의 현현체를 없앤다』, 『공격을 받아낸다』, 그리고 『자기 현현체를 일시적으로 없앤다』였지―? 행동의 선택지가 늘어났을 뿐인데, 상대하기가 정말 어려워졌어. 이제까지 중에서 가장 좋았다니깐. 마지막에 무시키의 재발현이 조금만 더 빨랐다면, 결과는 달랐을지도 몰라."

"저, 정말?"

"네."

대답한 이는 쿠로에였다. 그녀는 여전히 무표정했지만, 왠지 즐거운 기색이 어린 목소리로 말을 이었다.

"우선, 현현체를 소멸시키는 힘은 마술사에게 있어 천적이라고 해도 과언이 아닐 정도로 위협적입니다. 가능하다면 그 누구도 그 공격을 맞고 싶지 않을 테죠. 그런 공격이 언제 날아올지 모르기에 상대는 계속 주의를 기울일 수밖에 없으며, 그에 따라 필연적으로 빈틈이 쉽게 생기고 맙니다."

게다가, 하고 말한 쿠로에는 손을 들어 보였다.

"행동의 선택지를 늘린다는 것은 전투에 있어 매우 중요합니다. 만약 상대에게 이쪽의 수단이 전부 들통났을지라도, 각각의 수단에 최선의 수로 대처할 수밖에 없게 만드는 것을 불리하다고 단정 지을 수는 없죠. 예를 들자면, 『가위바위보』입니다. 아무리 강력한 한 수를 가지고 있을지라도, 주먹밖에 내지 못하는 상대라면 대처하는 건 손쉽겠죠. 하지만 거기에 가위와 보 같은 다른 수가 더해지는 것만으로, 그 유희는 고도의 전략성을 지닙니다."

쿠로에는 그렇게 말하면서 주먹, 가위, 보를 만들었다.

"아…… 그렇구나."

"게다가 실전에 있어서는 세 가지 수만 써야 한다는 속박도 없습니다. 여우, 철포, 촌장. 혹은 개구리, 뱀, 민달팽이— 그 어떤 수를 써도 되죠."

뭐, 하고 쿠로에는 덧붙여서 말했다.

"우선은 그 하나하나의 완성도를 높이는 게 중요할 겁니다. 지금의 무시키 씨는 가위의 형태가 복잡해서, 내는데 시간이 걸리는 것이나 다름없는 상태니까요."

"……면목 없어요."

무시키가 고개를 숙이며 그렇게 말하자, 루리는 의아하다는 듯이 미간을 살짝 모았다.

"……마치 쿠로에가 무시키의 스승 같네. 전부터 이렇게 가르쳐준 거야?"

"아뇨, 그렇지 않습니다. 저는 그저 사이카 님의 가르침을 전해드리고 있을 뿐이죠."

"흐음……."

쿠로에가 태연한 어조로 그렇게 말하자, 루리는 볼을 긁적였다.

그 표정에는 쿠로에의 정체를 의심하는 듯한 기색과, 마녀님이라면 당연히 그러실 수 있어…… 다른 사람도 아니고 마녀님이잖아…… 하며 납득하는 기색이 어려있었다.

"뭐, 좋아. 무시키가 강해지지 않으면, 나도 곤란하거든."

그리고 한숨을 내쉬더니, 뭔가가 생각난 듯한 표정을 지었다.

"참, 무시키. 마녀님의 의식은 지금 네 몸 안에 잠들어 있는 거지? 혹시 전하고 싶은 말이 있을 때는 어떻게 해?"

"뭐?"

루리가 그런 뜻밖의 질문을 던지자, 무시키는 의외라는 듯이 눈을 동그랗게 떴다.

"어……? 방금 내 말에 놀랄 부분이 있어?"

"아, 미안해. 딴생각 좀 하고 있었거든."

"—사이카 님께 전할 말이 있을 때는, 저에게 말씀하시면 됩니다. 그렇죠? 무시키 씨."

"아…… 네."

쿠로에의 말에 무시키가 대답하자, 루리는 「뭐, 그렇겠지」하며 수긍했다.

"……."

쿠로에는 무시키에게 날카로운 시선을 보냈다.

무시키는 진땀을 흘리면서, 아까 있었던 일을 떠올렸다.

"—피부가 참 고우셔."

"동작 하나하나가 세련되셔."

"의자에 앉았을 때, 등을 꼿꼿이 펴셔."

"글자가 참 예쁘셔."

"기침을 할 때, 『푸엣취!』라고 하셔."

"뭐, 진짜야? 정말 귀엽네……."

"훗, 이 마법 카드에 의해 이 자리에서 마녀님의 존귀함은 4,500으로 상승해."

"큭…… 대단해, 루리. 하지만 이제부터거든? —리버스 카드 오픈!『실수로 설탕이 안 들어간 블랙커피를 마셨을 때의 경악과 인내의 표정』!"

"뭐어?! 마녀님은 홍차파이신데! 그런 레어 카드를 대체 어디에서……?!"

"……뭘 하고 계신 겁니까?"

〈정원〉 중앙 학사의 학원장실.

무시키와 루리가 열띤 대결을 펼치고 있을 때, 어느새 이 자리에 나타난 쿠로에가 도끼눈을 뜨며 그렇게 물었다.

"그야 물론……."

"마녀님 카드 게임이야."

두 사람은 수제 카드를 들고 당연하다는 투로 그렇게 대답하자, 쿠로에는 더욱 당혹스럽다는 듯이 미간을 찌푸렸다.

"……그 정체불명의 놀이는 대체 뭐죠?"

"훗, 좋아. 설명해줄게."

"아뇨, 괜찮습니다."

설명이 길어질 거라고 생각한 건지, 쿠로에는 딱 잘라 거절했다.

루리는 「자기가 물어봤으면서~」 하며 불만을 드러내듯 입술을 삐죽 내밀었다.

"……설마 할 이야기라는 게 설마 이겁니까?"

하지만 쿠로에가 그렇게 말하자, 루리는 중요한 게 생각난 듯이 어깨를 부르르 떨었다.

"맞다. ―무시키, 승부는 일단 미루자. 쿠로에, 여기 좀 앉아봐."

그렇게 말한 루리는 테이블 위에 배치된 카드를 정리했다.

그리고 마음을 다잡듯이 심호흡을 한 후, 무시키와 쿠로에를 다시 쳐다봤다.

"두 사람에게 시간을 내달라고 한 건 말이지? —**예의 건**에 관한, 설명을 듣기 위해서야."

"".......""

루리가 그렇게 말하자, 무시키와 쿠로에는 한순간 서로의 눈을 응시했다.

하지만, 놀라지는 않았다. 실은 예상했던 일이니 말이다.

"......응, 이야기해줄게. 루리에게는 알 권리가 있어. 하지만 이건 나만이 아니라 〈정원〉에 있어서도 중대한 비밀이야. 절대로 남한테 이야기하지 않겠다고 약속해줬으면 해."

"물론 이해해. 아무한테도 말하지 않겠다고 맹세하겠어."

루리는 진지한 표정으로 고개를 끄덕였다. 무시키는 루리의 맹세에 부응하려는 듯이, 자기 가슴에 손을 댔다.

"—지금의 내 몸은, 사이카 씨와 합체한 상태야."

그리고, 조용하면서도, 단호하게, 그 사실을 밝혔다.

그렇다. 그것이 무시키가 안고 있는 비밀이다.

〈공극의 정원〉 학원장이자, 극채의 마녀라는 이명을 지닌 세계 최강의 마술사.

쿠오자키 사이카는 현재, 무시키의 몸과 융합한 상태다.

"지금은 내 요소가 겉으로 드러나 있지만, 일정 조건을 충족시키면 사이카 씨의 요소가 강하게 드러나. 그래서 겉보기에는 내가 사이카 씨로 변신한 것처럼 보일지도 몰라."

"……."

그 충격적인 사실을 듣고도, 루리는 놀라거나 당황하지 않았다. 그저 미간에 깊은 주름을 만들 뿐이었다.

하지만 그게 당연했다. 무시키는 일전에 루리가 보는 앞에서, 무시키의 몸에서 사이카의 몸으로 존재변환을 했으니 말이다.

"합체…… 마녀님이 융합 술식을 썼다는 거야? 확실히 그거라면 예의 그 현상도 설명이 되긴 하지만…… 대체 이유가 뭐야?"

루리는 표정을 굳히며 턱을 매만졌다.

"애초에 융합 술식은 위험성이 큰 술식이야. 특히 인간 끼리 쓸 경우, 서로의 자아가 충돌을 일으키면서 붕괴할 수도 있어. 아무리 마녀님일지라도, 함부로 쓰실 리가 없는데……."

"그건─."

"사이카님께서도, 위기 상황이셨기 때문입니다."

무시키의 말을 이어받듯이, 옆에 앉은 쿠로에가 입을 열었다.

"위기 상황?"

"네. 사이카님이 누군가에게 습격을 받았던 사건을 기억하십니까?"

"응, 물론이야. 정례회 때 이야기했었잖아. —어, 설마……."

"짐작하신 대로입니다. 그때, 사이카 님과 우연히 그 자리에 있었던 무시키 씨는 함께 치명상을 입고 말았습니다. 두 사람의 목숨을 부지하기 위해, 사이카 님은 위험하다는 것을 알면서도 융합 술식을 쓰신 겁니다."

"……!"

루리는 눈을 치켜뜨더니, 테이블을 향해 몸을 쑥 내밀었다.

"괘, 괜찮은 거야?!"

"아, 응……. 보다시피 말이야."

무시키는 루리의 기세에 압도당한 것처럼 몸을 젖히며 대답했다. 그 모습을 본 루리는 안도의 한숨을 내쉬었다.

"역시 마녀님이야. 이런 고도의 술식을 멋지게 성공시키셨잖아. ……그래도, 마녀님과 오라버니가 융합하다니……. 그런 망상 같은 욕심쟁이 세트가 존재해도 괜찮은 거야……? 1 더하기 1은 무한대네……."

루리는 작은 목소리로 그렇게 중얼거리더니, 이윽고 그녀의 눈썹이 흔들렸다.

"그런데— 지금 마녀님의 의식은 어떤 상태야? 몸의 요소와 함께, 이면에 숨겨져 있는 거야? 두 개의 의식이 병렬로 존재한다면, 절묘하게 공존하지 않는 한은 몸을 움직이는 것조차도 쉽지 않을 거잖아."

"으음, 그게……."

"네. 사이카 님의 의식은 무시키 씨의 내면에 잠들어 있습니다. 그렇죠? 무시키 씨."

쿠로에가 단호한 어조로 그렇게 말하자, 무시키는 압도당한 듯이 고개를 끄덕였다.

"으, 응. 뭐, 그래……."

"즉, 마녀님의 몸이 됐을 때는 무시키의 의식이 이면에 숨겨진다는 거구나?"

"……."

"……어? 왜 그래? 내가 이상한 소리라도 했어?"

"아, 아냐."

"루리 양의 말씀대로입니다."

무시키가 뭐라고 답할지 고민하고 있을 때, 쿠로에가 또 끼어들었다.

루리는 딱히 의심하지 않으며, 질문을 이어갔다.

"그리고…… 두 사람은 언제 분리할 수 있는 거야? 설마 쭉 이대로인 건—"

"물론, 그런 일은 없습니다."

루리의 불안한 표정을 걷어내려는 것처럼, 쿠로에가 고개를 저었다.

"하지만 한번 융합한 존재를 다시 둘로 나누려면, 그에 상응하는 준비가 필요하죠. 그사이, 루리 양께서도 저희를 도와주신다면 감사하겠습니다."

"물론이야. 마녀님과…… 무시키를 위한 일인 걸……. 뭐든 말만 해."

루리는 그렇게 말하면서 자기 가슴을 두드렸다.

"감사합니다. 그럼 지금 바로 부탁을 하나 드리고 싶습니다만……."

"좋아. 뭔데?"

"무시키 씨의 훈련을 도와주셨으면 합니다."

쿠로에가 그렇게 말하자, 루리는 눈을 동그랗게 떴다.

"훈련…… 내가 말이야?"

"네. 아시다시피, 무시키 씨는 마술사로서 초보자나 다름없습니다. 하지만, 무시키 씨에게 만일의 사태가 벌어지면, 합체한 상태인 사이카 님도 무사하실 수 없죠."

"……맞아."

루리는 표정을 굳히며 고개를 끄덕였다. 쿠로에가 밀어붙이듯이 말을 이었다.

"그러니 〈정원〉을 위해서도, 무시키 씨는 한시라도 빨리 강해지셔야만 합니다. ―그리고 이런 부탁을 드릴 사람은,

〈정원〉 안에서도 손꼽히는 힘을 지녔을 뿐만 아니라 자초지종도 파악하고 있는 루리 양뿐이죠."

"그건……."

쿠로에가 그렇게 말하자, 루리는 표정을 굳혔다. —자초지종은 이해하지만, 무시키를 싸움에 끌어들이고 싶지 않은 그녀로서는 이 부탁을 순순히 받아들이기 힘들다고 말하는 듯한 표정이었다.

"루리……."

"부탁드립니다. 무시키 씨를 너무너무너무 좋아해서, 위험한 일에 휘말리는 걸 바라지 않는 심정은 충분히 이해합니다만—."

"따, 딱히 그런 이유로 고민하는 게 아니거든?!"

쿠로에가 그렇게 말하자, 루리는 얼굴을 새빨갛게 붉히며 고함을 질렀다. 참고로 무시키를 너무너무너무 좋아한다는 것 자체는 부정하지 않았다.

루리는 한동안 고민하는 듯한 모습을 보였지만, 이윽고 한숨을 내쉬었다.

"……알았어. 나도, 마녀님에게 무슨 일이 생기기라도 하면 곤란해."

"—아! 고마워, 루리."

무시키가 기쁜 듯한 목소리로 그렇게 말하자, 루리는 부끄러운 듯이 시선을 돌렸다.

"승낙해주셔서 감사합니다. —그럼 지금 바로 부탁드려도 될까요?"

"뭐?"

"연무장의 사용 허가는 받아뒀습니다."

쿠로에가 태연한 표정으로 그렇게 말하자, 루리는 진땀을 삐질삐질 흘리며 그녀를 향해 도끼눈을 떴다.

"……준비성이 철저하네. 마치 내가 승낙할 거라고 예상한 것 같잖아."

"아뇨. 그렇지 않습니다."

미심쩍은 눈길을 보내던 루리는 곧 하아 하고 한숨을 내쉬었다.

"……뭐, 좋아. 가자. 이 울분은 무시키한테 쏟아낼래."

"부디 그렇게 해주시길. 하지만 저희는 준비할 게 있으니, 먼저 가서 기다려주시지 않겠습니까?"

"알았어. 그럼 나중에 봐."

루리는 그렇게 말하며 가볍게 손을 흔들더니, 학원장실을 나섰다.

수십 초 후. 루리의 발소리가 완전히 사라지자, 무시키는 쿠로에를 쳐다봤다.

"……괜찮겠어요?"

"뭐가 말입니까?"

"몸이 사이카 씨 상태일 때의 의식 말이에요. 게다가—

쿠로에에 관한 것도요."

무시키가 그렇게 말하자, 쿠로에는 작게 한숨을 내쉬었다.

"―괜찮아. 전부 솔직하게 밝히는 것만이 최선은 아니거든."

그리고 이제까지와는 다른 말투로, 그렇게 말했다.

아니, 말투만이 아니다. 표정과 동작까지도 아까까지와는 완전히 딴판이었다.

그럴 만도 했다. 카라스마 쿠로에란 **쿠오자키 사이카의 의식이 깃들어 있는 의해**의 이름이니 말이다.

"하지만……."

"루리를 신용할 수 없단 말은 아냐. 하지만, 잘 생각해 봐. 이제까지 자기가 만난 『나』란 존재의 내용물이, 이 몇 달 동안 자기 오빠였다는 걸 알면 루리는 어떻게 생각할까?"

"아……."

무시키는 그 말을 듣고 인상을 찡그렸다. ……확실히, 그건 싫다.

누구보다 경애하는 인물의 내용물이, 무시키로 바뀌었다. 즉, 이제까지 사이카의 앞에서 한 언동이나 행동이 자기 오빠에게 전부 알려진 것이다. 상상만 해도 수치심이 폭발할 것만 같았다.

"게다가 이제까지 네가 내 몸으로, 여자애들과 같이 옷을 갈아입거나 목욕을 했다는 것을 어떻게 설명할 거지?"

"……."

무시키는 말문이 막혔다. 같이 옷을 갈아입은 건 불가피한 일이었고, 목욕 또한 쿠로에게 도움을 받으면서 최대한 사이카의 존엄을 해치지 않으려고 노력했지만…… 루리가 그 사실을 듣고 어떻게 생각할지는 별개의 이야기였다.

"……이해했어요. 배려해줘서 고마워요."

"아냐. 괜찮아."

그런데, 하고 말한 쿠로에는 무시키의 카드가 남겨져 있는 테이블 위를 쳐다보며 말을 이었다.

"……이 카드 게임의 어떤 점이 그렇게 재미있는 거지?"

"아, 흥미 있으세요?"

무시키가 눈을 반짝이며 그렇게 묻자, 쿠로에는 쓴웃음을 머금으며「……아냐, 루리가 기다릴 테니 그 이야기는 나중에 하자」하고 말했다.

"—루리 양에게는 사이카 님의 의식에 관한 건 덮어두기로 했을 텐데요?"

"미, 미안해요. 무심코……."

쿠로에가 연무장에서 작은 목소리로 그렇게 따지자, 무시키는 송구하다는 듯이 몸을 움츠렸다.

"잠깐만, 둘이서 무슨 이야기를 그렇게 쑥덕대는 거야?"

그러자, 두 사람과 좀 떨어진 곳에 있던 루리가 불만 섞인 목소리로 그렇게 말했다.

밀담이 너무 길어지는 것도 좋지 않다. 무시키와 쿠로에는 루리의 곁으로 돌아갔다.

"실례했습니다. 아까 싸움 관련으로, 무시키 씨께 조언을 드렸습니다."

"흐음……. 몰래 이야기한 걸 보면, 나한테 한 방 먹여보겠단 거구나? 재미있네."

루리가 눈에 살짝 힘을 주면서 【인황인】을 허공에 휘두르자, 무시키의 볼을 타고 땀방울이 흘러내렸다.

"좀 살살……."

"몸이 너무 움츠러들었습니다, 무시키 씨. 실전 훈련은 전투 기술의 습득만이 아니라, 상대의 살기에 익숙해진다는 목적도 포함되어 있죠. 싸우기 전부터 압도당해선, 이길 수 있는 싸움도 이길 수 없어요. ―그리고 그건, 토키시마 쿠라라도 예외는 아닐 겁니다."

"……."

"……그래."

쿠로에가 언급한 이름을 들은 무시키와 루리는 표정을 굳혔다.

토키시마 쿠라라. 원래 마술사 양성기관 〈그림자의 누각〉

에 소속되어 있었던 마술사이자, 신화급 멸망인자 〈우로보로스〉와 융합한 소녀.

인류의 철천지 원수라고 할 수 있는 그 소녀는, 무시키와 깊은 인연으로 얽혀 있는 상대다.

"—토키시마 쿠라라는 〈우로보로스〉의 몸 네 개를 새롭게 확보하며 힘을 더 키우고 있습니다. 한시도 마음을 놔선 안 되는 상황이라 할 수 있죠."

"뭐?"

쿠로에의 말을 들은 루리가 눈을 치켜떴다.

"네 개를 새롭게……? 잠깐만 있어 봐. 왜 갑자기 다수의 봉인이 풀린 건데? 봉인 시설의 경비를 강화하지 않았어?"

"그렇습니다. 하지만 최근에 각 시설의 외곽이 파괴되는 사건이 벌어지고 말았죠. —주로 바닷속, 바닷가에 있는 시설에서 말입니다."

"—앗!"

무시키와 루리는 그 말을 듣고 눈을 동그랗게 떴다.

쿠로에가 말한 『사건』이 뭔지, 짐작이 된 것이다.

"설마…… 〈리바이어던〉 탓이야? 그게 쿠라라의 술식에 의해 부활한 거란 이야기는 들었는데—."

"네. 어째서 그 타이밍에 불완전한 신화급 멸망인자가 부활한 것인지 의문이었습니다만, 혼란을 틈타서 토키시마 쿠라라가 권속을 이용해 여러 봉인 시설을 습격했다는 사실이 판명됐습니다. 아마 원래 목적은 처음부터 그쪽이었을 거라고 추정됩니다."

"그 여자……."

루리는 미워죽겠다는 투로 그렇게 말하더니, 어금니를 깨물었다.

그런 루리의 심정도 이해가 안 되는 건 아니다.

무시키 일행은 일전에 마술사 양성기관 〈공허의 방주〉에서, 부활한 신화급 멸망인자 〈리바이어던〉과 교전했다. 그리고 결사의 사투 끝에, 겨우겨우 격파한 것이다.

그 싸움이 쿠라라의 목적 달성을 위한 부산물 겸 눈속임이었다는 게 밝혀졌으니, 저주라도 퍼부어 주고 싶어지는 게 당연했다.

하지만, 루리에게는 그런 표정이 어울리지 않는다. 무시키는 천천히 고개를 저었다.

"하지만 〈리바이어던〉을 쓰러뜨린 덕분에 후야죠 일족의 저주가 풀렸어. 그러니 그 싸움은 절대 헛되지 않아."

"무시키……."

루리는 무시키의 눈을 응시하며, 가늘게 한숨을 내쉬었다.

무시키도 모든 일이 잘 풀렸다고는 생각하지 않는다. 쿠라라가 더 위협적인 존재가 된 것은 사실이다.

하지만 잃은 것을 한탄하기보다, 얻은 것을 자랑스럽게 생각하는 편이 낫다. 적어도, 마술사는 그래야 마땅하다.

─사이카라면 분명 그렇게 말할 것이다.

　루리 또한 그런 무시키의 마음을 눈치챈 건지, 눈을 살짝 내리깔며 고개를 끄덕였다.

　"……맞아. 중요한 건 지금 쥔 카드로 뭘 할지야."

　"그렇습니다."

　루리의 말에 동의를 표하듯, 쿠로에는 고개를 끄덕였다.

　"예를 들어 펼쳐놓은 카드 속 마녀님이 교복 차림인데 손에 쥔 카드 중에는 사복 차림용 아이템 카드밖에 없더라도, 조합에 따라서는 시너지를 발휘할 방법이 있다는 거야."

　"그렇습…… 뭐라고요?"

　루리의 말을 들은 쿠로에가 당혹스럽다는 듯이 고개를 갸웃거렸다. 하지만 무시키는 힘차게 고개를 끄덕였다.

　"아하. 그런 거구나."

　"어째서 이해하는 겁니까."

　쿠로에는 기운이 빠진 것처럼 한숨을 내쉰 후, 말을 이었다.

　"아무튼, 지금은 훈련에 힘써야 할 때입니다. 다시 한번─."

　바로 그때였다.

　"─여어. 이런 데 있었던 거냐, 이 자식들아."

　뒤편에서, 남자의 언짢은 듯한 목소리가 들려왔다.

　"아…….."

　목소리가 들려온 방향을 돌아봤다. 어느새 이 자리에 나타난 키가 큰 남성이 팔짱을 낀 채 그 자리에 서있었다.

나이는 20대 중반 정도일까. 단정하게 땋은 머리카락과 갈색 피부, 그리고 잘생긴 얼굴을 지녔지만 항상 표정을 찌푸리고 있는 듯한 인상이 있다.

고급스러운 셔츠와 바지, 조끼를 걸쳤으며, 목과 손에는 금색으로 빛나는 액세서리를 끼고 있다. 자칫 잘못하면 악취미해 보일 수 있는 복장이지만, 그의 외모와 분위기 덕분에 불가사의하게도 불쾌한 인상이 감돌지 않았다.

안비에트 스바르나. 〈정원〉 교사이자, 루리와 마찬가지로 〈기사단〉에 속해 있는 마술사다.

"네. 수고 많으십니다, 기사 안비에트."

갑작스러운 침입에도 놀라지 않으며 그렇게 대꾸한 이는 쿠로에였다. 눈을 내리깔면서 공손히 예를 표했다.

"신입생인 쿠가 무시키 씨를, 기사 후야죠께서 훈련시키고 있었습니다."

"쿠가를 훈련시켜? 후야죠가?"

안비에트는 눈썹을 일그러뜨리며 그렇게 말하더니, 무시키를 향해 걸어갔다.

"……의료동의 위치는 알고 있지? 다쳤으면 빨리 뛰어가 봐. 시간이 너무 지나지만 않았다면, 잘려 나간 팔도 붙여 줄 거라고."

그리고, 작은 목소리로 그렇게 속삭였다. 눈매는 여전히 험악하고 말투도 거칠지만, 그가 한 말에서는 무시키를 걱정하는 마음이 느껴졌다.

그렇다. 겉모습과 행동 탓에 오해를 사지만, 이 안비에트 스바르나란 남자는 이래 봬도 〈정원〉 안에서 손꼽을 정도로 착실한 사람이다.

"왜 제가 무시키에게 중상을 입힐 거라고 생각하는 거죠?!"

아무래도 방금 그 말이 들린 것 같았다. 루리는 못 참겠다는 듯이 고함을 질렀다.

그러자 안비에트는 도끼눈을 뜨며 대꾸했다.

"그걸 몰라서 물어? 너는 첫 수업 때도 이 자식과 모의전을 하고 싶어 했잖아. 게다가 툭하면 얘보고 마술사를 때려치워~ 마술사를 때려치워~ 하고 떠들어댔다지? 팔이라도 잘라버려서 마술사를 관두게 만들려던 속셈 아냐?"

"그때는…… 그런 생각이긴 했어요!"

"그랬구나……."

"그랬군요."

무시키와 쿠로에가 그렇게 말하자, 루리는 화들짝 놀라며 어깨를 부르르 떨었다.

"예, 옛날이야기거든?! 그리고 유사시에 대비했달까, 최후의 수단이랄까…… 그리고 자른 후에 붙여줄 생각이었어!"

"유사시에는 저지를 생각이었구나……."

"유사시에는 저지를 생각이셨군요."

"그러니까, 그런 게…… 아닌 건 아니지만, 아무튼 아냐!"

루리는 혼란에 빠진 것처럼 머리를 쥐어뜯더니, 갑자기 고개를 치켜들었다.

"아무튼! 이제는 그런 짓을 벌일 생각 없어! 오히려 지금은 무시키의 실력을 길러줄 마음이 차고 넘친단 말이야! 오케이?!"

"아니, 오케이? 하고 물어도 대답하기 좀……."

안비에트는 진땀을 삐질삐질 흘리면서 작게 한숨을 내쉬었다.

"뭐, 심경에 변화가 있다면 됐어. 본인이 납득했다면, 내가 참견할 일도 아니지. 쿠오자키의 종자도 같이 있으니, 무모한 짓도 벌이지 못할 테고 말이야."

안비에트는 어깨를 으쓱했다. 루리는 납득이 안 되는 것처럼 입술을 일그러뜨렸다.

"그리고 보니, 안비에트 씨는 무슨 일로 연무장에 온 건가요?"

"응? 아……."

무시키가 분위기를 바꿀 생각으로 그렇게 묻자, 안비에트는 뭔가가 생각난 것처럼 고개를 끄덕이면서 이 자리에 있는 이들의 얼굴을 차례차례 돌아봤다.

"너희라면— 충분하겠지. 지금 시간 있어?『밖』에 좀 볼일이 있거든. 도와줄 사람을 찾고 있었어."

"『밖』에, 볼일이 있다고요?"

여기서 말하는 『밖』이란, 바로 〈정원〉 밖을 말한다.

"그래. 엘루카한테서, 자기가 발주한 마도약용 촉매를 받아와달라는 부탁을 받았거든. 특별한 촉매라 그런지, A급 이상의 마도사의 감독하에서만 취급이 허락된다고 하네."

안비에트의 말을 들은 루리가 이해가 안 된다는 듯한 표정을 지었다.

"엘루카 님이 발주한 촉매인가요? 그거라면 매달 정기적으로 납품이 될 텐데……."

"운반업자 중 유일한 A급 마술사가 상품을 빼돌렸다나 봐."

"그거, 참……."

"지금 대신할 사람을 찾고 있는데, 시급하게 필요한 품목은 현지에 받으러 가야만 한다더라고."

귀찮아, 하고 내뱉듯이 말한 안비에트는 어깨를 으쓱했다.

짜증을 내면서도 부탁을 들어주는 점이 안비에트답기는 했다.

"아하, 자초지종은 파악했어요. 그런 일이라면 저도 동행할게요. —무시키, 쿠로에. 괜찮지?"

루리가 두 사람을 쳐다보며 그렇게 말했다. 그러자 쿠로에는 고개를 끄덕인 후에 대답했다.

"네. 저와 무시키 씨도 후학을 위해 동행할까 하는데, 괜찮겠습니까?"

"마음대로 해. 단, 조건이 있어."

"그 조건……이 뭔데요?"

무시키가 긴장한 표정으로 묻자, 안비에트는 날카로운 눈길로 쳐다보며 말을 이었다.

"뻔하잖아. —외부 활동 신청서를 쓰라는 거야."

정말 생긴 것과 다르게 참 착실한 남자였다.

도시를 『콘크리트 정글』이라 부른 사람은 센스가 있다.

울창하게 자란 건조물 사이를 달리면서, 소녀는 막연하게 그런 생각을 했다.

"하아……, 하아……."

아스팔트로 포장된 길은 질척거리는 길보다 달리기 쉽지만, 그녀에게 있어 시가지와 숲의 차이점은 그게 다였다. 빌딩도 나무도, 시야 가장자리에서 흘러 지나갈 뿐이라면 크게 다를 게 없다. 위험한 동물 또한— 양쪽 다 잔뜩 있다. 숫자가 차이 날지도 모르지만, 현재 소녀는 집요한 추적자에게 쫓기고 있었다.

"—디냐—."

"—저쪽—."

"—쫓아라! 놓쳤다간—."

뒤편에서, 도시의 소음에 섞여서 흐릿한 목소리가 들려왔다.

소녀는 포장도로를 박차며, 좁은 샛길로 뛰어 들어갔다.

"하아……, 하아……, 하아……!"

긴 금발과 더러워진 옷자락을 휘날리며, 소녀는 필사적으로 골목을 달렸다. 그 와중에 길가에 쌓여 있던 플라스틱 상자와 쓰레기봉투를 걷어차 버렸지만, 신경 쓸 여유는 없었다.

걸음을 내디딜 때마다 폐가 옥죄어들더니, 목을 통해 따뜻한 숨결이 간헐적으로 새어 나왔다. 그에 맞춘 것처럼 손발이 욱신거리고, 가슴이 저려오더니, 머리가 아팠다.

마치 숨결과 함께 목숨을 서서히 토하고 있는 듯한, 그런 느낌이 들었다.

하지만, 멈춰 설 수는 없다. 멈춰 서선 안 된다. 지금 걸음을 멈췄다간, 한동안은 꼼짝도 못 하리란 확신이 들었다.

추적자는 그녀를 죽이지도, 잡아먹지도 않을 것이다.

그녀를 확보한다면, 따뜻한 방에 모시고 고급스러운 옷과 식사를 제공하며 극진하게 대접할 것이다.

하지만 그 대신, 그녀는 바깥 풍경을 두 번 다시 볼 수 없다. 추적자들은 농담이 아니라 그녀를 『온실 속 화초』로 만드는 게 목적이다. 사실 그녀가 하늘을 보는 것은 몇 달 만이었다.

이번 도망이 마지막 기회라고 해도 과언이 아니다. 만약 잡힌다면, 이번에는 지하나 외딴섬을 유폐 장소로 삼을지도 모른다.

"하아―, 하아―."

지면을 박차며, 큰길로 나갔다. 길을 가는 사람들이 소녀를 보더니, 기이한 시선을 보냈다.

하지만 소녀는 누군가에게 매달리거나, 도움을 청하지 않았다.

딱히 긍지가 그것을 허락하지 않은 것도, 모르는 인간을 위험에 휘말리게 하고 싶지 않은 것도 아니다. 그저, 의미가 없다고 판단했을 뿐이다.

추적자들은 평범한 인간이 아니다. 마성의 술법을 쓰는 자들이다. 통행인은 물론이고, 총을 지닌 경관도 그들의 상대가 못 된다.

그래서, 소녀는 달렸다.

내면의 목소리에 따라서―.

사랑하는 이의 곁에, 도달하기 위해서……

〈정원〉을 나선 무시키 일행이 안비에트가 운전하는 차를 타고 이동한 지 약 30분이 흘렀다.

인적이 드문 변두리에 도착하자, 안비에트는 적당한 장소에 차를 대고 시동을 껐다.

"—내려. 여기서부터 걸어서 좀 가야 해."

그렇게 말한 안비에트는 안전띠를 풀고 운전석에서 내렸다. 무시키와 루리, 쿠로에도 그의 뒤를 따르듯 차에서 내렸다.

무시키 일행이 탄 〈정원〉의 공용 차량은 일본에서 흔히 볼 수 있을 듯한 흰색 하이브리드 차량이었다. 넓은 주차장에 세워두면 찾느라 고생할 듯한 형태였다.

실은 그것을 노리고 저런 차량을 이용하는 것이다. 마술사는 은밀성을 중시한다. 괜히 눈길을 끌지 않는 이 디자인이야말로, 현대 마술사의 이동 수단으로 적절하리라.

참고로 〈정원〉 주차장 가장자리에 세워져 있던 안비에트의 개인 차량은 화려하게 개조된 오픈카였다. 개인 차량은 그런 점을 신경 쓰지 않는 것 같다.

"이쪽이야."

안비에트가 앞장을 서려는 듯이 걸음을 내디뎠다.

무시키 일행은 그런 그의 뒤를 따르며 걸음을 옮겼다.

"이런 곳에 마도약의 촉매를 파는 가게가 있나요?"

이동을 하던 무시키가 주위의 풍경을 둘러보면서 그렇게 물었다. 지극히 평범한 마을이었다. 친숙한 편의점과 체인 음식점, 서점들이 줄지어 있었다. 미심쩍은 구석은 전혀 없었다.

"걸어서 좀 가야 한다고 아까 말했지? 뭐, 네가 기대하는 겉모습과는 거리가 멀 거야. 인식 저해로 외부에서는 평범한 곳처럼 보이게 해놨거든."

그렇게 말한 안비에트는 좁은 골목으로 들어갔다. 망설임 없는 그 발걸음을 본 무시키가 또 입을 열었다.

"꽤 익숙해 보이시네요. 전에도 이런 일이 있었나요?"

"응? 아…… 뭐, 엘루카 자식은 나를 심부름꾼으로 여기는 것 같거든. 젠장, 나도 한가하지 않은데 말이야."

그건 안비에트가 어떤 부탁이든 다 들어주기 때문이란 생각이 들었지만, 무시키에게도 그 말을 입에 담지 않을 정도의 주변머리는 있었다.

"……뭐, 업자인 마술사가 물건을 빼돌린 건 처음이야. A급이면 꽤 대우도 좋을 텐데, 바보짓을 벌이네."

"물건을 빼돌렸다는 건…… 그걸 사주는 곳이 있다는 거겠죠?"

아까부터 그 점이 신경 쓰였다. 마도약의 촉매가 구체적으로 어떤 건지는 모르지만, 마술을 익히지 않은 이라면 그 진가를 발휘할 수 없을 것이다.

"자세한 건 나도 모르지만…… 뭐, 바로 생각나는 건 떠돌이 마술사들이지."

"떠돌이 마술사?"

무시키가 고개를 갸웃거리자, 옆에서 걷던 루리가 그 말에 답하듯 입을 열었다.

"육성 기관에서 마술을 익히다 낙오한 자, 육성 기관 이외의 곳에서 마술을 익힌 자, 멸망인자와의 싸움에서 도망친 자— 뭐, 출신은 다양해. 간단히 말해 마술사이면서도 멸망인자와 싸우지 않는 걸로 모자라, 일반인으로 돌아가기는커녕 자기가 익힌 마술로 사리사욕이나 채우는 자들을 말하는 거야."

루리는 가시가 한껏 돋친 목소리로 말을 이어갔다.

"전통파인 마술사 중에는 진짜로 진리를 추구하며, 자신의 길을 갈고닦기 위해 활동하는 사람도 있지만…… 그런 예외를 제외하면, 기본적으로는 하나같이 쓰레기라고 생각해도 돼. 뒷세계에서 위법행위를 저지르는 자도 적지 않아. 우리한테는 골칫거리라니깐."

그렇게 말한 루리는 짜증이 난 것처럼 팔짱을 끼면서 흥하고 코웃음을 쳤다. 고지식한 성격인 루리로서는 인지를 초월한 힘을 지녔으면서, 그 책임을 다하지 않으며 악행에 가담이나 하는 이들을 용납할 수가 없을 것이다.

"뭐, 말에 악의가 섞이긴 했지만 얼추 그 말대로라고 보면 돼. 주요 타깃은 아니지만, 일단 토벌 대상으로 지정되어 있지. 만약 마주친다면—."

거기까지 말한 안비에트가 갑자기 입을 다물었다.

무시키는 의아하게 생각했지만, 그 이유를 곧 눈치챘다.

안비에트가 모퉁이에 다가갔을 때, 조그마한 그림자가 튀어나오면서 그와 부딪친 것이다.

"꺄아……!"

그 사람은 작게 비명을 지르더니, 그 자리에서 엉덩방아를 찧었다.

어린 여자아이였다. 나이는 열 살 전후일까. 금색을 띤 긴 머리카락이, 햇빛을 받아 찬란히 빛나고 있었다.

"……어이쿠. 미안해. 다친 데는 없어?"

안비에트가 몸을 숙이더니, 소녀를 향해 손을 내밀었다.

하지만 놀란 것처럼 눈을 치켜뜬 소녀는 안비에트의 얼굴을 올려다보며, 그저 어깨만 들썩이고 있었다.

"뭐 하는 거예요, 안비에트. 저 애가 겁먹었잖아요."

"자기가 밀쳐놓고 노려보다니, 정말 쓰레기 같군요."

"이것들이……."

루리와 쿠로에가 그렇게 말하자, 안비에트는 식은땀을 흘렸다.

하지만 안비에트는 곧 미간을 찌푸리더니, 눈을 가늘게 떴다.

아마 그도 눈치챘을 것이다. 이 소녀가 범상치 않은 상태라는 것을 말이다.

아름다운 금발은 흐트러져 있었고, 볼과 손에는 생채기

가 나 있었다. 몸에 걸친 고급스러운 옷은 흙먼지로 더러워져 있었으며, 어딘가에 걸려서 구멍이 난 곳도 있었다.

유심히 보니, 그녀가 어깨를 떠는 것도 안비에트가 무서워서가 아니었다. 그저 단순히, 숨을 헐떡이고 있었다. 아까부터 말이 없는 것도, 흐트러진 호흡을 열심히 가다듬고 있어서였다.

결정타는 바로 발이었다. 소녀는 신발을 신지 않았다. 맨발인 발바닥은 흙으로 더러워져 있었으며, 피가 배어 나오고 있었다. 마치 무시무시한 무언가로부터 도망치는 듯한—.

"……앗!"

다음 순간, 소녀가 달려온 방향에서 모습을 보인 이들을 발견한 무시키는 몸을 긴장시켰다.

검은색 양복을 입은 남자들이었다. 인원은 다섯 명이었다. 그들은 무시키 일행을 보고 걸음을 멈추더니, 눈짓을 주고받았다.

몇 초 후, 대표로 보이는 남자가 천천히 걸음을 옮겼다.

"—아가씨, 저택으로 돌아가시죠. 어르신께서도 걱정하고 계십니다."

그리고 부드러운 태도와 차분한 어조로 그렇게 말하면서, 소녀를 향해 손을 내밀었다. 뜻밖의 반응이었기에, 무시키는 눈을 동그랗게 떴다.

"······아앙? 네놈들은 뭐야?"

하지만 안비에트는 언짢은 듯한 눈길로 그들을 쳐다보며 그렇게 말하더니, 천천히 몸을 일으켰다. 그러자 대표로 보이는 남자가 공손히 예를 표했다.

"소란을 피워 죄송합니다. 저희는 어느 분을 모시고 있는 종자인데······ 저택에서 도망치신 아가씨를 쫓아서 여기까지 왔습니다. ─아가씨, 혹시 불만이 있으시다면 저희가 어르신께 말씀을 올리겠습니다. 그러니 부디 마음을 푸십시오."

그 남자는 난처한 표정을 지으면서, 호소하는 투로 말했다.

그 말이 진실인지 확인하려는 듯이, 안비에트는 소녀를 쳐다봤다.

그러자 소녀는 어깨를 격렬하게 떨면서, 작디작은 목소리로 말했다.

"도, 와······줘······."

안비에트는 그 말을 듣더니, 남자들을 향해 시선을 돌리면서 한 걸음 내디뎠다.

마치, 소녀를 지켜주려는 듯이 말이다.

"후야죠, 이 아가씨를 부탁해."

"네. 하지만, 힘은 조절하세요."

루리는 상황을 파악했다는 투로 그렇게 말하더니, 소녀의 옆에서 몸을 숙였다. 루리도 안비에트와 마찬가지로 〈정원〉

의 기사다. 더 이상의 대화는 필요 없는 것이리라.

"……하아."

그런 두 사람의 행동을 본 건지, 남자는 한숨을 내쉬었다.

그리고 아까와는 전혀 다른, 험악한 어조로 말했다.

"싸구려 정의감을 발휘하지 말라고, 형씨. 좀 다치는 선에서 안 끝날걸? 우리 목적은 저 애뿐이야. 아무것도 못 본 척하며 빨리 꺼져."

"흥, 솔직하게 말하는 게 어때? 꼬맹이를 떼 지어 쫓아 다닐 순 있어도, 어른이 나서니 무서워 죽겠어요~ 하고 말이야."

"……뭐라고?"

안비에트가 그렇게 말하자, 남자가 미간을 찌푸렸다. 일 촉즉발의 분위기가 주위를 가득 채웠다.

"아무래도 따끔한 맛을 봐야 정신을 차리겠는걸……."

먼저 움직인 건 남자 쪽이었다. 온몸에 힘을 주더니, 허리 근처에 둔 손을 앞으로 쑥 내밀었다.

"하아앗—!!"

남자가 고함을 내지른 바로 그 순간이었다.

손 주위에 빛나는 문양 같은 것이 생겨나더니— 거기서 뿜어진 눈에 안 보이는 충격파가, 건물 벽에 명중했다. 콘크리트로 된 벽면이 동그랗게 도려내지더니, 파편이 사방으로 튀었다.

"어······?"

안비에트는 미심쩍어하는 눈길로 콘크리트 벽면을 쳐다 봤다.

무시키 또한, 그것을 쳐다보며 미간을 찌푸렸다.

"쿠로에, 방금 그건······!"

"네. 마술— 제1현현이군요."

쿠로에는 지극히 냉정한 어조로 그렇게 말했다.

그 말을 들은 건 아니겠지만, 남자는 우쭐대며 웃음을 터뜨렸다.

"하하하하! 어때? 이 세상에는 네 상식으로는 가능할 수 도 없는 게 있다고. 다음에는 빗맞히지 않을 거다. 방금 그 걸 네 머리에 날려주지. 알았으면 얌전히—."

"흐음······? 혹시 너희들, **떠돌이냐?**"

남자의 말을 끊듯, 안비에트는 턱을 들며 그렇게 말했다.

"그럼 이야기가 간단해지지."

"뭐—."

안비에트의 그 말을 듣고, 남자가 미심쩍은 표정을 지은 바로 그때였다.

빛 같은 것이 시야를 가로지른 듯한 순간, 남자는 그 자 리에서 쓰러졌다.

"······아니?!"

"대체, 뭐가 어떻게······."

다음 순간, 남자의 뒤편에 있던 검은 양복 차림의 남자들이 당황한 듯한 목소리로 그렇게 말했다.

그로부터 또 몇 초 후. 그제야 『그것』을 눈치챈 건지, 그들 중 한 명이 안비에트를 손가락으로 가리키며 외쳤다.

"계문……! 마술사냐?!"

그렇다. 그의 등에는 금빛의 고리 같은 계문 1획이 찬란히 빛나고 있었다.

바로 그때, 다른 남자가 뭔가를 눈치챈 것처럼 손을 부들부들 떨었다.

"자, 잠깐만 있어 봐. 저 빛의 고리…… 설마, 『뇌제』안비에트 스바르나인가……?!"

"뭐……?!"

방금 언급된 이름을 들은 남자들이 일제히 동요했다. 아무래도 안비에트의 이름은 떠돌이 마술사들에게도 익히 알려진 것 같았다.

하지만 그와 동시에, 매우 신경 쓰이는 말을 들은 느낌이 들었다. 무시키는 반쯤 무의식적으로, 안비에트를 쳐다봤다.

"『뇌제』."

"참 멋지네~."

"혹시 본인이 지은 겁니까?"

"시끄러워. 그런 게 아니라고."

무시키, 루리, 쿠로에가 그렇게 말하자, 안비에트는 짜증과 부끄러움이 섞인 눈길로 노려봤다.

하지만 그 와중에도 남자들은 전율한 표정을 지으며 떨리는 목소리로 말했다.

"어, 어쩌지……. 〈정원〉의 S급한테, 이기는 건 무리야……."

"그렇다고 『행운의 아이』를 놓쳤다간, 보스가 우리를 죽일 거라고……!"

"제, 젠장…… 내, 내가 앞장서겠어! 그 틈에—."

"아~, 됐으니까 빨리 기절하기나 해."

안비에트는 짜증 섞인 어조로 그렇게 말하더니, 손가락을 튕겼다.

다음 순간, 그 손가락에서 뻗어 나온 뇌광이 남자들을 일제히 기절시켰다.

그것을 확인한 후, 안비에트는 등 뒤에 존재하는 계문을 없앴다.

"한동안은 정신을 못 차릴 거야. 카라스마, 〈정원〉에 연락해서 저 자식들을 수거해."

"네."

짤막하게 대답한 쿠로에는 스마트폰을 조작하기 시작했다.

안비에트는 그 모습을 곁눈질하면서, 소녀의 곁으로 걸어갔다.

"……그런데? 떠돌이 마술사에게 쫓기던 아가씨의 정체

는 뭐지?"

"혹시—."

안비에트가 묻자, 소녀는 조그마한 목소리로 말했다.

"수를, 꼭 끌어안고 싶은 거야……?"

"……뭐?"

안비에트는 그 갑작스러운 말을 듣고 눈을 동그랗게 떴다.

그러자 소녀는 몸을 일으키더니, 안비에트의 몸을 꼭 끌어안았다.

"뭐, 뭐 하는 거야?"

안비에트는 어처구니없다는 듯이 눈썹을 찌푸렸다.

그러자 소녀는 두 손에 힘을 꼭 주면서, 감격한 것처럼 더듬더듬 말했다.

"쭉…… 쭉, 수를 만나고 싶었던 거구나……? **아빠**—."

그 말이, 들린 순간…….

"어?"

"뭐?"

"네?"

"……뭐어어어어어어어어엇?!"

그 자리에 있던 네 사람은, 제각각 다른 반응을 보였다.

제2장 마녀님을 만나고 싶었던 거구나?

"······."

안비에트 스바르나는 매우 언짢은 표정으로, 〈정원〉 부지 안을 걷고 있었다.

이유는 지극히 단순했다. 지나가던 학생과 교사들이, 하나같이 안비에트를 흥미롭다는 듯이 힐끔힐끔 쳐다보며 쑥덕거렸기 때문이다.

"저기, 쟤가······."

"응. 역시 소문이 맞나 봐······."

"우와······. 왠지 충격이야."

"안비 선생님, 그런 쪽으로는 성실하다고 생각했는데—."

여학생들이 그런 목소리가 들려왔다. 자기들은 목소리를 낮췄다고 생각할지도 모르지만, 안비에트에게는 똑똑히 들렸다.

"······아앙?!"

미간을 찌푸리며, 여학생들을 날카롭게 노려보았다.

"우왓······."

"큰일 났다······."

그러자 여학생들은 어깨를 부르르 떨면서 재빨리 그 자

리를 벗어났다. 주위에 있던 다른 학생들도 자기들한테 불똥이 튈까 싶어 부리나케 도망쳤다.

"쳇—."

안비에트는 그들의 등을 노려보면서, 짜증을 내듯 혀를 찼다.

하지만 그들을 쫓아가거나 따지지는 않았다. 딱히 그녀들에게 악의가 있지는 않다는 것을 알고 있으며, 그런 짓을 해봤자 『원인』을 없애지 않고선 같은 일이 되풀이되리라는 것도 이해하고 있었다.

"……."

안비에트는 걸음을 멈추더니, 등 뒤에 있는 『원인』을 돌아봤다.

그러자, 안비에트에게 찰싹 달라붙듯이 서 있는 한 여자애가 눈에 들어왔다.

조그마한 체구와 앳된 얼굴을 지닌 여자애다. 새 옷을 입고 머리카락도 예쁘게 땋은 그 애는 얼마 전에 안비에트 일행이 『밖』에서 구해준 바로 그 소녀였다.

게다가—.

"어라? 어라어라어라……?"

소녀는 전혀 두려워하지 않으며, 안비에트의 얼굴을 쳐다봤다.

"……뭐야?"

"아빠, 혹시 수의 머리를 쓰다듬고 싶어……?"

"아앙……?"

"무리 안 해도 돼……. 모처럼 만난 딸을 사랑해주고 싶은 건, 올바른 감정이니까……. 응. 이해해. 수는 알아. 부녀간의 교감이구나."

"그러니까! 나는! 너 같은 딸을 둔 적 없다고!"

소녀의 말을 들은 안비에트가 참다못해 고함을 질렀다.

그렇다. 이게 바로, 이 며칠 동안 안비에트를 따라다닌 악평의 원인이다.

하지만 소녀는 그런 안비에트의 반응에 놀라기는커녕, 어리둥절한 표정을 짓기만 했다.

그런 소녀를 대신하듯, 또 주위에서 쑥덕거리는 목소리가 들려왔다.

"완전 저질……."

"딸이 불쌍해……."

"분명 쟤 말고도 저런 자식이 잔뜩 있을 거야……."

"다 들린다고, 이 자식들아!"

안비에트가 고함을 지르자, 학생들은 또 부리나케 도망쳤다.

그 모습을 본 건지, 소녀는 걱정스러운 목소리로 말했다.

"괜찮아……?"

"누구 탓에 이렇게 된 건데……."

"수의 머리, 쓰다듬을래……?"

소녀는 안비에트의 손 언저리를 향해 자기 머리를 내밀었다.

"……."

안비에트는 소녀의 머리를 거칠게 쓰다듬어주면서, 며칠 전의 일을 떠올렸다.

떠돌이 마술사들을 순식간에 해치운 후…….

"……아빠, 라고?"

눈앞의 소녀가 느닷없이 한 말에, 안비에트는 인상을 찡그렸다.

딱히 불쾌한 것은 아니다. 그저 단순히, 의미를 모를 뿐이다.

애초에 안비에트에게는 자식이 없다. 게다가 눈앞의 소녀는 안비에트와 신체적 특징이 너무 달랐다. 유전적으로 피가 이어졌을 거라고 보기는 어려웠다.

하지만…….

"어라. 안비에트 씨, 따님이 있었어요?"

"왜 『밖』에 방치해둔 건데요? 육아 포기?"

"그런 짓을 하실 분이 아니라고 생각했습니다만……."

동행하고 있던 무시키, 루리, 쿠로에가 입을 모아 그렇게 말했다.

"이 자식들이……."

"농담이에요."

안비에트가 그렇게 말하자, 루리가 세 사람을 대표해 그렇게 대꾸했다.

그 후, 루리는 소녀와 눈높이를 맞추려는 듯이 몸을 웅크렸다.

"안녕. 이제 괜찮아. 나는 후야죠 루리라고 해. 너는 이름이 뭐니?"

"……수리야."

루리의 말을 들은 소녀가 작은 목소리로 대답했다. 그러자 루리는 고개를 힘차게 끄덕이며 말을 이었다.

"수리야. 너를 쫓아온 이 사람들이 누구인지 알아?"

소녀— 수리야는 쓰러진 남자들을 힐끔 쳐다본 후, 고개를 저었다.

"몰라……. 하지만, 쭉 갇혀 지냈어."

"갇혀 지내……?"

루리가 미심쩍은 투로 그렇게 말하자, 수리야는 고개를 끄덕였다.

"오늘은…… 이사를 한다고 했어. 그래서, 오랜만에 밖으로 나온 거야. 그래서, 이 사람들이 쳐다보지 않을 때, 도망쳤어……."

"……그랬구나. 대견하네."

루리는 수리야의 머리를 쓰다듬어준 후, 쿠로에에게 시선을 보냈다.

"어떻게 생각해?"

"방금 들은 이야기만으로는 결론을 내릴 수 없습니다만……
조직적으로 활동하는 떠돌이 마술사들이 비합법적인 일을 저지르는 경우도 많습니다. 그다지 좋은 목적은 아닐 테죠."

"뭐, 그럴 거야…."

쿠로에가 직접적인 표현을 피하며 그렇게 말하자, 루리는 한숨을 내쉬었다.

"으음, 수리야. 집이 어디인지 알아? 아빠와 엄마는 어디 있어?"

"집은…… 몰라. 아빠는…….."

수리야는 그렇게 말하면서 안비에트를 쳐다봤다.

"그러니까, 아니라고 말했잖아. 짚이는 데가 전혀 없다고."

"……이 사람이 아빠를 닮았다는 거니?"

루리가 묻자, 수리야는 「아냐」하며 고개를 저었다.

"닮은 게 아니라……. 수의 이름은, 수리야 스바르나. 안비에트 스바르나는, 수의 아빠. 쭉…… 쭉, 만나고 싶었어."

"뭐…… 뭐어?!"

수리야가 진지한 눈길로 쳐다보며 그렇게 말하자, 안비에트는 당황할 대로 당황하고 말았다.

거짓말을 하는 것 같지도, 자신을 놀리는 것 같지도 않았다. 진심으로, 안비에트를 자기 아버지라고 여기는 것처럼 보였다.

무시키 일행도 같은 생각을 한 것 같았다. 그들은 다시 안비에트를 향해 시선을 보냈다.

"안비에트 씨……."

"진짜로 짚이는 데가 없나요?"

"과음한 상태에서 실수를 저지른 것 아닙니까?"

"없다고 말했잖아!"

세 사람이 아까보다 더 미심쩍은 눈길로 쳐다보자, 참다 못한 안비에트는 고함을 질렀다.

"하지만, 이름이……."

"아까 저 자식들이 한 말을 들은 거 아니겠어?! 그리고 생긴 것만 봐도 쟤는 나와 혈연관계처럼 생기지 않았잖아!"

"어머니를 닮은 걸지도 모르잖아요."

"아하~."

"금발 미녀입니까……. 혐의가 짙어지는군요."

"이것들이……!"

이마에 핏줄이 불거진 안비에트가 그렇게 말하자, 쿠로에는 작게 한숨을 내쉬며 손뼉을 쳤다.

"아무튼, 이런 데서 이러고 있을 수는 없어요. 이 자리의 뒤처리는 처리반에게 맡기기로 하고, 저희는 일단 〈정원〉

으로 귀환하죠. 번거롭겠지만, 기사 엘루카의 의뢰는 수리 야 양의 치료를 마친 후에 하기로 해요."

"그래…… 아니, 잠깐만 있어 봐. 설마 이 애도 데려갈 생각이야?"

안비에트가 그렇게 말하자, 쿠로에는 당연하다는 듯이 고개를 끄덕였다.

"신원이 확인될 때까지 일시적으로 보호하겠습니다. 나 중에 제대로 기억 처리를 하면 문제 될 것은 없겠죠. 아니 면, 설마 이 자리에 그냥 두고 가자는 겁니까?"

"쳇……."

안비에트는 인상을 찌그리며 혀를 찼다.

"멋대로 해. 아무튼 나는 반대했다고."

그리고 그렇게 말을 이으면서 뒤돌아서려 했다.

하지만 바로 그때, 누군가가 안비에트의 옷자락을 잡아 당겼다. ―고개를 돌려보니, 수리야가 초롱초롱한 눈으로 안비에트의 얼굴을 올려다보고 있었다.

"혹시……."

"아앙?"

"아빠, 수를 안아주고 싶은 거야……?"

"……뭐?"

너무 뜬금없는 말이었기에, 안비에트는 얼빠진 목소리를 내고 말았다.

하지만 수리야는 눈을 돌리거나 거북한 표정을 짓지도 않으며, 안비에트를 가만히 응시하기만 했다.

그 모습을 본 쿠로에와 루리가 수리야의 편을 들 듯이 입을 열었다.

"뭐예요, 그런 거였어요?"

"그럼 그렇다고 말씀하시지 그러셨습니까."

"아앙?! 말도 안 되는 헛소리 늘어놓지 말라고! 누가 그딴 짓―."

"……그렇구나. 미안해."

안비에트의 말을 들은 수리야가 미안해하듯이 몸을 움츠렸다.

그 모습이 너무 처연해 보였기에, 안비에트는 말끝을 흐렸다.

"아니, 그러니까 말이야……."

하지만…….

"안아주는 게 아니라, 업어주고…… 싶었던 거구나?"

수리야는 배시시 웃으며 그렇게 말을 이었다.

"……."

그 맑디맑은 눈빛과 마주하자, 무심코 멈칫하고 말았다.

땅이 꺼지게 한숨을 내쉰 안비에트는 결국, 수리야를 업기 위해 그 자리에서 몸을 숙였다.

─그리고, 현재에 이르렀다.

신원 확인 및 그녀를 쫓던 떠돌이 마술사들과의 관계를 확인할 때까지 일시적인 조치지만, 수리야는 〈정원〉에서 생활하게 됐다.

〈정원〉에는 멸망인자 피해자의 보호시설이 존재한다.

멸망인자를 가역 토멸 기간 안에 토벌하면, 그 출현에 따른 피해가 『없었던 일』이 된다. 하지만 거꾸로 보자면, 기간을 넘긴 멸망인자가 일으킨 현상은 『결과』로서 세계에 기록된다. 즉, 일반적인 치료로는 고칠 수 없는 상처를 입은 자 혹은 고아가 발생할 가능성이 있다.

그런 자들을 보호 및 치료한 후에 최종적으로 기억 처리를 해서 『밖』으로 되돌려보낸다. 그것이 보호시설의 주된 역할이다. 뭐, 그들 중에는 소양을 인정받아서 마술사로서 〈정원〉에 속하게 되는 이도 없지는 않지만 말이다.

아무튼, 〈정원〉에 온 수리야도 한동안 거기서 돌보기로 했다.

하지만─.

"어라……? 아빠, 혹시 수를 칭찬해주고 싶은 거야……?"

대체 어떻게 빠져나온 건지, 수리야는 툭하면 안비에트의 곁에 나타나서 그를 졸졸 따라다녔다.

처음에는 보호시설에 연락해서 데려가게 했지만, 아무리 시설로 돌려보내도 어느새 또 안비에트의 곁에 나타났다.

이윽고 시설 직원도 포기하더니, 안비에트에게 대응을 맡기게 됐다.

아무래도 수가 항상 안비에트를 「아빠, 아빠」 하고 부르니까, 진짜 딸이라고 여기는 것 같았다. 직원을 불러서 수리야를 넘겨줄 때마다, 그들은 「이렇게 자기를 따르는 딸을……」, 「나 몰라라 하다니……」, 「인간 말종……」 하고 말하는 듯한 눈길로 쳐다보는 것 같았다.

결국 〈정원〉에 애 딸린 교사가 탄생하고 마는 결과로 이어지고 만 것이다.

하지만, 이 상황에서 안비에트가 일을 제대로 할 수 있을 리가 없다. 〈정원〉의 부지 안에서 수업 종이 울리는 것과 동시에, 안비에트는 수리야를 쳐다봤다.

"대체 뭘 칭찬하란 거냐고. ……보호시설로 안 돌아가는 건 네 마음이지만, 내 일을 방해하진 마."

"응."

안비에트가 그렇게 말하자, 수리야는 고개를 끄덕였다.

"……쳇."

자기한테는 아무 잘못도 없지만, 왠지 나쁜 짓을 한 느낌이 든 안비에트는 작게 혀를 찼다.

하지만, 계속 이러고 있을 수는 없다. 안비에트는 수업 준비를 하기 위해, 포장도로를 걸었다.

그러자 당연한 듯이, 수리야가 그를 따라갔다.

"—아니, 수업에는 따라오지 말라는 의미에서 한 말이라고!"

안비에트는 몸을 한껏 젖히더니, 더는 못 참겠다는 투로 고함을 질렀다.

◇

"—그런데 마녀님. 확인해주셨으면 하는 게 하나 있어요."

5교시 수업이 시작되려던 바로 그때, 루리가 진지한 표정으로 그런 말을 했다.

오늘 5교시 수업은 발동 수련이다. 즉, 마술 실습이다. 학생들은 이미 운동복으로 갈아입고 연무장에 집합해 있었다. 루리와 무시키도 예외는 아니었다.

그리고 루리의 호칭으로 알 수 있다시피, 현재 무시키는 쿠오자키 사이카의 모습을 하고 있었다. 명확하게 기간을 정해둔 것은 아니지만, 정기적으로 존재변환을 하고 있었다.

단순히 무시키와 사이카 중 한 명이 장기간 모습을 보이지 않는 것도 바람직하지 않으며, 쿠로에의 말에 따르면 각각의 신체로 배울 수 있는 것이 있다……고 한다.

"응. 뭐지? 루리."

무시키는 사이카다운 몸짓과 말투로 그렇게 대답했다.

루리는 몸이 사이카 모드일 때는 내용물도 사이카인 것

으로 알고 있다. 지금도 무시키의 의식이 몸을 지배하고 있다는 것을 눈치채게 할 수는 없다.

　이제까지 들키지 않았으니 괜찮을 것이다, 라고 무시키는 생각하지 않는다. 그도 그럴 것이 상대는 쿠오자키 사이카 팬클럽(비공식) 회원 넘버 0000001, 후야죠 루리다. 게다가 지금은 사이카와 무시키가 합체한 상태라는 정보를 접한 상태다. 미세한 방심 탓에 목숨을 잃게 될 가능성이 얼마든지 있었다.

　그런 우려를 꿰뚫어 본 것처럼, 루리는 작은 목소리로 말을 이었다.

　"지금의 마녀님은 내용물도 마녀님이고, 무시키의 의식은 완전히 휴면 상태인 거죠?"

　"……왜 그런 걸 묻는 거지?"

　무시키는 무심코 가슴이 뜨끔했지만, 어찌어찌 동요한 마음을 숨기면서 물었다.

　그러자 루리는 당황한 듯이 고개를 저으면서 대꾸했다.

　"아, 죄, 죄송해요. 딱히 마녀님을 의심하는 건 아니에요. 그저—."

　"그저?"

　"만에 하나, 무시키의 의식이 아주 조금이라도 각성해 있다면…… 마녀님이 옷 갈아입는 모습이나 목욕하는 광경을 똑똑히 목격했을 테니, 너무너무 부러워서 도저히 용서 못 할 것 같거든요."

"……"

루리가 그렇게 말하자, 무시키는 무심코 식은땀을 흘렸다.

그런 무시키를 대신해, 입을 연 이가 있었다.

"걱정하지 마시길. 사이카 님의 몸을 지키는 종자인 제가 보증하겠습니다."

바로 쿠로에다. 그녀도 다른 두 사람과 마찬가지로 운동복을 입고 있었다.

"그, 그렇구나. 그럼 됐어."

"네. 그게 확인되지 않았다면, 저도 이렇게 냉정하지는 못 할 겁니다. 무시키 씨가 판단력 있는 남성이라는 것은 알고 있습니다만, 그래도 신체 건강한 남자 고등학생입니다. 인생에서 가장 여성의 몸에 흥미가 많을 시기죠. 그런 무시키 씨가 사이카 님의 육체를 손에 넣는다면……."

"넣는다면……?"

"뭐, 분명 가슴 정도는 주물러보지 않을까 싶군요."

"무우우우우우시키이이이이이이잇!"

루리가 분노에 찬 목소리를 토했다. 약간 떨어진 곳에 있던 다른 학생들이 흠칫하며 어깨를 부르르 떨었다.

"아니, 저기……."

즉시 부정하고 싶지만, 무시키는 말끝을 흐릴 수밖에 없었다.

괜히 무시키를 감싸다간 의심을 살지도 모르는 데다, 사이카와 합체한 직후에 영문을 모른 채 가슴을 주물러봤다고 하는 전과까지 있는 탓에 목소리에 죄책감이 묻어날 것이란 생각이 들었다.

참고로 필요할 때 이외에 사이카의 가슴을 만진 것은 그때가 마지막이다. 자신이 사이카와 합체했다는 것을 인식한 후로는, 최대한 그녀의 존엄을 배려하려 했다. ……잠을 자다 무심코 만진 것은 봐줬으면 한다.

"진정하십시오, 루리 양. 어디까지나 지금, 무시키 씨의 의식이 남아 있을 경우의 이야기입니다. 그런 일은 없으니 안심하시길. —그렇죠? 사이카 님."

쿠로에는 그렇게 말하면서 무시키 쪽을 쳐다봤다.

"……그래. 물론이야."

무시키에게 주의하란 의미에서 한 말이라고 생각하지만…… 저 무덤덤한 시선의 밑바닥에 존재하는 즐거운 기색을, 무시키는 놓치지 않았다.

아무래도 무시키를 놀리며 즐기고 있는 것 같았다. 솔직히 말해 가슴이 살짝 콩닥거렸다.

바로 그때— 수업 개시를 알리는 종소리가, 연무장에 울려 퍼졌다.

"아, 시간이 됐군요."

쿠로에는 그렇게 말하며 자세를 고쳤다. 다른 학생들도

줄을 서기 시작했다.

그 움직임에 맞춘 것처럼, 연무장의 입구를 통해 키가 큰 사람이 들어 왔다.

"……어?"

그 모습을 본 무시키는 무심코 눈을 동그랗게 떴다.

아니, 무시키만이 아니다. 루리와 다른 학생들도 비슷한 표정을 지었다.

하지만 그럴 만도 했다. 그 사람은 귀여운 디자인의 가방을 오른쪽 어깨에 걸치고, 조그마한 여자애의 손을 잡아 끌고 있는 안비에트였으니 말이다.

"안비에트 선생님, 그 애는 대체……."

"아, 혹시 그 소문의……."

"소문?"

"몰라? 안비 선생님에게 숨겨둔 딸이 있다는—."

"—어험!"

술렁거리는 학생들의 입을 막으려는 듯이, 안비에트는 일부러 헛기침하며 그들을 노려봤다.

"……어느 놈이 내 수업에서 잡담을 지껄이고 있는 거지? 그렇게 기운이 넘친다면, 특별 코스라도 짜줄까? 아앙?!"

안비에트는 무시무시한 표정을 지으며 학생들을 노려봤다.

평소에도 그는 언동이 꽤 거친 편이지만, 오늘은 위압감이 어마어마했다. 예를 들자면 상처 입은 짐승 같았다. 무슨 일이 있더라도 자기를 이야깃거리로 삼지 못하게 하겠다는 기백이 넘쳐흐르고 있었다.

S급 마술사가 진심으로 위협하자, 평범한 학생들은 대꾸조차 할 수 없었다. 다들 저 여자애가 신경 쓰이지만, 입을 꾹 다물 수밖에 없었다.

"—아니, 잡담이 문제가 아니잖아요. 수업이 자기 딸을 데리고 오면 어떻게 하냐고요."

하지만, 같은 S급 마술사인 루리는 달랐다. 입도 뻥긋 못하는 다른 학생들과 달리, 그녀는 도끼눈을 뜨며 거침없이 지적했다.

"큭……, 그러니까 딸이 아니라고 했잖아!"

"그럼 왜 데려온 건데요……?"

"데려온 게 아냐! 멋대로 따라왔을 뿐이야!"

"어, 하지만 손을 잡고 있잖아요……?"

"얘는 안 잡아주면 금방 넘어진다고!"

"그럼 그 가방은…….."

"한 시간 넘게 꼬맹이를 연무장에 대충 내버려 둘 수도 없잖아!"

짜증 섞인 어조로 그렇게 외친 안비에트는 어깨에 걸친 가방에서 귀여운 그림이 그려진 돗자리를 꺼내더니, 그늘에 깔아줬다.

그리고 그 위에 수리야를 앉히더니, 가방에서 꺼낸 모자를 씌워준 후, 그녀의 옆에 물통과 잘게 쪼갠 과자가 들어 있는 봉지를 뒀다.

그 후, 안비에트는 무시무시한 표정으로 수리야를 노려 봤다.

"인마, 잘 들어. 나를 방해하지 말라고. 알겠냐?"

"응."

"수분 보충을 자주 해!"

"응."

"아까 점심을 먹었으니까, 과자는 좀 있다 먹으라고, 짜샤!"

"응."

안비에트가 그렇게 말하자, 수리야는 순순히 고개를 끄덕였다. 딱히 무서워하는 것 같지는 않았다. 아니, 왠지 즐거워하는 것처럼 보였다.

"······딸 아닌 거 맞죠?"

"아니라고 했잖아!"

루리가 미심쩍어하며 묻자, 안비에트가 바로 반박했다. 목소리의 박력은 백 점 만점이지만, 설득력은 빵점이었다.

그리고 상황을 더 악화시키려는 듯이, 수리야가 안비에트의 옷자락을 잡아당겼다.

"아빠, 아빠."

"······어? 뭐야. 수업 방해하지 말랬지?"

"혹시, 수를 화장실에 데려가고 싶은 거야?"

"……."

안비에트는 한순간 망설이더니, 곧 학생들을 노려보며 외쳤다.

"……두 명씩 짝을 지어서 스트레칭을 해둬! 그게 끝나면 트랙을 세 바퀴 돌라고, 이 자식들아!!"

그렇게 지시를 내린 안비에트는 수리야를 옆구리에 끼더니, 연무장 입구를 향해 뛰어갔다.

"……."

"……."

"사이카 님."

"아, 그래."

얼이 나간 학생들 사이에서, 무시키는 쿠로에와 함께 지시에 따라 스트레칭을 시작했다.

―그로부터 사흘 후.

수리야는 그 후로도 안비에트를 계속 따라다녔고, 툭하면 「아빠, 아빠」 하고 불렀다.

그리고 말투는 거칠지만 실은 착실한 사람인 데다 남을 잘 챙겨주는 편인 안비에트는, 그런 수리야를 무시하지 못하며 계속 돌봐줬다.

그런 광경이 〈정원〉 곳곳에서 목격되자, 단순한 소문에 지나지 않던 안비에트 숨겨둔 딸 발각설이 지금은 기정사실처럼 여겨지고 있었다.

그런 어느 날의 방과 후.

"실례합니다. —어, 우왓."

쿠로에와 함께 중앙 학사의 교무실을 방문한 무시키는 무심코 눈을 동그랗게 뜨더니, 작게 신음을 흘렸다.

〈정원〉의 교무실은 평범한 학원보다 각 교사의 공간이 널찍하고, 파티션으로 구분되어 있지만…… 거기에 있는 안비에트 스바르나 교사의 공간은 참 특이하게 꾸며져 있었다.

책상 중앙에 컴퓨터가 설치되어 있고, 그 양옆에는 각종 자료와 안비에트가 애용하는 머그컵이 놓여 있었다. 하지만 그 틈새를 메우듯, 귀여운 마스코트와 조그마한 봉제 인형이 놓여 있었다. 컴퓨터와 마우스에는 반짝거리는 스티커가 붙어 있었고, 파티션의 벽면에는 어린아이가 그린 듯한 안비에트의 초상화가 붙어 있었다.

"어……? 쿠가와 카라스마잖아. 뭐야. 나한테 볼일이라도 있냐?"

그 목소리를 듣고 무시키와 쿠로에가 찾아왔다는 것을 눈치챈 건지, 피곤한 기색이 역력한 얼굴로 컴퓨터를 조작하던 안비에트가 귀찮다는 듯한 눈길로 두 사람을 쳐다봤다. 유심히 보니, 두 눈 밑에 희미하게 다크서클이 있었다.

참고로 안비에트의 옆에는 어린이용 의자와 조그마한 테이블이 놓여 있었으며, 수리야가 거기에 엎드려서 쌔근쌔근 자고 있었다. 아무래도 다음 작품을 한창 그리고 있는 건지 손에는 색연필을 쥐고 있었으며, 볼 아래에는 그리다 만 그림이 깔려 있었다.

"아, 네."

무시키는 짤막하게 답한 후, 쿠로에 쪽을 쳐다봤다.

쿠로에는 무시키에게 패스를 받은 것처럼, 고개를 살짝 끄덕였다.

"수리야 양에 관한 조사가 어느 정도 진척됐기에, 그 결과를 보고드리러 왔습니다."

"뭔가 알아낸 게 있는 거야?!"

안비에트는 몸을 벌떡 일으키며 그렇게 외쳤지만, 곧 손으로 자기 입을 막으면서 수리야를 쳐다봤다. 그리고 수리야가 아직 곤히 잠들어 있다는 사실에 안도의 한숨을 내쉰 후, 아까보다 작은 목소리로 말을 이었다.

"……큰일 날 뻔했네. 모처럼 잠들었으니까, 사람 놀라게 하지 말라고."

"완전히 보호자가 다 됐군요."

"시끄러워. 그건 그렇고, 조사 결과는 어떤데?"

안비에트가 재촉하듯 말했다.

그러자 쿠로에는 조그마한 태블릿 단말을 꺼내 들며 말을 이었다.

"우선 수리야 양을 쫓던 떠돌이 마술사들이 〈살리쿠스〉의 구성원이라는 게 밝혀졌습니다."

"······호오?"

"으음, 죄송한데 〈살리쿠스〉라는 건······."

무시키가 묻자, 쿠로에는 태블릿 화면을 쳐다보며 대답했다.

"떠돌이 마술사들이 만든 조직 중 하나입니다. 규모는 중급이죠. 대표는 전직 A급 마술사 더그 월로즈입니다. 주된 활동 내용은 폭력단과 비합법 조직에의 인재 파견— 즉, 뒷세계에서의 보디가드 장사죠. 초보적인 마술일지라도 『밖』의 인간에게는 기적이나 다름없을 테니까요. ······물론 저희에게 있어서는 용납할 수 없는 행위입니다만, 지금은 거기까지 손을 쓰지 못하는 상황입니다."

"그래······."

무시키가 표정을 굳히며 그렇게 중얼거리자, 안비에트는 재촉을 하듯 턱짓을 했다. 그러자 쿠로에는 말을 이었다.

"잡은 구성원들을 심문했습니다만, 어째서 수리야 양을 쫓은 건지는 대답할 수 없다고 합니다. 아니, 정확하게는 저희가 무슨 말을 하는지 모르는 눈치더군요."

"뭐? 그게 무슨 소리야?"

"아마 정보가 새지 않도록, 적에게 잡혔을 때는 해당 기억이 지워지도록 손을 써둔 게 아닐까 합니다."

"기억 처리라고……? 떠돌이 놈들은 그렇게까지 해서 이 애를 쫓은 이유를 숨기려고 한 거야? 대체 애의 정체가 뭔데?"

안비에트는 곤히 잠들어 있는 수리야를 쳐다보면서 말했다.

"그 점에 관해서는 현재 조사 중이며, 아직 신원도 파악하지 못했습니다. 하지만—."

"하지만?"

"유전자 검사 결과, 기사 안비에트와 혈연관계일 가능성은 지극히 낮다는 점이 판명됐습니다."

"……뭐, 그렇겠지."

쿠로에의 말을 들은 안비에트가 팔짱을 끼며 그렇게 대꾸했다.

안비에트는 툭하면 부녀관계를 부정했다. 그러니 이 결과는 예상대로일 것이다. 딱히 놀란 것 같지도 않았다.

하지만— 어째서일까. 그 표정에서는 평소의 안비에트에게서는 찾아볼 수 없는 기색이 어려있는 듯한 느낌이 들었다.

"안비에트 씨, 혹시—."

"『쓸쓸해요?』하고 지껄인다면, 정수리부터 발끝까지 전기가 흐르게 해주마."

"……배고프지 않으세요? 뭐라도 좀 사다 드릴까요?"

선수를 빼앗긴 무시키는 얼버무리듯 하려던 말을 바꿨다.

안비에트는 그 부자연스러움을 느낀 것 같지만, 더는 추궁하지 않으며 작게 숨을 내쉬었다.

"……뭐, 얼추 이해했어. 또 알아낸 게 있으면 가르쳐달라고."

"네. 그럼 저희는 이만 실례하겠습니다."

"그래―. 아, 잠깐만 있어 봐."

무시키 일행이 용건을 마치고 돌아가려고 하자, 안비에트가 그들에게 말을 건넸다.

"미안하지만, 업무가 좀 남았거든. 돌아가는 길에 챙겨갈 테니까, 잠든 애를 숙직실에 옮겨놔 주지 않겠어?"

"어? 아, 네. 그건 괜찮은데…… 그냥 여기서 자게 둬도 괜찮지 않을까요?"

"아앙? 책상에 엎드려서 자는 게 몸에 좋을 리가 없잖아. 혈전이 생길 수도 있다고. 이코노미 클래스 증후군 얕보지 말란 말이다. 너희도 신경 써."

"아…… 네."

지당하기 그지없는 정론이었기에, 무시키는 진땀을 삐질삐질 흘릴 수밖에 없었다.

"으음. 저기, 쿠로에……."

"네."

쿠로에는 무시키의 의도를 눈치챈 건지, 수리야의 허리

쪽으로 손을 뻗어서 그녀의 몸을 천천히 들어 올렸다. 그리고 몸을 웅크린 무시키의 등에, 수리야를 올려놨다.

"영차⋯⋯."

무시키는 수리야를 업은 후, 그대로 발에 힘을 주며 몸을 일으켰다.

"그럼, 실례하겠습니다."

"그래."

안비에트는 손을 가볍게 흔들었다. 무시키는 고개를 살짝 숙인 후, 쿠로에와 함께 교무실을 나섰다.

숙직실은 중앙 학사 1층 구석에 있다. 무시키는 수리야가 깨지 않도록 느릿느릿한 걸음걸이로, 복도를 걸었다.

현재 시각은 오후 여섯 시. 수업이 끝나고 시간이 좀 흘렀기에, 학원 안에는 인적이 드물었다. 줄지어 있는 창문을 통해 스며든 저녁노을이 복도를 오렌지색으로 물들이면서, 몽환적인 광경을 자아내고 있었다.

"괜찮으십니까, 무시키 씨."

그렇게 이동하고 있을 때, 옆에서 걷고 있는 쿠로에가 입을 열었다.

"응?"

"어린아이라고는 해도, 의식이 없는 인간의 몸은 평소보다 무겁게 느껴지니까요."

"아—."

그 말을 들은 무시키는 몸을 살며시 움직여서 수리야의 자세를 고친 후, 고개를 끄덕였다.

"이 정도는 괜찮아요. 어쩌면 〈정원〉에서의 훈련을 통해, 조금은 근육이 붙은 걸지도 몰라요."

무시키가 농담 투로 그렇게 말하자, 쿠로에는 눈을 내리깔면서 「그럴지도 모르겠습니다」 하고 대답했다.

"시간 참 빠르게 흐르는군요. 무시키 씨가 〈정원〉에 온 지도 벌써 석 달이나 됐습니다. —너무 정신없는 나날이라, 솔직히 실감이 나지 않는군요."

"그래요—."

무시키는 감회에 젖으며 숨을 내쉬었다.

사이카와 융합해서 〈정원〉에 온 후로 너무 많은 일이 있었던 탓에, 숨 돌릴 틈도 없었다. 사이카를 습격한 정체불명의 습격자, 〈누각〉 교류전과 토키시마 쿠라라의 암약, 루리의 약혼 소동과 〈방주〉에서의 일……. 과장이 아니라 진짜로 무시키는, 세계의 운명을 좌우하는 사건에 몇 번이나 휘말렸다.

"하지만 마술사는 세계의 이면에서, 항상 이런 나날을 보내고 있는 거잖아요?"

"그건 그렇습니다만, 최근 몇 달 동안의 사건은 〈정원〉의 역사상에서도 찾아보기 힘든 것들입니다. 그도 그럴 것이, 신화급의 멸망인자가 연이어 나타나고 있으니까요."

"아……."

듣고 보니 그럴지도 모른다. 정말 말도 안 되는 타이밍에 자기가 〈정원〉에 오게 됐다고, 무시키는 생각했다.

"과장이 아니라, 무시키 씨가 있지 않았다면 해결할 수 없는 국면이 연이어 벌어졌습니다. ─다시 한번, 감사드립니다."

"아, 아니에요."

무시키가 그렇게 말하자, 「게다가」 하고 쿠로에는 말을 이었다.

"저 또한, 이 석 달 동안 새로운 일을 잔뜩 경험했습니다. 학생으로서 〈정원〉에 다닌 것은 처음이니까요. 참으로 신선하고…… 즐거웠습니다. ─조금만 더 이런 생활이 이어지면 좋겠다는 생각을 할 정도로 말이죠."

"쿠로에……."

무시키가 이름을 부르자, 쿠로에는 고개를 살며시 저었다.

"안심하시길. 목적을 잊은 건 아닙니다. 그것은 무시키 씨도 마찬가지일 텐데요?"

쿠로에가 그렇게 말하자, 무시키는 「네」 하며 고개를 끄덕였다.

"내 목표도, 변함없어요. 나는─ 사이카 씨와 몸이 분리된 후에 다시 한번 만나고 싶어요. 거울 너머나, 다른 몸을 통해서가 아니라 한 명의 인간 대 인간으로서요."

"──."

무시키가 그렇게 말한 순간, 쿠로에는 눈썹을 희미하게 떨면서 주위를 둘러봤다.

"아—."

그 움직임을 본 무시키는 작게 숨을 삼켰다.

방과 후라 인적이 드물다고는 해도, 여기는 중앙 학사다. 어디서 누군가가 듣고 있을지도 모른다. 물론 듣는다고 해서 믿을 리가 없기는 하지만, 그렇다고 해서 함부로 입에 담아도 되는 말은 아니다.

"죄송해요. 경솔했네요."

"아뇨, 그런 게 아니라……. 방금, 무슨 소리가 들리지 않았습니까?"

"네?"

무시키는 그 말을 듣고 눈을 깜빡였다.

"어, 나는 딱히 아무것도 못 들었는데……."

"그렇습니까."

쿠로에는 한 번 더 주위를 둘러본 후, 가늘게 한숨을 내쉬었다.

"죄송합니다. 신경이 약간 과민해졌던 걸지도 모르겠군요."

그리고 그렇게 말한 쿠로에는 마음을 다잡으려는 듯이 헛기침을 했다.

"—자. 오늘도 이런저런 일이 있기는 했습니다만, 이럴 때야말로 일과를 빠뜨리면 안 되겠죠. 수리야 양을 숙직실로 옮긴 후, 어제 하던 걸 계속할까요."

"네. 실은 그 후에 루리와 새로운 카드를 만들었어요."

"카드 게임 이야기를 하는 게 아닙니다."

"아…… 미안해요."

무시키가 사과하자, 쿠로에는 한숨을 내쉬었다.

"……딱 한 판만입니다. 그 후에는 훈련을 하도록 하죠."

"어? 아— 네!"

무시키는 놀라면서도 힘차게 고개를 끄덕이더니, 저녁노을에 물든 복도를 걸었다.

다음 날 아침.

평소보다 약간 이른 시간에 잠에서 깬 무시키는— 미세한 위화감을 느낀 탓에 눈썹이 희미하게 떨렸다.

"……."

잠에서 막 깬 탓에 의식이 흐릿한 가운데, 머릿속에 물음표가 떠올랐다.

그렇다고 나쁜 꿈을 꾼 것은 아니며, 창밖에서 스며드는 아침 햇살이 평소보다 강한 것도, 기숙사 옆에서 시끄러운 공사가 시작된 것도 아니다. 구체적으로 뭐가 이상한지는, 무시키 본인도 알 수 없었다.

시간이 흐르면서, 의식이 서서히 또렷해졌다.

—가장 먼저 느낀 것은, 냄새였다.

꽃향기 같은, 비누 향기 같은…… 달콤한 느낌이 감도는 향기다. 남자 기숙사의 방에서 맡을 일이 없을 듯한 그 좋은 향기가, 무시키의 콧속으로 스며들었다.

"으음……."

달콤한 꿀에 이끌린 벌처럼, 천천히 눈을 떴다.

그리고…….

"……어?"

다음 순간. 무시키는 침대 위에서 딱딱하게 굳어버렸다.

하지만 그러는 것도 무리는 아니었다.

현재, 무시키의 눈앞에는 **두 가지 의미에서** 믿기지 않는 광경이 펼쳐져 있었다.

무시키의 옆. 좁은 침대 위에 한 소녀가 누워서 곤히 잠들어 있었다.

그것만으로도, 무시키에게 있어서는 심장이 몸 밖으로 튀어나올 만큼 충격적인 일이었다. 갑작스러운 사태로 인해, 막 잠에서 깨어나서 천천히 뛰고 있던 심장이 쿵쾅쿵쾅하고 격렬한 비트를 새기기 시작했다.

하지만— 그게 다가 아니었다. 확실히 경악스러운 사태지만, 그것만으로는 무시키도 이렇게까지 혼란에 빠지지 않을 것이다.

문제는, 저 소녀가, 대체 **누구인가**라는 점이다.

무시키는 심장이 격렬하게 뛰는 탓에 희미하게 흔들리는 시야로, 소녀를 다시 살펴봤다.

창문을 통해 스며드는 햇빛을 받아서 찬란히 빛나는 햇살 빛깔의 머리카락.

신의 총애를 한 몸에 받았다고 해도 과언이 아닐 만큼, 아름다운 얼굴.

두 눈을 감고 있어서 눈동자는 보이지 않지만— 무시키는 저 눈꺼풀 너머에 있는 눈동자의 색깔을 선명하게 이미지할 수 있었다.

이유는 단순했다. 무시키는 저 소녀의 얼굴을 매일 같이 봐온 것이다.

그렇다. 그녀는 바로—.

"으, 응……."

무시키의 뇌가 결론을 내놓으려던 바로 그때였다.

소녀는 몸을 꿈틀거리더니, 천천히 눈을 떴다.

무시키가 상상했던 것과 똑같은, 몽환적인 극채색을 띤 두 눈동자가 숨결이 닿을 만큼 가까운 거리에서 무시키를 응시하고 있었다.

"으음…… 안녕, 무시키. 좋은 아침이야."

그리고 소녀— **쿠오자키 사이카**는, 그렇게 말하면서 살며시 미소 지었다.

"......."

무시키는 눈을 동그랗게 뜨더니, 목소리조차 내지 못하면서 뒤편으로 천천히 구른 끝에— 침대에서 떨어졌다.

"......!"

"어라."

둔탁한 소리가 들려오는 것과 동시에, 등에서 고통이 느껴졌다.

아무래도 꿈이 아닌 것 같았다. 피어오른 먼지가 햇빛을 받아서 빛나는 모습을 보며, 무시키는 얼이 나간 듯이 하늘을 올려다봤다.

"무시키, 괜찮아?"

사이카가 침대 위에서 얼굴을 쏙 내밀었다.

하늘에서 자신을 내려다보는 그 모습은, 마치 천사 같았다.

"사이카…… 씨, 어, 어째서—?"

그 현실미 없는 광경을 본 무시키는 얼이 나간 채 그렇게 말했다.

하지만 그런 의문을 품는 게 당연했다.

"어째서— **있는** 거예요?!"

무시키는 극채색을 띤 눈동자를 응시하며, 그 말을 입에 담았다.

얼빠진 질문이라는 것은 자각하고 있다. 하지만, 그 외의 다른 표현이 생각나지 않았다.

그러자 사이카는 무시키의 말을 듣고 처음으로 거기까지 생각이 미친 것처럼, 눈을 몇 번 깜빡였다.

"아…… 그래. 신기한 일도 다 있는걸."

"사, 사이카 씨도 무슨 일이 일어난 건지 모르는 건가요……?"

"한심하게도 말이지. 게다가…… 약간이지만, 의식이 혼탁해진 것 같아. 기억에 또렷하지 않은 부분이 있어."

그렇게 말한 사이카는 이마를 손으로 살짝 눌렀다. 어딘가 심각하게 안 좋은 것 같지는 않았다. 두통을 느끼고 있다기보다, 의식이 혼탁하다는 것을 알기 쉽게 표현하기 위한 제스처를 취했다는 게 더 적절해 보였다.

"―괘, 괜찮으세요?!"

하지만 무시키는 입에 거품을 물며 그 자리에서 벌떡 일어났다.

그리고 못난 자신을 부끄럽게 여겼다. 자신과 사이카가 분리된 상황에 놀란 나머지, 그것이 사이카에게 어떤 영향을 끼칠지에 생각이 미치지 않았다.

사이카와의 분리. 동시에 존재하는 무시키와 사이카. 그것은 무시키의 진심 어린 소망이자, 오랜 소원이다. 어떤 이유에서든지 간에 그것이 이뤄졌다면 기뻐하면 기뻐했지, 슬퍼할 필요는 없다.

하지만 그것은 어디까지나 아무런 문제 없이 두 사람이 분리됐을 때의 이야기다.

"아, 아무튼 몸에 문제가 없는지 확인하죠. 의식의 혼탁은 얼마나 심한가요?! 손발은 제대로 움직이나요?! 어디 아픈 곳은—."

그렇게 말을 늘어놓던 무시키가 갑자기 입을 꼭 다물었다.

딱히 사이카나 자신의 몸이 이상하다는 사실을 눈치챈 것은 아니다.

그것보다 더 단순하고, 더 심오하며, 더 근원적인 이유에서다.

그렇다. 지금 이 순간까지, 무시키는 눈치채지 못했다.

—침대 위에서 몸을 일으킨 사이카가, 실오라기 하나 걸치고 있지 않다는 것을…….

"아, 아, 아……."

무시키는 눈을 한껏 치켜뜨더니, 경련이 일어난 목으로 목소리를 간헐적으로 토했다.

얼굴이 시뻘게졌다는 것을 알 수 있었다. 어쩌면 정수리에서 연기가 피어오르고 있을지도 모른다.

가느다란 목. 요염한 쇄골. 호리호리한 어깨—.

다행인지 불행인지, 모포를 몸에 걸친 바람에 무시키의 눈에 보인 것은 그 정도지만, 무시키로서는 충분하고 남을 만큼 자극적이었다. 천 하나 너머로 드러난 몸의 굴곡이, 무시키의 왕성한 상상력을 무한히 자극하고 있었다.

게다가, 그게 전부가 아니었다.

"응? 이상한 데라도 있어?"

무시키의 반응을 의아하게 여긴 듯한 사이카가 자기 몸을 꼼꼼히 훑어보기 시작했다.

그러면서 두 손을 들어 올린 탓에 큰일이 나고 말았다. 사이카의 몸에 걸쳐져 있던 모포가 그대로 흘러내리면서, 그녀의 새하얀 피부가 드러나고 말았다.

"아."

"……?!"

그것을 뇌가 인식한 순간, 무시키는 반쯤 무의식적으로 몸을 젖혔고—.

그 바람에 뒤통수를 세게 찧더니, 그대로 기절하고 말았다.

"—루리이이이이이이이이이이이이이이이이이잇!"

아침의 그 소동이 일어나고, 약 한 시간 후.

그 후에 정신을 차린 무시키는 어찌어찌 옷을 챙겨입은 후, 비명에 가까운 목소리를 내면서 〈정원〉 부지 안을 내달렸다.

무시키는 기숙사가 있는 남부 에어리어에서 중앙 학사로 이어지는 대로를 뛰어가고 있었다. 꽤 이른 시간이지만, 길을 가는 학생들이 드문드문 보였다. 고함을 지르며 포장 도로를 미친 듯이 뛰는 무시키의 모습을 본 그들은 어처구니없다는 듯한, 혹은 미심쩍은 시선을 보냈다.

하지만 무시키는 학생들의 기이한 시선이 신경 쓰이지 않았다. 더 정확하게 말하자면, 신경 쓸 여유가 없었다. 매달리는 듯한 심정으로 고함을 지르면서, 어떤 사람을 찾아서 하염없이 내달렸다.

그런 무시키의 기도가 하늘에 닿은 건지, 전방에서 눈에 익은 사람을 발견했다. ─바로 무시키의 여동생인 후야죠 루리다.

"……왜 아침부터 남의 이름을 그렇게 불러대는 거야? 부끄러우니까 그만 좀 해."

"루리!"

무시키는 그 모습을 보자마자 달려들 듯한 기세로 루리를 향해 뛰어가더니, 그녀의 어깨를 덥석 움켜쥐었다.

"다행이야! 한참 찾아다녔어! 만나고 싶었다고, 루리!"

"뭐, 뭐야……."

루리는 무시키의 기세에 눌린 듯한, 그러면서 왠지 기쁜 듯한 표정을 지었다.

"정말…… 그렇게 함께 등교하고 싶으면, 미리 말하지

그랬어."

"아냐! 그게 아니라고!"

"그게 아니면 뭔데?"

루리가 갑자기 언짢은 표정을 지었다. 하지만 지금은 그녀의 마음을 헤아려줄 여유가 없었기에, 무시키는 허둥지둥 말을 이어갔다.

"미안해! 그래도 큰일 났어! 대, 대체 뭘 어쩌면 좋을지 모르겠다고……!"

"……응? 무슨 일이 일어난 건데?"

루리는 미심쩍다는 듯이 눈썹을 찌푸렸다.

하지만 무시키는 설명하지 않았다.

이유는 단순했다. 다음 순간, 설명할 필요가 없어졌기 때문이다.

"―안녕, 루리. 좋은 아침이야. 오늘도 일찍 일어났구나. 대견한걸."

그렇다. 무시키의 뒤편에서 사이카가 고개를 빼꼼 내밀면서, 루리를 향해 손을 흔들었기 때문이다.

물론 아침에 일어났을 때의 모습이 아니라, 〈정원〉의 교복을 입고 있었다. ―혹시나 싶어서 방에 예비용 교복을 비치해두기 정말 잘했다고 무시키는 생각했다.

"아! 마녀님, 좋은 아침이에요."

루리는 사이카를 보자, 그녀를 향해 정중히 인사했다.

"······어?"

하지만 도중에 위화감을 눈치챈 것 같았다. 그녀는 의아한 눈길로 무시키와 사이카를 번갈아 쳐다봤다.

그리고······.

"─우와아아아아아아아아앗! 마, 마녀님이잖아아아아앗?!"

마치 유령이라도 본 것처럼, 어마어마한 절규를 토했다.

하지만 그것도 당연했다. 합체한 무시키와 사이카가, 나란히 모습을 보였으니 말이다.

그 경악에 찬 목소리를 들은 길 가던 학생들이 무슨 일인가 싶어 쳐다보기 시작했다.

"어, 뭐야? 무슨 일 터졌어?"

"후야죠 양이 고함을 지르고 있네."

"뭐야, 후야죠잖아."

"마녀님이 머리카락을 손질하고 나타나신 것 아냐?"

"아냐, 저 반응으로 볼 때······ 평소와 다른 머리핀을 하신 게 분명해."

하지만 다들 곧 납득하더니, 사이카를 향해 인사를 건넨 후에 다시 등교하기 시작했다. 마치 이런 일이 흔하다는 듯한 반응이었다.

확실히 지금은 이목을 모으고 싶지 않은 상황인 만큼, 그런 반응을 보여줘서 고맙기는 했다. 무시키는 두 사람을 데리고 대로변에 있는 가로수의 그늘 쪽으로 이동했다.

그러자 아까보다 조금은 진정한 듯한 루리는 당혹스러운 표정을 지으면서, 다시 무시키의 얼굴을 응시했다.

"노, 놀라게 좀 하지 마. 무시키, 대체 뭐가 어떻게 된 거야? 마녀님과 분리되는 데 성공했어⋯⋯?"

"그게, 나도 뭐가 어떻게 된 건지 모르겠어. 아침에 일어나 보니 이렇게⋯⋯."

"뭐야. 껐다 켰더니 버그가 고쳐진 것 같은 사태인 거야?"

루리는 진땀을 흘리며 미간을 찌푸렸다. 확실히 심정은 이해가 됐다. 당사자인 무시키와 사이카조차도, 무슨 일이 일어난 건지 모르는 것이다. 루리가 당혹스러워하는 것도 어찌 보면 당연했다.

그러자 사이카는 미안하다는 듯이 고개를 저었다.

"놀라게 해서 미안해. 원래라면 내가 자초지종을 설명해야만 하겠지만— 아무래도 기억이 모호해서 말이지. 정신을 차리고 보니 이런 상태였어."

"아, 아뇨, 마녀님은 아무 잘못 없으세요! 이유가 어찌 됐든 간에, 원래대로 돌아오셔서 다행이에요!"

루리는 허둥지둥 그렇게 대답했다.

확실히 그녀의 말이 옳았다. 몸의 분리는, 무시키와 사이카에게 있어 중요한 목적이다.

하지만 그 염원이 이뤄졌는데도, 무시키는 진심으로 기뻐하지 못했다.

―한번 융합한 존재는, 웬만해서는 분리될 수 없다.

그것은 융합한 무시키에게, 사이카 본인이 한 말이다.

절대로 불가능하다고는 말하지 않았다. 하지만 그것은 최강의 마녀인 사이카의 지식과 힘으로도 쉽지 않으며, 그 것을 위해서는 몇 가지 조건을 충족시킬 필요가 있다.

그렇기에 무시키는 사이카가 그 준비를 마칠 때까지, 『쿠오자키 사이카』로서 세계와 그녀의 몸을 지키기 위해 싸우기로 맹세했다.

그것이 이런 형태로, 원인조차 모르게 달성될 리가―.

"―무시키, 왜 그래? 모처럼 원래대로 돌아왔는데, 표정이 좋지 않은걸."

그런 무시키의 우려와 생각은, 순식간에 사라지고 말았다.

사이카가 장난스러운 미소를 머금더니, 강아지를 달래는 듯한 손길로 무시키의 턱을 쓰다듬어줬다.

"아아아아~."

그 달콤한 감촉에, 무시키는 볼을 붉히며 신음을 흘릴 수밖에 없었다.

이 몇 달 동안, 매일 거울 너머로 봐온 모습이기는 했다.

하지만 이렇게 마주 서서, 자신에게 말을 건네며, 이렇게 만져주기까지 하는 건, 이제까지와는 전혀 다른 자극이었다.

참고로 루리는 눈앞에서 동경하는 이와 오빠가 그런 야 릇한 교감을 나누기 시작하자, 얼굴을 새빨갛게 붉히면서

「으아아……」 하며 손으로 입가를 막았다.

"확실히 신경 쓰이는 점이 많지만, 지금은 재회를 기뻐
하는 게 어떨까? —혹시, 이렇게 얼굴을 마주하는 날을 진
심으로 바란 건 나뿐이려나?"

"그, 그렇지는…… 나도, 쭉 고대해왔어요……."

"후후. 그거 영광인걸. 너한테는 신세를 많이 졌거든. 내
가 이뤄줄 수 있는 게 있다면, 어디 말해봐."

"어, 나, 는……."

무시키는 금방이라도 녹아내릴 듯한 얼굴로, 말을 이으
려 했다.

하지만…….

"—아침부터 야외에서 뭐 하시는 겁니까, 무시키 씨."

등 뒤에서 들려온 목소리가, 늪에 빠져들던 그의 의식을
밖으로 끌어냈다.

"……아!"

무시키는 어깨를 부르르 떨면서 자세를 고쳤다.

누군가가 느닷없이 말을 걸어와서 놀란 것은 아니다. 그
목소리는 무시키에게 있어, 매우 특별한 의미를 지니고 있
었다.

무시키는 허둥지둥 고개를 돌렸다. 그러자 그의 예상대

로, 쿠로에가 눈을 부릅뜨고 서 있었다.

"오, 오해 마세요, 쿠로에. 이건—."

거기까지 말한 무시키는 갑자기 입을 다물었다.

변명의 여지가 없다거나, 할 말이 없어서가 아니다.

이유는 더 단순했다. 지금 자신이 명백하게 이상한 광경에 처해 있다는 것을 눈치채고 만 것이다.

"—쿠, 쿠로에! 왜 여기 있는 거예요……?!"

무시키는 눈을 한껏 치켜뜨더니, 새된 목소리로 그렇게 외쳤다.

"왜냐고 물으셔도……. 저 또한 〈정원〉의 학생이니까, 등교를—."

쿠로에는 평소처럼 담담한 어조로 그렇게 말했지만, 말을 잇던 도중에 무시키의 맞은편에 서 있는 인물을 본 것 같았다. 그녀는 어깨를 부르르 떨며 입을 다물었다.

사이카도 쿠로에를 본 건지 「안녕」 하며 손을 흔들어 보였다.

"쿠로에…… 왜 그래?"

쿠로에의 그런 모습을 본 루리가 의아한 투로 물었다.

하지만 루리가 저런 반응을 보이는 게 당연했다. 그녀는 쿠로에와 사이카가 다른 사람인 것으로 알고 있으니 말이다.

"……"

하지만 쿠로에 본인은 그럴 수가 없는 것 같았다. 아무

말 없이 사이카를 응시하더니, 이윽고 천천히 두 손을 뻗어서 그녀의 볼을 만져보기 시작했다.

"쿠로에…… 간지러워."

"……."

아니, 만져보는 수준이 아니었다. 점점 손에 힘이 들어가더니, 최종적으로는 장인 같은 손놀림으로 사이카의 볼을 주무르기 시작했다. 마치 애니메이션에서 나올 법한, 변장을 폭로하는 장면 같았다.

"끄으……."

"쿠, 쿠로에! 뭐 하는 거예요!"

"그러다간 마녀님의 볼이 살살 녹아내리겠어!"

마치 맛있는 요리라도 먹는 듯한 표현을 쓰면서, 루리는 쿠로에를 말렸다.

하지만 루리가 등 뒤에서 꼼짝 못 하게 잡은 후에도, 쿠로에는 허공을 두 손으로 마구 주물러대고 있었다.

"무시키 씨, 루리 양."

"아, 네."

"왜……?"

"이번에는 어떤 놀이를 하시는 겁니까? 사이카 님을 쏙 빼닮은 인형을 가지고 소꿉놀이라도 하시려는 건가요?"

"무슨 소리를 하는 거예요, 쿠로에! 진짜 사이카 님이라고요!"

"대체 아까부터 왜 이러는 거야?!"

평소의 냉철한 쿠로에와는 거리가 먼 언동이었기에, 무시키와 루리는 무심코 고함을 질렀다. ……쿠로에의 얼굴을 유심히 보니, 표정에는 변화가 없으나 동공이 한껏 열려 있었다. 좀 섬뜩했다.

하지만, 그녀가 저런 반응을 보이는 것도 무리는 아니다.

그렇다. 지금 이 자리에는 쿠로에와 사이카가 있다.

각자가 독립적으로 행동하며, 말을 하고 있다.

하지만 그런 당연한 광경은, 무시키와 사이카가 동시에 존재하는 것 이상으로 기이한 광경이었다.

왜냐하면 카라스마 쿠로에는, 사이카의 의식이 깃들어 있는 의해의 이름이다.

즉, 지금 이 상황은 사이카가 두 명 존재하는 것이나 다름없다.

"흠……."

몇 분 후. 겨우 마음을 진정시킨 듯한 쿠로에는 루리에게서 해방되자, 사이카를 향해 공손히 인사를 건넸다.

"좋은 아침입니다, 사이카 님. 이렇게 무시키 씨와 나란히 계신 모습을 보는 건 처음이군요."

"응. 좋은 아침이야, 쿠로에. 너한테도 폐를 많이 끼쳤는걸. 고마워."

쿠로에가 인사를 하자, 사이카는 위로의 말을 건넸다.

언뜻 보기에는 아무런 문제도 없는 광경이다. 실제로 쿠로에의 정체를 모르는 루리는 쿠로에가 평소 모습으로 되돌아온 줄 알고 안도한 것 같았다.

하지만, 무시키는 아까부터 계속 혼란에 빠져 있었다.

두 명의 사이카가 마주 보고 서 있는 것만으로도 기묘한 사태인데, 양쪽 다 독립된 인격으로서 인사를 나누고 있었다.

역시 꿈인 걸까. 무시키는 확인 삼아 볼을 힘껏 꼬집었다. 꽤 아팠다.

"—그럼 무시키 씨, 대체 무슨 일이 있었던 겁니까? 융합술식의 해제는 그리 간단한 일이 아닙니다만……."

"어? 아…… 네. 실은—."

쿠로에가 묻자, 무시키는 간결하게 오늘 아침 일을 설명했다.

설명이라는 표현이 적절한지는 모르겠지만 말이다. 요약하자면, 아침에 일어나보니 분리되어 있었다. 원인은 모른다. 이 말만으로 끝나는 이야기였다.

"……그렇게 된 것이군요."

쿠로에는 이야기를 듣더니, 턱에 손을 대며 낮은 신음을 흘렸다.

"개요는 이해했습니다. 일단 수업 전에, 기사 엘루카를 찾아가 보도록 하죠."

"엘루카 님을 말이야?"

루리는 고개를 갸웃거렸다. 쿠로에는 「네」 하고 말하며 고개를 끄덕인 후에 말을 이었다.

"사이카 님과 무시키 씨가 분리된 것 자체는 기뻐할 일입니다만, 융합술식이 자연적으로 풀릴 리가 없습니다. 아직은 확인이 되지 않았습니다만, 어떤 힘이 작용한 게 틀림없겠죠. 그것이 두 사람에게 어떤 영향을 끼칠지 모르는 만큼, 의료부에서 신체검사만이라도 받아둬야 한다고 생각합니다. ─물론 기사 엘루카는 사이카 님과 무시키 씨가 융합했었다는 사실을 모르는 만큼, 적당한 이유를 생각할 필요가 있을 테죠."

"……확실히 그 말이 맞아."

루리는 인상을 찡그리며 그렇게 말했다. 느닷없이 같이 나타난 무시키와 사이카를 보고 놀란 나머지, 거기까지 생각이 미치지 못한 것을 부끄러워하고 있는 것처럼 보였다.

"나도 쿠로에의 말에 찬성이야. 마녀님, 어떻게 하시겠어요?"

"아, 그래. 지금은 딱히 몸에 문제가 없지만, 너희의 말에 따르도록 할까."

루리가 그렇게 묻자, 사이카는 고개를 끄덕였다.

그 모습을 본 쿠로에는 아까보다 더 깊이 고개를 조아리며 이렇게 말했다.

"감사합니다. ─그럼 그 전에, 지금 할 수 있는 확인을 마쳐둘까 합니다."

"확인?"

"네."

쿠로에는 짤막하게 답한 후, 무시키를 향해 걸음을 내디뎠다.

"어?"

그리고 물 흐르는 듯한 동작으로 무시키의 머리를 움켜잡더니, 그대로 입술을 내밀었다.

"우, 우와아아아아아아아아아아아아아아아아아앗―?!"

루리가 절규를 토하면서, 두 사람 사이에 끼어들었다.

"잠깐…… 너, 너, 갑자기 뭐 하는 거야?!"

"뭐긴 뭐겠습니까. 마력 공급을 통한 존재변환입니다."

쿠로에는 당연하다는 투로 말을 이었다.

"사이카 님과 무시키 씨가 완전히 분리됐는지를 확인하려는 겁니다. 아무 일도 일어나지 않는다면 그걸로 됐고, 만약 마력 공급을 통해 무시키 씨의 몸에 변화가 발생한다면 그것이 문제 해결의 실마리가 될지도 모르죠."

"그…… 그건 그럴지도 모르지만……!"

루리는 큰 목소리로 그렇게 외치면서도, 쿠로에의 주장이 옳다고 여기는 것 같았다. 괴로운 표정으로 고민을 하며, 머리를 쥐어뜯었다.

그리고 몇 초 후, 각오를 다진 듯이 고개를 치켜들었다.

"……조, 좋아! 내가 할게!"

"저 이외의 다른 사람이 이 처치를 할 경우, 술식을 부여해야만 합니다. 루리 양께서 일부러 할 이유는 딱히 없다고 생각합니다만―."

"괘, 괜찮아! 지금 중요한 건 효율이 아냐!"

바로 그때, 사이카가 재미있다는 듯한 표정을 지으며 입을 열었다.

"흠. 그럼 시험 삼아 나와 해보는 건 어때?"

"""―그건 안 돼요!"""

그 말을 들은 쿠로에, 루리, 무시키가 한 목소리로 그렇게 외쳤다.

뭐, 세 사람이 똑같은 말을 하기는 했지만…….

"어떤 상태인지 확실치 않은 두 사람이 마력을 주고받았을 때, 어떤 일이 일어날지 알 수 없습니다."

……라는 이유로 쿠로에는 말한 것 같고.

"마녀님의 입술을 헐값에 넘길 수는 없어요!"

……라는 의미에서 루리는 말한 것 같으며.

"마음의 준비를 할 시간을 주세요!"

……라는 의미로 무시키는 말한 것 같으니, 그 말에 담긴 의미는 명백하게 달랐다.

세 사람의 반응을 본 사이카는 재미있다는 듯이 웃었다. 바로 그때였다.

〈정원〉 곳곳에 설치된 스피커에서, 방송이 흘러나왔다.

『사람을 찾습니다. 학원장님. 서둘러 중앙 사령부로 와 주십시오. 엘루카 프레에라 님이 기다리고 계십니다. 다시 한번 말씀드립니다─.』

"어……?"

호출의 타이밍이 참 절묘했기에, 무시키 일행은 서로의 얼굴을 쳐다봤다.

"─오오, 사이카. 이렇게 불러서 미안하구나."

중앙 사령부에 발을 들인 무시키 일행을 맞이한 이는, 움 직이기 편해 보이는 비키니와 스패츠 위에 흰색 가운을 걸 친다고 하는 기묘한 복장을 한 조그마한 체구의 소녀였다.

겉보기에는 열서너 살 정도로 보이지만─ 그 외모와 그 녀의 실제 나이가 다르다는 것은, 〈정원〉에 속한 인간이라 면 누구라도 알고 있다.

엘루카 프레에라. 〈기사단〉의 일원이자, 사이카 다음가 는 고참 마술사다.

"아니, 괜찮아. 마침 우리도 너를 만나러 가려던 참이었 거든."

"흠, 무슨 볼일이라도 있는 게냐?"

"그래. ─하지만, 우선 네 용건부터 들어볼까. 대체 무슨 일이지?"

"음——."

사이카가 재촉하듯 그렇게 말하자, 엘루카는 무시키 일행을 둘러본 후에 쓴웃음을 머금었다.

"그건 그렇고, 단체로 쳐들어왔구나."

그렇게 말한 엘루카는 어깨를 으쓱했다. 그러자 무시키 일행은 송구하다는 듯이 몸을 움츠렸다.

"아…… 미안해요. 함께 등교하고 있었거든요."

"방해된다면 자리를 비켜드리겠습니다."

"아니, 괜찮으니라. 어차피 곧 알게 될 테지. 은폐하기에는 **사태**가 심각하니 말이야."

엘루카는 팔짱을 끼더니, 가늘게 숨을 내쉬었다.

그 모습을 보고 사태가 범상치 않다고 느낀 무시키 일행은 마른침을 삼켰다.

"뭐, 직접 보는 편이 나을 게다. —언니."

엘루카가 허공을 쳐다보며 그렇게 말했다.

『네엣~!』

그러자 그 말에 답하듯, 사령부의 커다란 테이블 위에 한 소녀의 모습이 떠올랐다.

은색의 장발과 새하얀 피부를 지닌 소녀였다. 그리고 놀라울 정도로 커다란 가슴은, 법의 같은 디자인의 옷에 감싸여 있었다.

"시르벨— 누나."

무시키가 그렇게 말하자, 소녀는 공중에서 가볍게 몸을 비틀면서 만족한 듯이 미소지었다.

『GOOD~! 참 잘했어요, 뭇 군. 여러분의 언니 누나, 시르벨이에요!』

소녀는 그렇게 말하며 공중에서 몸을 회전시킨 후, 사람들 앞에 내려섰다.

〈정원〉 관리 AI『시르벨』. 정확하게는 그 AI가 조작하는, 대인(對人) 커뮤니케이션용 인터페이스의 모습이다. 일전에 쿠라라가 일으킨 사건에 휘말려 손상된 후로 복구 작업이 진행됐는데, 얼마 전에 겨우 부활한 것이다.

〈정원〉의 보안 및 관리를 담당하는 초고성능 인공지능이지만 어찌 된 건지『언니 누나』인 것에 존재의의를 두는 것 같으며, 언니나 누나라고 불러주지 않으면 제대로 응답조차 해주지 않는다. 그래선 AI로서 문제가 있는 게 아닐까, 하고 무시키는 생각했다.

"언니, 예의 영상을 보여다오."

『알았어요, 엘 양!』

엘루카가 그렇게 말하자, 시르벨은 과장되게 두 팔을 들어 올렸다.

그러자 주위가 반짝거리는 특수효과가 발생하더니, 테이블 위에 입체영상이 표시됐다.

그것은 『밖』의 경치였다. 지면에 거대한 구덩이 같은 것이 파여 있었다.

"……이게 뭐지?"

사이카가 의아하다는 듯이 묻자, 엘루카는 영상을 쳐다보며 대답했다.

"미국의 한 도시이니라. 위치로 말하자면, 볼티모어와 필라델피아 사이쯤 될 테지."

"……네?"

엘루카가 한 말의 의미를 이해 못 한 무시키는 무심코 되물었다.

그럴 만도 했다. 적어도, 도시라는 표현이 적합한 경치가 아니었다.

하지만 엘루카는 그런 반응을 예상했다는 듯이, 조용한 어조로 말을 이었다.

"오늘 아침 4시 30분, 미국 동해안의 도시에서 정체불명의 마력 반응이 감지됐다. —이것은, 그 보고를 받고 촬영한 것이지."

"네……?"

"그게, 무슨…….."

무시키 일행이 영문을 모르겠다는 반응을 보이자, 엘루카는 다시 입을 열었다.

"—도시 하나가, 순식간에 사라졌느니라."

제3장 메이드가 보고 싶었던 거야?

"나는 온화하고 관대하지만…… 이 세상에서 참을 수 없는 것이 딱 세 개 있다."

마술사 더그 월로즈는 등을 굽히며 의자에 앉더니, 손에 쥔 금속제 라이터의 뚜껑을 열었다가 닫기를 반복했다.

그는 고급스러운 검은색 양복을 걸친, 30대 중반 가량의 남자다. 날카로운 두 눈과 핼쑥한 볼이, 신경질적인 인상을 자아내고 있었다.

"……읍! ……읍!"

현재, 그의 눈앞에는 한 남자가 있었다. 손발이 의자에 묶였으며, 입에는 재갈이 채워져 있었다. 눈가에는 눈물이 맺혔고, 때때로 뭔가를 호소하듯이 의자를 흔들며, 알아들을 수 없는 소리를 내고 있었다.

하지만 월로즈는 그의 호소에 귀를 기울이는 기색조차 보이지 않았다.

이미 심문은 끝났다. 그것으로 납득될 만한 답을 듣지 못했기에, 그는 이렇게 이 자리에 있는 것이다. 이제 와서 상대방에게 들을 말은 없었다.

"하나는 마가린 토스트. 다른 하나는 독한 향수를 뿌린 여자. 그리고 마지막 하나는—."

월로즈는 칼날 같은 눈빛을 한층 더 날카롭게 만들더니, 딸깍하는 소리를 내며 라이터의 뚜껑을 닫았다.

"애 하나 제대로 돌보지 못하는, 보모보다도 무능한 부하다."

그 순간, 그의 손끝에 1획의 계문이 나타났다. 동시에 그의 손가락에서 가느다란 실 같은 빛이 뻗어나가자, 의자에 앉아있는 남자가 몸을 부르르 떨었다.

"—으읍!!"

재갈이 물린 상태에서 토한 절규가 방 안에 울려 퍼졌다. 몸의 움직임에 맞춰, 의자의 다리가 격렬한 리듬을 새기면서 덜컹덜컹하고 소음을 흩뿌렸다.

월로즈의 제1현현은 마력으로 경로를 연결한 대상자의 신경에 직접적으로 고통을 가한다. 예를 들자면, 몸 안에 갑자기 가시가 달린 막대가 꽂히는 것과 마찬가지다. 그 격렬한 고통은 필설로 형용할 수 없다.

하지만 월로즈는 그를 죽일 생각은 없다.

확실히 그는 최악의 실수를 범했으며, 월로즈 또한 머리 끝까지 화가 치솟은 상태다.

하지만 월로즈는 마술사이기 이전에 장사꾼이다. 아무리 화가 났더라도, 손익 계산만은 잊지 않는다. 대가를 치를 필요가 있겠지만, 감정에 사로잡혀 부하를 죽여봤자 득 될 것이 없다. 한순간의 만족을 위해 목숨을 빼앗을 바에야, 죽을힘을 다해 일하게 만드는 편이 그나마 득이 될 것이다.

"……!"

이윽고 남자는 고개를 푹 숙였다. 아무래도 기절한 것 같았다.

죽는 것보다도 더 고통스럽지만, 힘 조절만 실수하지 않는다면 죽지는 않는다. 윌로즈는 자기 술식이 마음에 쏙 들었다.

고통은 공포를 낳고, 공포는 목줄이 된다. 조직을 다스리기 위해서는 부하가 자신을 두려워하게 만들어야 한다고, 윌로즈는 믿어 의심치 않았다.

하지만— 그것만으로는 안 된다. 그것만으로는 부족하다. 윌로즈는 천천히 고개를 들더니, 이 방의 벽 쪽에서 대기하고 있던 부하들을 쳐다봤다.

"—『행운의 아이』의 행방은 아직도 모르는 거냐?"

"혀…… 현재 전력을 다해 수색하고 있습니다."

대답한 부하의 목소리는 희미하게 떨리고 있었다.

하지만 그것도 당연했다. 윌로즈에게 있어, 그리고 조직에 있어서 가장 중요하다고 해도 과언이 아닌 『행운의 아이』가 이송 중에 도망친 것이다.

게다가 추적하던 부하들까지 완전히 소식이 끊겼다.

누군가에게 습격을 당한 것인가. 아니면 행방불명이라도

된 것인가. 혹은, 부하들이 짜고 『행운의 아이』를 강탈한 것인가. 어느 쪽이든 간에, 최악의 상황이라는 사실에는 변함없다. 위압감을 자아내기 위해 목소리를 낮추면서, 부하들에게 지시를 내렸다.

"찾아라. 인간이 완전히 사라지는 건 불가능하지. 그 어떤 수단을 써서라도 『행운의 아이』를 찾아내. 내 행운을 빼앗으려 한 괘씸한 놈들도 말이다."

""""네…… 네!""""

윌로즈가 그렇게 말하자, 줄지어 서 있던 부하들이 긴장한 표정으로 대답했다.

바로— 그때였다.

갑자기 방의 문이 열어젖혀지더니, 당황한 것 같은 젊은 부하가 굴러들어왔다.

"보, 보스! 큰일 났습니다!"

"무슨 일이냐."

윌로즈는 지극히 차분한 목소리로 대답했다. 놀라지 않았다면 거짓말이겠지만, 그것을 겉으로 드러냈다간 자신의 위엄이 줄어든다는 것을 그는 알고 있다.

"『행운의 아이』가 어디 있는지 알아냈습니다! 제프 일행을 습격한 자도 파악했습니다……!"

"호오. 그거 잘됐군. —그래서? 『행운의 아이』는 대체 어디 있지?"

윌로즈가 묻자, 부하는 한순간 말문이 막힌 반응을 보인 후에 입을 뗐다.

"〈정원〉—."

"뭐?"

"〈공극의 정원〉입니다……! 『행운의 아이』는, 〈정원〉 기사 안비에트 스바르나가 데려간 듯합니다……!"

"——."

그 말이 들려온 순간, 방 안은 찬물을 끼얹은 것처럼 조용해졌다.

윌로즈가 놓친 라이터가, 딱딱한 소리를 내며 바닥에 떨어졌다.

"〈정원〉……이라고?"

마술사 양성기관 〈공극의 정원〉. 윌로즈를 비롯한 떠돌이 마술사를 무법자로 친다면, 그들은 정규 군대에 위치하는 무투파 집단이다. 『기사』란, 그 안에서도 최상위의 마술사를 가리킨다.

그리고 무엇보다 〈정원〉이 이 건에 관여했다면, 분명 『그 여자』도 얽혀 있을 것이다.

〈공극의 정원〉 학원장. 세계 최강의 마술사. 극채의 마녀, 쿠오자키 사이카가—.

"……큭."

그 이름을 떠올린 순간, 목에서 쥐어짜 낸 듯한 목소리가 흘러나왔다.

그에 맞춰, 부하들도 술렁거리기 시작했다.

분위기가 좋지 않게 흘러가고 있다. 윌로즈는 마음을 진정시키려는 듯이 심호흡을 한 후, 부하들의 관심을 모으려는 듯이 크게 헛기침을 했다. 부하들은 어깨를 부르르 떨면서 자세를 고쳤다.

상대는 〈정원〉. 솔직하게 말하자면 얽히고 싶지 않은 상대다.

하지만 상대가 누구일지라도 겁먹은 모습을 부하에게 보여줄 수는 없으며, 무엇보다도 『행운의 아이』를 잃을 수는 없다.

윌로즈는 눈을 내리깔며 생각에 잠기더니, 이윽고 그 이름을 입에 담았다.

"─슈안에게 연락해라."

"슈안에게…… 말입니까?"

윌로즈의 말을 들은 부하가 눈을 치켜뜨며 대꾸했다.

하지만 그런 반응을 보이는 게 당연했다. 윌로즈가 언급한 이는, 떠돌이 마술사 안에서도 악명 높은 『해결사』인 것이다.

"그래. 방식은 따지지 않겠다. 『행운의 아이』를 무사히 되찾아준다면, 보수는 그쪽에서 말하는 대로 주겠다고 해."

"하, 하지만, 그자는─."

"내가 똑같은 말을 두 번 해야겠느냐?"

윌로즈가 날카로운 시선을 보내며 그렇게 말하자, 부하는「아, 아뇨……」하고 기어들어 가는 소리로 대답한 후에 방을 나섰다.

◇

"─상황을 정리하죠."

〈정원〉중앙 학사의 최상층에 위치한 학원장실에서, 쿠로에가 조용한 목소리로 말했다.

지금 이 방에는 무시키와 사이카, 그리고 쿠로에뿐이다. 무시키와 사이카가 마주 보듯 응접용 소파에 앉아있었고, 쿠로에는 둘 사이에 서 있었다.

아까 엘루카를 만나러 간 후로 이미 시간이 꽤 흘렀다. 지금쯤 학생들은 수업을 한창 듣고 있을 것이다.

하지만 상황이 상황인 만큼, 무시키 일행은 오늘 수업에 결석했다.

물론 성실하게 수업을 들으며 공부하는 것이 얼마나 중요한지는 무시키도 잘 안다. 하지만 지금은 한시라도 빨리 확인해야만 하는 일이 너무 많았다.

참고로 루리만은 현재, 교실에서 수업을 듣고 있다. 사이카, 쿠로에, 무시키의 이야기 중에는 루리에게 들려줄 수 없는 것도 많기 때문이다. ……무시키 일행이 없다는 사실을 눈치챈 루리가 지금 어떤 표정으로 수업을 듣고 있을지 생각해보니, 무시키는 등골이 오싹해졌다.

"아침에 일어나보니, 옆에 사이카 님이 있었다. —무시키 씨, 제 말이 맞습니까?"

"아, 네."

무시키가 대답하자, 쿠로에는 사이카를 쳐다봤다.

"사이카 님도, 같은 인식이십니까?"

"그래. 눈을 떠보니, 무시키의 방 침대에 누워 있었어. 잠든 사이에 무슨 일이 있었는지는, 미안하지만 기억이 안 나."

"그렇습니까."

쿠로에는 턱에 손을 대더니, 생각에 잠기듯 입을 다물었다. 아무래도 그녀의 지식으로도, 원인을 찾을 수가 없는 것 같았다.

몇 초 동안, 학원장실에 침묵이 흘렀다. 희미한 긴장감에 사로잡힌 무시키는 더는 가만히 있을 수가 없어서 천천히 시선을 돌렸다.

"흐음."

바로 그때, 사이카와 시선이 마주쳤다. 그녀는 장난스레 미소 지으면서 윙크를 했다.

"──."

두근, 하고 심장이 뛰었다.

무시키는 반쯤 무의식적으로 자리에서 일어나더니, 사이카 앞에서 한쪽 무릎을 꿇었다.

"저, 저저저저, 저기, 사이카 씨."

"갑자기 왜 그러는 거지?"

"부, 부디, 나와—."

"그만하십시오."

무시키가 말을 이으려고 한 바로 그 순간, 누군가가 그의 목덜미를 움켜잡았다.

"꾸엑."

완전히 허를 찔린 무시키의 목에서 그런 한심한 신음이 새어 나왔다. 무시키는 눈썹을 찌푸리더니, 쿠로에를 돌아보았다.

"뭐 하는 거예요, 쿠로에……."

"그건 제가 할 말입니다. 방금 대체 뭘 하려고 한 거죠?"

"그야 물론…… 약속을 지키려고 했을 뿐인데요."

무시키는 목을 잡힌 고양이 같은 자세로 그렇게 말했다.

그렇다. 융합술식에 의해 합체한 후, 무시키는 사이카에게 부탁을 하나 했다.

—몸의 분리에 성공해서 두 사람의 원래대로 되돌아간다면, 그때는 사이카에게 프러포즈를 할 권리를 달라는 부탁이었다.

그리고 사이카는, 자신만만한 미소를 지으며 그것을 승

낙했다.

그 순간, 그것이 바로 무시키의 가장 큰 목표가 됐다.

"······."

쿠로에는 예상대로라는 듯이 한숨을 내쉬더니, 고개를 절레절레 저으며 말을 이었다.

"물론 그 약속은 기억하고 있으며, 지금은 그 조건이 충족된 상황이라고도 말할 수 있을 겁니다. 하지만 분리의 원인을 모르는 데다, 지금은 서둘러 대처해야만 하는 사건이 일어났죠. 지금은 프러포즈보다 우선해서 처리해야 하는 일이 있는 게 아닐까요?"

"······!"

무시키는 그 말을 듣고 숨을 삼켰다.

그녀의 말이 옳았다. 어디까지나 약속은 프러포즈를 할 권리를 받는 것이며, 그 프러포즈를 승낙할지 말지는 엄연히 다른 이야기다. 사이카의 마음도 생각하지 않으며 폭주해서는 의미가 없다.

"그래요. 쿠로에의 말이 옳아요. 제 배려가 부족했어요······."

"이해하셨습니까."

"네. 반지도 준비하지 않고 프러포즈를 하는 건, 사이카 씨께 실례겠죠······."

"전혀 이해하지 못한 것 같군요."

쿠로에는 가늘게 한숨을 내쉬었다.

"무시키 씨."

"네. 무슨 일—."

쿠로에는 무시키를 부르더니, 그의 턱을 들어 올리면서 그대로 키스를 했다.

"……?!"

그 동작이 놀랄 만큼 자연스러웠기에, 무시키는 입술에 부드러운 감촉이 느껴지고서야 비로소 숨을 삼키며 눈을 치켜떴다.

시야 가장자리에, 사이카의 모습이 비쳤다. 사이카는 무시키와 쿠로에가 키스하는 모습을, 「오……」 하고 낮은 탄성을 흘리며 흥미롭다는 듯이 쳐다보고 있었다. 확실히 그녀로서는 자신과 무시키의 키스를 제삼자의 위치에서 보고 있는 것이다. 불가사의한 광경일 게 틀림없다.

하지만 불가사의한 감각이라면, 무시키도 느끼고 있다. 동경하는 사람이 보는 앞에서 키스한다고 하는 비도덕적인 체험을 하는 걸로 모자라, 키스 상대는 바로 그 동경하는 사람이다. 머릿속에서 혼란과 당황과 쾌감이 뒤섞이더니, 뭐가 뭔지 알 수가 없었다.

"……흠."

하지만, 그 키스는 곧 끝을 맞이했다. 쿠로에가 낮은 신음을 흘리며 입술을 뗀 것이다.

"이, 이께 무쓴……."

무시키가 잘 돌아가지 않는 입으로 겨우겨우 그렇게 말하자, 쿠로에는 담담한 어조로 대답했다.

"물론, 마력 공급입니다. 존재변환이 일어나지 않는 것을 보면, 두 사람의 몸이 분리된 것은 틀림없을 테죠. ……그리고 하나 더 덧붙이자면—."

그렇게 말한 쿠로에는 눈을 가늘게 떴다.

"약속의 조건이 충족됐다고는 해도, 너는 **나와 나**, 둘 중 어느 쪽에게 프러포즈를 할 거지?"

이어서 한 말은, 카라스마 쿠로에가 아니라 쿠오자키 사이카의 말이었다.

"……."

그 말을 들은 순간, 무시키는 무심코 숨을 삼켰다.

그 말이 옳았다. 자신과 별개로 존재하는 사이카의 모습을 보고 사고력이 저하되어서 거기까지 생각이 미치지 못했지만, 지금 이 자리에는 두 명의 쿠오자키 사이카가 동시에 존재하고 있었다.

"—참, 불가사의한 상황이야."

그렇게 말한 이는 사이카였다. 표정을 굳히면서 말을 이었다.

"이 상황에서 가능성을 고려해보자면 무시키와 내가 분리되면서 의해에 깃들어 있던 내 의식이 둘로 나뉘었다,

이려나. 자각은 없지만 말이지."

"그래. 아니면 분리된 몸 혹은 이 카라스마 쿠로에의 의해에 새로운 자아가 싹텄다, 일 가능성도 있어."

"맞아. 물론 나는 자기가 쿠오자키 사이카라고 여기고 있어. 하지만 세계 5분 전 가설처럼 『쿠오자키 사이카로서의 기억을 지닌 상태』에서 태어났다면, 자신이 가짜가 아니라는 것을 증명하는 건 지극히 어렵겠지."

"나도 조건은 같아. 자기가 진짜라고 주장할 근거는, 자신의 기억 말고는 없어."

바로 그때, 사이카와 쿠로에는 동시에 무시키를 쳐다봤다.

"—무시키. 네 의견도 듣고 싶어."

"너는, 이 상황을 어떻게 생각하지?"

"어떻게, 생각하냐니—."

무시키는 그 말을 듣고, 사이카와 쿠로에를 번갈아 쳐다봤다.

이 자리에는 쿠오자키 사이카와 쿠오자키 사이카. 한 명일 때도 끝내주는 사이카가, 두 명이나 존재했다. 두 사람의 질문은, 무시키가 그 기적을 의식하게 만들기에 충분했다.

"나, 나는…… 어느 쪽의 사이카 씨도, 똑같이 사랑하겠어요!!"

"".......""

사이카와 쿠로에는 무시키의 말을 듣고 한동안 침묵에

잠긴 후, 동시에 웃음을 터뜨렸다.

"이런이런. 너는 여전한걸."

"네가 이렇게 평소와 다름없으니, 오히려 안심이 돼."

두 사람은 어깨를 으쓱하며 그렇게 말한 후, 다시 서로를 쳐다봤다.

"뭐, 이 건에 대해서는 아직 단서가 너무 없어."

"엘루카의 검사 결과가 나오면, 다시 이야기를 나누자."

"─지금은, 미국의 도시 소실 건부터 처리하도록 할까."

"그래."

두 사람이 그렇게 말한 순간, 약간 느슨해졌던 분위기가 다시 팽팽해졌다.

엘루카가 보고한 비상사태─ 도시의 소실. 이 수수께끼의 현상 탓에, 현재 『밖』의 미디어는 야단법석이었다. 텔레비전과 SNS에서는 다양한 억측이 나돌고 있었다. 지각 변동에 의해 땅이 갈라졌다, 대국의 실험 병기가 폭주했다, 혹은 우주인의 침략이다─.

하지만 그러는 것도 무리는 아니었다. 『밖』의 인간이 이런 비상사태를 접하는 일 자체가 지극히 드무니 말이다. ……뭐, 정확하게는 이제까지 몇 번이나 일어난 비상사태를 아무도 기억하지 못한다는 쪽이 정확할지도 모른다.

"역시, 멸망인자의 짓일까요?"

무시키가 진지한 표정으로 그렇게 말하자, 사이카와 쿠

로에는 동시에 고개를 끄덕였다.

"그건 틀림없겠지. 멸망인자란『세계를 멸망시킬 수 있는 존재』의 총칭. 꼭 괴물만을 가리키는 말은 아니거든."

"그래. 그 어떤 현상이든 이 정도의 영향을 끼친다면, 멸망인자로 지정될 거야. 실제로 세계의『시스템』에 의해, 가역 토멸 기간은 설정됐어."

"가역 토멸 기간—."

무시키는 되새기듯 따라 말했다.

쿠로에는 작게 고개를 끄덕이더니, 덧붙여서 말했다.

"중대한 사태가 발생했을 때, 세계는 그 직전의 상태를 보존해. 그리고 일정 기간 안에 그 문제의 원인을 없앤다면, 그 기간 안에 발생한 피해는『없었던 일』이 되지. —그것이, 내〈세계〉의 권능이야. 그것이 발동된 만큼, 멸망인자에 해당하는『무언가』가 나타난 건 틀림없어. 하지만—."

"—그것이 뭔지, 아직 모른다는 거군요."

무시키가 그렇게 말하자, 두 사람은 눈을 약간 내리깔며 고개를 끄덕였다.

그렇다. 그것이 이번 사건의 불가사의한 점이었다. 원래 이 정도 규모의 재해가 발생하면, 그것을 일으킨 멸망인자가 즉시 확인되기 마련이다.

하지만, 이번에는 그렇지 않았다.

도시를 소멸시킬 정도의『무언가』의 흔적조차 발견하지

못한 것이다.

 "가역 토멸 기간은 240시간. 그러니 약 열흘 안에 이 사태의 원인인 멸망인자를 찾아내서 해치우지 못하면, 저 광경은 『결과』로서 세계에 새겨지고 말아."

 "그것만은 반드시 피해야만 해. 그건 알지?"

 "……네."

 "지금 〈정원〉의 조사팀이 원인을 조사하고 있어. 판명되자마자, 보고가 올라올 거야. 경우에 따라서는 대규모 작전이 될 가능성도 있어. 준비를 철저히 해두도록―."

 사이카가 말을 이으려던 순간, 〈정원〉 부지 전체에 종소리가 울려 퍼졌다. 아무래도 수업이 끝난 것 같았다.

 그리고 잠시 후, 땅울림 같은 발소리가 복도에서 들려왔다.

 그 발소리의 주인은 학원장실의 문 앞에서 브레이크를 걸더니(기세가 너무 격렬한 탓에 좀 지나쳤던 건지, 몇 걸음 되돌아오는 소리도 들려왔다), 문에 노크를 했다.

 "앗."

 무시키는 낮은 신음을 흘렸다.

 방금 그 소리만으로, 찾아온 이의 정체를 눈치챈 것이다.

 "들어오십시오."

 쿠로에가 짤막하게 답하자, 문이 천천히 열렸다.

 "무우우우우우시이이이이이이이키이이이이이―."

 그리고 열린 문틈을 통해 섬뜩한 목소리가 들려오더니,

예상했던 인물— 루리가 얼굴을 비췄다.

"가아아암히 나를 따돌려어어어어어어—."

"루, 루리…… 아냐. 이건……."

원한과 분노로 물든 시선을 받은 무시키가 불륜 현장을 목격당한 남자처럼 떨리는 목소리를 토했다.

무시키가 허둥대고 있을 때, 사이카가 쓴웃음을 머금으며 한숨을 내쉬었다.

"루리, 기다리고 있었어. 자, 서 있지 말고 여기 앉아."

사이카는 그렇게 말하더니, 자기 옆자리를 손바닥으로 두드렸다.

"……네엣?!"

그러자 루리는 눈을 동그랗게 뜨면서 새된 목소리를 냈다.

그녀의 온몸에서 피어오르던 분노의 분위기가 순식간에 사라졌다.

"하, 하지만……. 어떻게 그런 황송한……."

"어, 싫은 거야? 그럼 강요는 안 하겠지만……."

"아, 아뇨! 결코 그런 건 아니에요! 오, 오히려 영광이랄까요……."

루리는 볼을 붉히면서 어깨를 움츠리더니, 몸을 부들부들 떨기 시작했다. 역시 사이카다. 루리의 태도가 마치 딴 사람이 된 것처럼 변했다.

"자, 그럼 차라도 한잔하자. 쿠로에, 부탁해도 될까?"

"네."

쿠로에는 공손히 예를 표하더니, 차를 준비하기 시작했다. 그녀의 말투와 행동거지는 순식간에 종자, 카라스마 쿠로에로 되돌아갔다.

바로 그때, 사이카가 무시키 쪽을 쳐다보며 말했다.

"—무시키. 휴게실에 가서 과자를 가져다주지 않겠어?"

사이카는 그렇게 말하면서 윙크를 했다.

"……아! 네!"

그 시선에 담긴 사이카의 의도를 눈치챈 무시키는 자세를 고치며 대답했다.

과자라면 학원장실에도 비치되어 있다. 그런데 일부러 이런 부탁을 하는 건, 차분하게 이야기를 나눌 수 있도록 루리를 진정시킬 의도에서리라.

무시키는 마음속으로 사이카에게 고맙다고 말하며, 학원장실을 나섰다.

"—자, 루리. 이쪽으로 와."

"아…… 네!"

무시키가 학원장실을 나선 후, 사이카의 손짓을 받은 루리는 태엽 인형 같은 움직임을 선보이며 그녀에게 다가갔다.

"시, 실례할게요."

그리고 상기된 목소리로 그렇게 말하더니, 사이카가 가리킨 장소에 앉았다.

하지만 소파에 앉았는데도, 루리의 몸은 긴장한 것처럼 딱딱하게 굳어 있었다. 등을 꼿꼿이 폈으며, 몸 또한 떨리고 있었다. 엉덩이 또한 살짝 들고 있었다.

그 모습을 본 사이카는 쓴웃음을 머금었다.

"그렇게 딱딱하게 굴지 마. 나까지 긴장할 것 같잖아."

"소, 송구합니다……!"

그렇게 사과하기는 했지만, 그렇다고 해서 긴장이 풀리지는 않았다. 사이카가 몸을 움직일 때마다 꽃향기 같은 것이 풍겨왔고, 그것이 루리의 뇌수를 뒤흔들어놨다.

사이카는 그런 루리를 향해 또 한 번 쓴웃음을 짓더니, 조용한 어조로 말을 이었다.

"─미안해. 무시키에게 수업을 빼먹고 따라오라고 말한 사람은 바로 나야. 좀 확인해야 할 일이 있었거든. 그러니 그를 너무 탓하지는 말아줘."

"아……, 그건……."

루리는 말을 이으려다, 작게 한숨을 내쉬었다.

"……알고 있어요. 저도 마술사니까요. 마녀님에게 복잡한 사정이 있다는 건 알고 있고, 무시키에게 악의가 없다는 것도 알아요. 하지만, 그래도 뭐랄까요. 저기─."

루리는 마음속 응어리를 말로 표현하지 못하며, 손가락

만 꼼지락거렸다.

그러자 사이카가 여신 같은 미소를 지으면서, 루리의 머리를 상냥히 쓰다듬어줬다.

"마, 마녀님······!"

"루리는 무시키를 참 좋아하는구나."

"＿＿."

사이카가 모든 것을 꿰뚫어 보는 듯한 눈길로 쳐다보며 그렇게 말하자, 루리는 무심코 숨을 삼켰다.

"······네."

그 말을 입에 담은 후, 루리는 믿기지 않을 만큼 자연스럽게 말을 이어갔다.

"그래요. 맞아요. ······〈방주〉에서 마음을 굳혔다고 생각했는데, 오라버니 앞에 서면 제 마음을 말로 표현하지를 못했어요."

루리는 작게 한숨을 내쉰 후, 말을 이었다.

"―더, 솔직해질 수 있다면 좋을 텐데 말이죠."

루리가 그렇게 말한 바로 그때······.

달그락, 하는 소리가 들려왔다.

놀라서 고개를 들어보니, 쿠로에가 눈앞에 있었다. 아무래도 테이블 위에 찻잔을 놓는 것 같았다. 그 과정에서 실수로 소리를 낸 것 같았다.

하지만 그것보다 신경 쓰이는 건, 그녀의 표정이었다.

뭔가 미심쩍은 소리라도 들은 것처럼, 주의 깊게 주위를 둘러보고 있었다.

"쿠로에? 왜 그래……?"

"……아뇨. 기분 탓일지도 모르겠군요. 실례했습니다."

쿠로에는 그렇게 말하며 살며시 고개를 숙인 후, 다시 차를 준비하기 시작했다.

루리는 한동안 눈을 깜빡였지만, 자신의 머리카락을 상냥히 쓰다듬어주는 감촉에 다시 의식을 빼앗겼다.

"─괜찮아. 그 마음은 무시키에게도 전해졌을 거야. 조금씩, 자기 나름대로 표현하면 돼."

"네……."

동경하는 사람이 상냥한 말을 건네주자, 루리는 감격한 것처럼 몸을 부르르 떨었다.

"오늘부터 머리 안 감을 거예요……."

"머리는 감는 편이 좋지 않을까 싶네."

루리가 그렇게 말하자, 사이카는 미소를 머금으며 그렇게 대꾸했다.

다음 날 아침. 남자 기숙사 방에서 눈을 뜬 무시키는 거울 앞에 서서 자기 몸에 이상한 곳이 없는지 살핀 후, 스마트폰에 그 기록을 남겼다.

무시키와 사이카의 몸이 분리된 원인은 아직 밝혀지지 않았다. 뭔가 문제가 발생할 가능성도 있는 만큼, 매일 아침 자신의 겉모습과 컨디션을 확인하라고 쿠로에가 말했던 것이다.

기록을 남긴 후, 무시키는 어제 일을 떠올렸다.

—어제, 무시키가 과자를 가지고 학원장실로 돌아갔을 때는 루리의 기분이 완전히 풀려 있었다. 사이카의 그 뛰어난 수완에, 무시키는 무심코 감동하고 말았다.

그리고 루리와 함께 정체불명의 멸망인자에 관한 이야기를 나눈 후, 그들은 해산했다.

심각한 상황이기는 하지만, 원인을 모르니 대처할 방법이 없다. 조사반의 보고를 기다리는 사이, 평소처럼 생활과 수련을 하는 것 또한 마술사의 소임이라고 한다.

그리하여, 무시키는 평소처럼 남자 기숙사에서 아침을 맞이했다.

평소처럼 준비를 마치고, 기숙사생과 인사를 나누며, 중앙 학사로 향하기 위해 기숙사를 나섰다.

"으음……."

밖에 나간 순간, 눈부신 햇살이 무시키를 비췄다.

눈을 가늘게 뜨며, 익숙한 길을 나아갔다.

—생각해보니, 신기한 감각이기는 했다.

〈정원〉에 처음 왔을 때, 무시키는 이미 사이카와 융합한 상태였다. 이렇게 온전하게 한 명의『쿠가 무시키』로서 등교하는 건, 사실 처음이었다.

그리고 그것은, 또 하나의 사실을 가리키고 있다.

"—아. 좋은 아침이야, 무시키."

"……!"

대로로 나간 순간에 누군가가 말을 걸어오자, 무시키는 숨을 삼켰다.

목소리가 들려온 방향을 쳐다보니, 예상대로 사이카의 모습이 눈에 들어왔다.

"사이카 씨—."

몸이 분리됐으니, 이런 상황이 펼쳐지는 건 필연적이라 할 수 있다. 하지만,『교복 차림의 사이카와 함께 등교한다』라는 상황이, 무시키의 뇌에 가한 임팩트는 예상을 아득히 능가했다.

그 모습을 본 순간, 무심코 그 자리에서 무릎을 꿇고 싶어졌다.

"그만하십시오."

하지만 그러기 직전, 쿠로에가 무시키를 말렸다.

당연하다면 당연한 것이겠지만, 사이카는 혼자가 아니었다.

"방금 사이카 님에게 프러포즈를 하려고 했죠?"

"아, 아뇨. 어제 쿠로에가 하지 말라고 했잖아요……."

"정말입니까?"

"네. 손가락 사이즈를 물어보려고 했을 뿐이에요."

"사전 준비를 착착 진행하고 있군요."

쿠로에가 도끼눈을 뜨며 그렇게 말했을 때였다. 쿠로에의 뒤편에서 루리, 그리고 루리의 룸메이트인 나게카와 히즈미가 걸어왔다.

"아. 좋은 아침이에요, 마녀님. 쿠가와 카라스마 양도 좋은 아침."

"……."

히즈미는 방긋 웃으며 인사를 했다. 그러자 무시키 일행은 손을 살며시 들어 보이며 마주 인사했다.

하지만, 어찌 된 건지 루리는 한마디도 하지 못하며 무시키를 응시하고만 있었다.

그리고 그대로, 천천히 무시키에게 다가갔다.

"루리……?"

루리의 이상한 행동을 본 무시키가 고개를 갸웃거리자, 그녀는 육식동물이 사냥감을 냄새로 확인하는 것처럼 무시키의 얼굴을 꼼꼼히 뜯어보았다. 그리고—.

"오늘도 우리 오라버니는 얼굴이 참 귀엽네. 유혹하는 거야? 확 잡아먹는다? 어흥~."

"……뭐?"

갑자기 루리가 진지한 표정으로 그렇게 말하자, 무시키는 얼이 나간 듯한 목소리를 냈다.

무시키만이 아니다. 히즈미도, 사이카도, 쿠로에조차도, 깜짝 놀란 듯이 루리를 쳐다보고 있었다.

하지만 루리는 그 시선의 의미를 모르겠는지, 미간을 살짝 찌푸리며 의아한 표정을 지었다.

"……왜 그래? 내 얼굴에 뭐라도 붙었어?"

"아니, 그런 건 아닌데…… 루리, 방금 뭐라고 했어?"

히즈미가 땀을 삐질삐질 흘리면서 그렇게 묻자, 루리는 의아한 듯이 고개를 갸웃거렸다.

"아니…… 내 경애하는 오라버니에게 인사를 했을 뿐이야. ―앗, 스킨십이 부족하다는 의미야? 확실히 그럴지도 몰라. 역시 히즈미라니깐. 너는 항상 나를 쿨하게 만들어줘……."

그렇게 말한 루리는 무시키에게 찰싹 달라붙었다. 그리고 그대로 볼을 비비거나, 머리를 맞대거나, 옷에 얼굴을 묻고 심호흡을 하기 시작했다. 쿨하기는커녕 정열적이었다.

"루, 루리……?! 아니…… 뭐하는……!"

"우오오오오오오오오오오오오오오! 오라버니오라버니오라버니오라버니오라버니오라버니오라버니오라버니이이이이이이잇―!!"

"루리?! 지, 진정해―."

흥분한 루리가 무시키를 주물렀다. 마치 사포에 마구 갈

려 나가는 목재가 된 기분이었다.

　바로— 그때였다.

『사람을 찾습니다. 학원장님, 그리고 기사 여러분. 서둘러 중앙 사령부로 와주십시오. 다시 한번 말씀드립니다—.』

　"……앗!"

　마치 어제 아침 일을 되풀이하듯, 〈정원〉 안에 특정 인물을 찾는 방송이 울려 퍼졌다.

　"……아앙?"

　사이카를 따라 사령부를 방문한 무시키를 맞이한 건, 안비에트의 미심쩍은 시선이었다.

　뭐, 그것도 어쩔 수 없을 것이다. 현재 무시키는 루리를 망토처럼 몸에 걸치고 있으니 말이다.

　참 기묘한 표현이지만, 다른 적절한 표현이 생각나지 않았다. 루리는 현재 무시키의 어깨에 두 팔을 두르고, 목덜미의 체취를 킁킁 맡으면서, 때때로 도취된 듯한 목소리를 흘리고 있었다. 참고로 두 발은 힘없이 축 늘어진 채, 아까부터 지면 위에서 질질 끌리고 있었다. 만약 여기가 사막이라면, 무시키의 뒤편에는 철길 느낌의 두 줄기 선이 그어져 있을 것이다.

　"뭐 하는 거야, 후야죠……. 드디어 뇌까지 맛이 간 거냐?"

　"너무하네요. 당신의 입은 상대를 비방하기 위해 달린

건가요?"

안비에트가 진땀을 삐질삐질 흘리면서 그렇게 말하자, 루리는 날카로운 어조로 대꾸했다. 하지만 원래는 항상 이런 말투였기에 갭이 어마어마하게 느껴졌다.

참고로 방송을 듣고 사령부에 온 이는 사이카, 쿠로에, 무시키, 루리 이렇게 네 명뿐이다. 히즈미는 회의를 방해할 수 없다며 그냥 교실로 향했다.

따지고 보면 무시키도 히즈미와 같은 입장이지만 사이카와 분리된 이유가 확실치 않은 만큼 재융합의 리스크도 고려해야 한다는 이유로, 쿠로에의 지시에 따라 여기까지 따라왔다. ……그 이전에 아무리 잡아당겨도 루리가 무시키에게서 떨어지지 않는 탓에, 루리의 부속품 혹은 지지대 같은 느낌으로 동행했다는 측면도 있었다.

"……그딴 소리 늘어놓기 전에, 긴급 소집에 외부인을 데려오지 말라고."

안비에트가 무시키를 쳐다보며 그렇게 말했다.

그러자 옆에 서있던 엘루카가 눈을 살짝 흘겨 뜨면서 어깨를 으쓱했다.

"그대도 마찬가지이지 않느냐."

"큭……."

안비에트는 그 말을 듣고 낮은 신음을 흘렸다.

하지만 그것도 무리는 아니었다. 현재 안비에트의 등에

는 무시키에게 매달린 루리처럼, 수리야가 찰싹 매달려 있으니 말이다.

"어쩔 수 없잖아! 따라오지 말고 기다리라고 말해도, 한사코 떨어지지 않는다고!"

"아빠가 수와 같이 있고 싶다고 하니까……."

"그러니까 그딴 소리 안 했다고!"

"정말, 산파개구리가 두 마리나 이 자리에 모인 게냐."

엘루카는 질렸다는 듯이 한숨을 내쉬었다.

그러자 방구석에 숨듯이 서 있던 여성이 그 말에 반응을 보이듯, 조용히 말했다.

"삼바개구리……. 후히히……. 되게 즐겁겠다……."

그렇게 말하더니, 희미하게 어깨를 떨며 웃음을 흘렸다. 목소리가 너무 작아서, 집중하지 않으면 알아들을 수가 없었다.

하지만 그녀 자신의 모습이 눈길을 끌지 않느냐면, 그렇지도 않았다.

땅에 닿을 듯한 길이를 자랑하는 은발과 큰 키를 지닌 여성이었다. 그리고 피부 노출을 싫어하는지 온몸을 검은색 드레스로 감싸고 있지만, 폭력적인 사이즈를 자랑하는 가슴의 박력은 전혀 가려주지 못했다.

그것만이 아니었다. 울창한 앞머리와 안경에 가려져 있지만, 그 안쪽에 자리한 기품 넘치는 얼굴은 시르벨과 판

박이었다.

기사 힐데가르드 시르벨. 〈정원〉 관리 AI인 시르벨의 창조자이자, 그 인터페이스 비주얼의 모델이다. 그녀 또한 소환에 응한 것이리라.

그런 힐데가르드를, 엘루카는 팔짱을 끼며 쳐다보았다.

"─삼바개구리가 아니라 산파개구리. 알을 짊어지고 기르는 개구리를 말하느니라. 딱히 리듬에 몸을 맡기며 신나게 춤추는 개구리가 아니지."

"어, 아……, 으, 으으……."

그 말을 들은 힐데가르드가 횡설수설했다. 색소가 옅은 볼을 붉히더니, 웅크리고 있던 몸을 더욱 웅크렸다.

착각을 간파당한 것보다, 혼잣말 삼아 중얼거린 말을 남이 들은 것이 부끄러워서 저러는 것처럼 보였다.

"뭐, 됐다. 이야기를 시작하마. 힐데도 이쪽으로 오거라."

"어…… 아, 아니, 나는 여기서 들을게……."

"잔말 말고, 오거라."

"히잉……."

엘루카가 거부를 허락하지 않는 어조로 그렇게 말하자, 힐데가르드는 체념한 것처럼 터벅터벅 다가왔다. 하지만 사람들의 시선을 받고 거북한 건지, 사이카의 등 뒤에 매달리듯 몸을 숨겼다. 세 마리째 산파개구리가 탄생하고 말았다.

"이야. 안녕, 힐데."

"안녕, 사이 양…… 오늘도 냄새가 참 좋네……."

사이카가 인사를 건네자, 힐데가르드는 어색한 미소를 지어 보이며 그렇게 대답했다. 딱히 본인에게는 그럴 마음이 없겠지만, 언동과 표정을 보면 변태나 다름없었다.

힐데가르드는 낯가림이 심하지만, 대신 한 번 우호적이라고 여긴 상대는 편하게 대하는 것 같았다. 무시키 일행과도 시선을 맞추지는 않았지만, 인사를 나눴다.

"루 양과 무시키도 안녕……. 아…… 쿠로 양, 오늘은 메이드복 차림이 아니구나."

쿠로에의 복장을 본 힐데가르드가 약간 아쉬운 투로 그렇게 말했다.

현재 쿠로에는 〈정원〉의 여학생 교복을 입고 있었다. 견장 끝의 리얼라이즈 디바이스와 양말 등, 세세한 부분이 차이나기는 하지만 사이카나 루리와 동일한 복장이었다.

"저도 일단은 〈정원〉의 학생이니까요. 수업을 들을 때는 당연히 교복을 입습니다."

"그, 그렇구나……."

쿠로에의 말을 들은 힐데가르드가 어째선지 아쉬운 듯이 어깨를 웅크렸다.

"어? 힐데 씨는 메이드복을 좋아해요?"

무시키가 별생각 없이 그렇게 묻자, 힐데가르드는 시선

을 돌린 채 대답했다.

"아니, 딱히 좋아하는 건 아닌데……. 작업복인데도 프릴이 달려서 귀여운 그 옷이, 실용성과 디자인의 절묘한 교점에 존재한다는 건 부정할 수 없달까…… 보고 있기만 해도 가슴이 두근두근한달까…… 코스프레 느낌도 좋아하지만, 역시 단색으로 된 클래식 스타일이 최고랄까…… 〈정원〉의 여학생 교복이 메이드복이면 좋겠다고 생각할 뿐인데……."

"무지무지 좋아하네요."

힐데가르드가 느닷없이 열변을 토하자, 무시키는 무심코 쓴웃음을 머금었다.

바로 그때 눈치챘다. 쿠로에가 미간을 찌푸리며 눈을 가늘게 뜨고 있다는 사실을 말이다.

"쿠로에? 딱히 그런 표정을 지을 필요는……."

"아뇨, 그런 게 아닙니다."

"네?"

무시키가 눈을 껌뻑이고 있을 때, 쿠로에가 이윽고 고개를 저었다.

"……아뇨. 아무것도 아닙니다."

"그, 그런가요……."

무시키가 의아하다는 듯이 고개를 갸웃거리며 그렇게 말했을 때, 엘루카가 어험 하고 헛기침을 했다.

"슬슬 이야기를 시작해도 되겠느냐?"

"아."

"실례했습니다. 시작하시죠."

엘루카는 질렸다는 듯이 한숨을 내쉰 후, 사이카에게 말을 건넸다.

"매번 불러서 미안하구나, 사이카."

"괜찮아. 그것보다 하루 만에 무슨 일이지? 오늘은 기사까지 다 불렀잖아."

"―혹시, 어제 소실 현상의 원인을 알아낸 겁니까?"

사이카의 말을 이어받듯이, 쿠로에가 입을 열었다.

무시키는 그 말을 듣고 무심코 숨을 삼켰다. 루리도 거기에 반응하듯, 무시키의 목덜미에 얼굴을 묻은 채 스으으으읍~ 하아아아아― 하고 심호흡을 했다. 무시키는 자기 목덜미가 눅눅해지는 게 느껴졌다.

"아니, 유감이지만 그런 일이 아니니라. ―언니."

『네~!』

엘루카의 요청에 응하는 것처럼 그런 목소리가 들려오더니, 테이블 위에 AI 시르벨이 모습을 보였다.

참고로 힐데가르드는 자신과 똑같이 생긴 AI가 등장하자, 인상을 확 찡그렸다. AI 시르벨을 만든 건 틀림없이 힐데가르드 본인이지만, 인터페이스 모델은 AI가 멋대로 만들었다고 한다.

『오늘도 귀여운 브라더스&시스터스를 위해 이렇게 시르벨이 찾아왔어요. 어이쿠, 오늘은 안비 군과 예의 수 양도 있군요. —아, 힐데가르드 씨도 있었나요……. 안녕하세요…….』

시르벨은 갑자기 사무적인 어조로 그렇게 말하며 고개를 숙였다. 힐데가르드는 미간을 찌푸리며 머리카락을 긁적였다.

"역시 나한테만 매몰차아아아……!"

『농담한 거예요, 농담. 아무리 저의 창조주일지라도, 동생이란 사실에는 변함이 없죠. 외동딸인 힐데 양은 언니를 가지고 싶어서 AI 기술은 공부한 거잖아요?』

"과거를 날조하고 있어……."

힐데가르드가 진땀을 흘리며 그렇게 말했지만, 시르벨은 들은 척도 하지 않았다. 공중에서 가볍게 몸을 비튼 그녀는 다른 이들을 향해 손을 벌리며 말했다.

『자. 센스 넘치는 토크는 이쯤에서 끝내기로 하고, 본론에 들어가죠. 이걸 봐주세요.』

시르벨이 그렇게 말하자, 거기에 맞춰 공중에 입체 영상이 전개됐다.

"이건—."

그것을 본 무시키는 무심코 눈썹을 찌푸렸다.

거기에 비친 것은 외국의 도시 같았으며, 그 도시의 일부는 어제 본 영상과 마찬가지로 깨끗하게 소실되어 있었다.

"어제 거기……와는 다른 곳 같네."

"음. 오늘 새벽, 오스트레일리아 남부에서 소실 현상이 관측됐느니라. 어제보다 소규모이기는 하지만, 같은 종류의 현상이 틀림없겠지. 다른 양성 기관에서도 문의가 쏟아져 들어오고 있다만…… 현재 멸망인자로 추정되는 존재의 모습은 확인되지 않았다."

"……그래."

사이카는 표정을 굳히더니, 낮은 목소리로 그렇게 말했다. 그러자 엘루카는 진지한 표정으로 말을 이었다.

"애초부터 사태를 가볍게 여기지는 않았다만, 이 정도로 단서가 없어서야 손쓸 방도가 없구나. 두 번이나 비슷한 현상이 이어진 것을 보면, 내일 이후로도 무슨 일이 벌어질 가능성이 있느니라. 한동안은 경계 레벨을 올리도록 하지."

"아이러니하군요. 원인 규명을 위해서라고는 해도, 멸망인자 재해가 발생하기를 기다려야 한다니……."

엘루카의 말에 답한 이는 쿠로에였다. 표정은 평소와 다름없지만, 그 목소리에서는 어렴풋하지만 분통을 터뜨리는 듯한 기색이 어려있는 것 같았다.

"어쩔 수 없느니라. 『없었던 일』로 만들 수 있으니 괜찮다는 건 아니지만, 지금 취할 수 있는 수단이 한정된 건 사실이니 말이다."

"네, 이해하고 있습니다. 주제넘은 소리를 한 것을 사과드립니다."

"아니, 괜찮다. 나도 같은 심정이니라."

엘루카는 고개를 저으며 그렇게 말한 후, 얼굴을 들었다.

"—보고할 내용은 이게 전부이니라. 무슨 일이 일어날지 모르니, 다들 유의하거라."

"……네."

무시키는 그 말을 듣고, 그저 고개를 끄덕일 수밖에 없었다.

사이카와 다른 기사들도 비슷한 반응을 보였다. 세계가 위기에 처했는데도 할 수 있는 일이 없어서 안타까움을 느끼면서도, 나서야 할 순간에 대비해 자신의 송곳니를 갈아 둬야만 한다는 조용한 의지가 표정과 몸짓에서 묻어냈다.

"이야기는 끝난 거지? 그럼 나는 돌아가겠어."

안비에트가 그렇게 말했다. 그는 손을 흔들더니, 괜히 하품하며 사령부를 나섰다.

"아빠, 오늘은 수와 낮잠 자고 싶구나?"

"그딴 소리 안 했거든? 그리고 나는 지금부터 수업을 해야 한다고."

—등에 수리야가 매달려 있는 탓에, 그다지 모양새가 나지는 않았지만 말이다.

"저희도 이만 가죠. 매일매일 수련에 힘쓰는 것도, 마술사의 소임입니다."

이어서 쿠로에가 다른 이들을 재촉하듯 그렇게 말했다.

고개를 끄덕인 무시키는 루리를 질질 끌면서 사이카, 쿠로에와 함께 사령부를 나섰다.

그리고 사이카에게 찰싹 달라붙은 힐데가르드 또한 그들을 졸졸 따라왔다.

"힐데 씨……?"

"따라오지 않아도 됩니다. 기사 힐데가르드."

"아…… 으, 응……. 하지만 왠지 진정이 된달까……."

무시키와 쿠로에가 그렇게 말하자, 힐데가르드는 어색한 미소를 지으며 말했다.

쿠로에가 질렸다는 듯이 한숨을 내쉬었다.

"딱히 상관은 없습니다만, 사이카 님도 수업을 들어야 하니 교실 앞까지만 따라와 주셨으면 합니다."

"아, 알았어……. 그래도 좋네……. 다른 사람의 등……. 등 뒤에 숨을 용도로 사람을 고용할까……."

"마음대로 하시길. 하지만 기사 힐데가르드는 모르는 사람의 등 뒤에 숨는 건 어렵지 않을까요?"

"……."

정곡을 찔린 힐데가르드는 말문이 막혔다.

"사이 양…… 일당 1만 엔에 내 전용 벽이 되어주지 않을래……?"

"학원장에게 이상한 일을 시키지 말아 주십시오."

힐데가르드의 말을 들은 쿠로에가 눈을 부릅뜨며 그렇게

말했다.

◇

그리고, 또 다음 날 아침.

"으음⋯⋯."

무시키의 의식을 꿈에서 깨운 건, 베갯머리에서 들려오는 경쾌한 전자음이었다.

틀림없다. 무시키의 스마트폰이다. 하지만, 알람이 아니다. 이 소리는─.

"⋯⋯!"

서서히 의식이 깨어나더니, 그것이 전화 착신음이란 사실을 눈치챘다.

무시키는 허둥지둥 몸을 일으킨 후, 화면에 표시된 통화 버튼을 터치했다.

"여, 여보세요⋯⋯."

『좋은 아침입니다, 무시키 씨.』

스마트폰에서 흘러나온 것은, 쿠로에의 목소리였다.

"좋은 아침이에요, 쿠로에. 그런데 무슨 일이에요? ⋯⋯ 나, 혹시 늦잠 잤어요?"

『아뇨. 방금 기사 엘루카로부터 연락을 받아서, 보고를 드리려고 연락드렸습니다.』

"연락?"

『네. —방금, 예의 소실 현상이 발생했다고 합니다.』

"……."

무시키는 쿠로에의 말을 듣더니, 무심코 숨을 삼켰다.

어제, 그리고 이틀 전, 입체 영상으로 본 풍경이 뇌리를 스쳤다.

"그런……가요. 이번에는 대체 어디인가요……?"

무시키가 묻자, 쿠로에는 조용하면서도 굳은 어조로 말을 이었다.

『—도쿄도 오조시. 즉, **여기**입니다.』

"—쿠로에!"

허겁지겁 남자 기숙사에서 나온 무시키는 약속 장소에 서 있는 쿠로에를 보자마자, 큰 목소리로 그녀의 이름을 불렀다.

"늦어서 미안해요!"

교복 단추를 채우면서 쿠로에를 향해 뛰어간 무시키는 고개를 숙였다. 아까 전화로 자초지종을 듣고 허둥지둥 옷을 입은 탓에, 옷차림이 엉망이었다. 머리카락 또한 곳곳이 헝클어진 상태였다.

"아뇨. 괜히 재촉한 것 같아 죄송합니다. 사이카 님과 루리 양도 아직 오지 않았으니, 천천히 옷차림을 단정하게 고치십시오. 당황한다고 해서 상황은 달라지지 않습니다."

"미, 미안해요⋯⋯."

무시키는 다시 한번 사과한 후, 그 말에 따라 옷차림을 고치기 시작했다.

"어⋯⋯?"

바로 그때, 미세한 위화감을 느낀 무시키는 눈을 껌뻑였다.

쿠로에는 무시키와 대조적으로 옷차림에 흐트러진 구석이 전혀 없었지만, 그녀가 입고 있는 것은 〈정원〉의 교복이 아니라 주로 사이카를 모실 때 입는 옷이었다.

"쿠로에, 오늘은 그 옷을 입었군요."

"⋯⋯네? 오늘은, 이라는 게 무슨 소리죠?"

쿠로에는 고개를 약간 갸웃거렸다. 마치, 무슨 말을 들은 건지 모르겠다는 듯한 반응이었다.

"아, 아뇨. 딱히 문제가 있는 건 아니에요. 비상사태가 발생했으니, 수업을 들을 상황이 아닐 테니까—."

거기까지 말한 무시키는 말을 멈췄다.

아니, 그는 말을 멈출 생각이 없었지만, 중단할 수밖에 없었다.

이유는 단순했다. 갑자기 머리 위편에서 정체불명의 인물이 내려온 듯한 느낌이 들더니, 무시키의 등에 달라붙어서 열렬하게 볼을 비벼대기 시작했기 때문이다.

"오라버니오라버니오라버니오라버니오라버니오라버니오라버니오라버니오라버니오라버니—."

"우왓! 루, 루리!"

무시키는 무심코 고함을 질렀다. 등 뒤에 있어서 모습은 안 보이지만, 이 목소리와 행동거지로 볼 때 루리가 틀림없다.

"안녕, 오라버니. 열두 시간이나 못 봐서 쓸쓸했어. 오라버니도 쓸쓸했지? 쓸쓸했다고 말해. 만나지 못하는 시간이 사랑을 길러준다면, 만난 순간은 차지 버스터잖아. 애초에 남자 기숙사와 여자 기숙사밖에 없다는 게 난센스라고 생각하지 않아? 그 사이에 남매 기숙사를 만들어야 마땅하다고 생각해."

이딴 소리를 늘어놓고 있다. 목소리 톤이 평소와 다름없어서, 더 무시무시했다.

"어라……?"

바로 그때, 어떤 점을 눈치챈 무시키는 미간을 살짝 찌푸렸다.

시야 가장자리에서 루리의 옷이 하늘거리고 있었다. 그 색깔이, 평소 루리가 걸친 〈정원〉의 교복과 다른 듯한 느낌이 들었다.

아니, 정확하게 말하자면 그것은—.

"루리? 왜 쿠로에와 같은 옷을 입고 있는 거야……?"

무시키는 의아하다는 듯이 물었다.

그렇다. 지금 루리가 입은 것은 쿠로에의 옷과 비슷한 의상— 흔히 메이드복이라 부르는 것이었다.

"어?"

하지만 무시키의 질문을 들은 루리는 어리둥절한 투로 대꾸했다.

"같은 옷? 당연하잖아. 교복인걸."

루리는 당연하다는 듯이 그렇게 대답한 후, 뭔가를 눈치 챈 것처럼 어깨를 부르르 떨었다.

"잠깐만. 그 말은 내가 기성품을 입지 말았으면 좋겠다는 거야? 나를 자기 색깔로 물들이고 싶다는 의사 표시구나? 보기와 다르게 독점욕이 강하네. 오늘은 수업을 빼먹고 옷 사러 가자~ 같은 소리 할 거야? 꺄아~. 이제 와서 그런 새로운 요소를 추가하다니…… 신급 업데이트 아냐? 고마워, 공식. 과금도 불사할게."

"지, 진정해, 루리. 목, 목 조르지 마."

"어이쿠. 러브가 파워로 표현됐는걸."

무시키가 팔을 두드리자, 루리는 「에헤헤」 하고 쓴웃음을 흘리며 손에서 힘을 뺐다.

기도가 확보되자, 폐에 산소가 공급됐다. 무시키는 안도의 한숨을 내쉬었다.

하지만 지금은 그것보다 신경 쓰이는 점이 있었다. 호흡을 대충 가다듬은 후, 말을 이었다.

"……루리. 지금 그걸 교복이라고 말했어?"

"응. 그게 왜?"

루리는 당연한 말을 하듯 그렇게 답했다. 자신이 입고 있는 옷에, 아무런 의문도 품지 않는 것 같았다.

무시키는 그제야 눈치챘다. 생각해보니, 아까 쿠로에가 보인 반응도 이상했다. 무시키는 쿠로에가 사정이 있어서 메이드복 차림이라고 생각했지만, 그녀는 자신의 복장을 이상하게 여기지 않는 눈치였다.

그리고 무시키는 곧 어떤 생각에 도달했다. 그렇다. 어제, 그런 말을 한 인물이 있었다―.

"―세 사람 다 좋은 아침이야. 늦어서 미안해."

그 순간. 여자 기숙사 방향에서 그런 목소리가 들려오자. 무시키의 생각이 중단됐다.

하지만 그것도 무리는 아니었다. 그 목소리의 주인은 바로…….

"사, 사이카…… 씨―."

"응? 그래. 좋은 아침이야, 무시키. 왜 그러지? 내 옷차림에 문제라도 있어?"

쿠로에, 루리와 마찬가지로 메이드복을 입은 쿠오자키 사이카였던 것이다.

"히익―."

그 모습이 망막에 포착된 순간, 무시키는 경기를 일으킨 어린애처럼 숨을 삼키면서 그 자리에서 무너지듯 주저앉을 뻔했다. 겨우겨우 자세를 유지한 이유는 단순했다. 무시키의 몸에서 힘이 빠진 것을 눈치챈 루리가 등 뒤에서 버팀목이 되어준 덕분이다. 참고로 루리는 그러면서「어이쿠. 왜 그래, 오라버니. 나한테 몸도 마음도 다 맡기고 싶단 의사 표시야? 그렇게 나온다면 내가 오빠를 먹여 살릴 수밖에 없겠네~」하며 흥분한 어조로 중얼거렸지만, 무시키는 그 말이 잘 들리지 않았다.

메이드복이란 곧, 하인의 작업복이다. 원래라면 사이카처럼 고귀한 인간이 입을 일이 없는 의상이다.

하지만 지금, 섞일 리가 없는 두 존재가 기적의 조합을 이뤘다.

무시키는, 뜨거운 눈물이, 자연스럽게 볼을 타고 흘러내리는 것을 느꼈다.

"감사……합니다—."

"……어? 내가 왜 지금 고맙다는 말을 들은 거지?"

사이카는 의아하다는 듯이 고개를 갸웃거리며 물었다.

감격한 탓에 말문이 막힌 무시키를 대신해, 쿠로에가「글쎄요」하고 짤막하게 답했다.

"쳇―. 이게 다 뭐냐고."

엘루카의 보고를 받고 〈정원〉 서쪽 외곽에 온 안비에트는, 눈 앞에 펼쳐진 광경을 보며 짜증스레 인상을 찡그렸다.

하지만 그러는 것도 무리는 아니었다. 왜냐하면 〈정원〉의 부지를 둘러싸는 견고한 벽 일부가 깨끗하게 도려내진 것처럼 소실되면서, 『밖』의 경치가 보였기 때문이다.

아니다. 『밖』의 경치, 라는 말에는 어폐가 있을지도 모른다. 〈정원〉의 부지 밖에 펼쳐진 도시 또한, 지우개로 지운 것처럼 황무지로 변했다. 아까부터 쉴 새 없이 구급차와 소방차의 사이렌, 취재 헬기의 프로펠러 소리가 들려왔다.

"……"

안비에트는 표정을 굳히면서 걸음을 내딛더니, 입을 쩍 벌리고 있는 듯한 벽에 다가갔다.

손가락으로, 새롭게 생긴 단면을 훑었다. ―자칫하면 손가락을 벨 것 같을 정도로, 그 단면은 매끄러웠다.

〈정원〉의 외벽은 물리적으로도, 마술적으로 매우 견고하다. 만약 멸망인자가 공격을 가하더라도 간단히 파괴되지는 않을 것이며, 설령 파괴되더라도 이런 식으로는 부서지지는 않을 것이다.

미국 동부와 오스트레일리아 남부의 피해 상황에 관한 보고서는 물론 읽어봤지만, 이렇게 실제로 보니 그 기이함이 확연하게 느껴졌다.

멸망인자가 얽혀 있는 건 틀림없겠지만 그 모습이 확인되지 않은 만큼, 단순히 맹위를 떨쳤다고 보기는 어렵다. 특수형이라고 보는 편이 적절할 것이다.

"매끈매끈."

그렇게 말하면서 안비에트의 뒤편에서 벽의 단면을 만져보고 있는 이는 물론 수리야였다. 오늘도 수리야는 안비에트의 옆에 찰싹 달라붙어 있었다.

오늘 아침에는 현장을 살펴보기 위해 일찍 방을 나섰는데, 안비에트가 외출 준비를 마쳤을 무렵에는 이미 현관에서 스탠바이하고 있었다.

"……젠장."

수리야가 따라다니는 것에는 이제 익숙해졌고, 불평을 늘어놔봤자 소용없다는 것도 안다. 하지만 그녀가 곁에 있으니, 긴박해야 할 분위기가 느슨해지는 느낌이 들었다. 안비에트는 작게 한숨을 내쉬면서 머리를 긁적였다.

하지만 지금 생각해보니, 이 며칠 동안— 떠돌이 마술사에게 쫓기던 수리야를 구해준 후부터 기묘한 일이 연달아 일어나고 있는 느낌이 들었다.

안비에트의 딸을 자처하는 수리야 본인은 물론이고, 세계 각지에서 정체불명의 소실 현상이 일어나고 있으며, 사이카도 어딘가 이상해 보였다. 게다가 어제부터는 루리까지 이상해진…… 아니, 그녀는 원래 그런 느낌이었을지도 모른다. 생각이 과한 것은 안비에트의 나쁜 버릇이다.

"……."

―그래도, **이것**은 너무 비정상적이다.

안비에트는 뒤편을 힐끔 쳐다보더니, 미간을 찌푸렸다.

그곳에는 안비에트와 마찬가지로 현장을 살펴보러 온 듯한 〈정원〉 교사와 학생들이 있었는데―.

그들 중 여학생 전원이 〈정원〉 교복이 아니라 하늘거리는 에이프런 드레스 같은 것을 입고 있었다. 사이카의 종자가 입던 것과 같은 옷이다.

그 시선을 느낀 건지, 근처에 있던 여학생들이 다가왔다.

"수고 많으세요, 스바르나 선생님."

"……그래. 너희는 뭐하러 온 거야?"

"타테카와 선생님을 도우러 왔어요. 외부의 인간이 실수로 들어오지 못하도록, 지금부터 일시적으로 여기에 기피 결계를 친다고 해요."

"아하―."

안비에트는 납득했다는 듯이 고개를 끄덕였다.

인식 저해 결계는 아직 기능하고 있으니 〈정원〉 내부가 외부인에게 드러날 리는 없지만, 본인에게는 그럴 마음이 없더라도 부지 안에 한 걸음이라도 들였다간 이야기가 달라진다. 구조대와 복구를 담당하는 건설업자, 그리고 미디어 관계자에게는 주의를 기울일 필요가 있을 것이다.

하지만 이해가 된 것은 그것만이다. 안비에트는 눈을 부라리며 말을 이었다.

"……그런데, 그 괴상한 복장은 뭐지? 문화제는 아직 멀었다고."

"……네?"

여학생들은 의아하다는 듯이 고개를 갸웃거리면서, 자기들의 옷차림을 살폈다.

결계를 치는데 필요한 의상도 아닌 것 같았다. 그녀들의 반응은 안비에트가 무슨 말을 하는 건지 모르겠다는 쪽에 가까웠다.

한편으로 근처에 있던 남학생들은 기존의 교복을 입고 있었으며, 여학생들의 옷차림을 보고 안비에트와 마찬가지로 의아한 표정을 짓고 있었다. 안비에트의 반응을 보고 안도한 것처럼 「역시 그렇군요……」, 「다행이야. 우리가 이상해진 게 아니었어……」 하고 말하며 한숨을 내쉬었다.

하지만 안비에트는 더 추궁하지는 않았다. 더 신경 써봤자 소용없다고 판단한 것은 아니지만, 그것 말고도 대처해야만 할 일이 있는 것이다.

"어머, 너는…….."

"어디서 온 거니? 설마 『밖』에서…….."

여학생들은 벽의 단면을 만지고 있는 수리야를 발견하더니, 말을 걸기 시작했다.

"아, 걔는—."

안비에트가 대답해주려고 했을 때, 다른 여자애들이 먼저 입을 열었다.

"아, 수리야구나. 그 애는 괜찮아."

"이야기 못 들었어? 스바르나 선생님의 숨겨둔 딸이야."

"아…… 아하……. 얘가 걔구나."

"죄송해요, 선생님. 그런 줄도 모르고……."

수리야에게 말을 걸던 여자애들이 안비에트를 향해 고개를 꾸벅 숙였다. 안비에트는 미간을 한껏 찌푸리며 날카로운 시선을 보냈다.

"그~러~니~까~, 숨겨둔 애가 아니랬잖아! 나한테는 자식이 없다고!"

안비에트는 하도 부정하느라 지칠 대로 지쳤지만, 그렇다고 아무 말도 하지 않았다간 인정하는 분위기가 될 게 뻔했다. 그는 짜증 섞인 어조로 외쳤다.

그러자 여학생들은 안타까운 표정을 지었다.

"너무해요……. 아무리 자식으로 받아들이기 싫어도 그렇지, 본인 앞에서 그런 식으로 말할 필요는 없잖아요!"

"맞아요. 어쩌면 선생님이 기억 못 할 뿐인 가능성도 있잖아요."

"하긴~, 선생님은 이성한테 인기가 많을 것 같긴 해~."

"저기, 수리야. 엄마 이름을 아니?"

다들 입을 모아 그렇게 말하기 시작했다. 이마에 시퍼런 힘줄이 돋아난 안비에트는 한숨을 내쉬었다.

"이것들이……"

하지만, 안비에트는 말을 끝까지 잇지 못했다.

여학생의 질문에 고개를 끄덕인 수리야가, 안비에트의 말을 끊듯이 이렇게 말한 것이다.

"엄마 이름은— 사라."

수리야가 입에 담은, 그 이름을 들은 순간…….

"—뭐라고?"

안비에트는, 심장이 으스러지는 듯한 느낌을 받았다.

"이거…… 엄청나네요."

어찌어찌 마음을 진정시킨 무시키는 사이카, 쿠로에와 함께 소실 현상이 발생한 〈정원〉 서쪽 외곽에 왔다.

참고로 걷기 힘들었기에, 등에 달라붙은 루리를 떼어냈다. 루리는 투덜댔지만 「이래선 루리의 귀여운 얼굴이 안 보여」 하고 무시키가 말해주자, 부끄러워하며 바로 떨어졌다. 그 대신, 눈이 마주칠 때마다 윙크를 하거나 귀여운 포즈를 취했다.

깨끗하게 벽이 도려내진 〈정원〉 서쪽 외곽에는 이미 여러 명의 교사와 직원, 그리고 작업을 도우러 온 학생들이 모여서 조사 및 결계 구축 등을 진행하고 있었다.

"—보고서에 실려 있던 것과 똑같은 소실 흔적이군요."

"그래. 역시 이틀 전부터 연이어 일어나고 있는 현상과 동일한 게 틀림없어."

"네. 하지만 이렇게 가까운 곳에서…… 대체 무슨 일이 일어난 것일까요. 오라버니, 오라버니. 나 좀 봐. 귀여워?"

같은 옷을 입은 쿠로에, 사이카, 루리가 현장의 참상을 보면서 차례차례 입을 열었다. 다들 표정이 진지하지만, 루리만은 마지막에 무시키를 쳐다보며 귀여운 포즈를 취했다. 무시키는 쓴웃음을 머금으며 「귀여워」 하고 대답해 줬다.

"멸망인자…… 그것도, 개념과 자연법칙에 영향을 끼치는 타입일 겁니다."

쿠로에는 눈을 가늘게 뜨며 말을 이었다.

"〈드래곤〉과 〈크라켄〉처럼 맹위를 떨치는 타입보다 피해 범위는 좁지만, 특정 조건을 충족시키면 특수한 효과를 발현시키는 게 많습니다. 그리고 무엇보다도 그 룰을 해명하지 않는 한, 실체를 파악할 수 없죠. 매우 성가신 멸망인자라고 할 수 있습니다."

그렇게 말한 쿠로에는 무시키에게 시선을 보냈다.

"규모가 이 정도나 된다면, 이미 세계에 다른 식으로 영향을 끼쳤을지도 모릅니다. —무시키 씨. 사소한 것이라도 상관없습니다. 위화감을 느끼지 못했습니까?"

"하아. 그게…… 있긴 한데요."

메이드복 자락을 흔들며 말하는 쿠로에를 향해 무시키가
그렇게 말하자, 그녀는 뜻밖이라는 듯이 눈썹이 흔들렸다.

"대체 뭡니까? 뭔가 이상한 일이 일어났나요?"

"그러니까, 그 옷 말이에요. 왜 다들 메이드복을 입고 있
는 거죠?"

무시키는 쿠로에의 옷을 손가락으로 가리키며 말했다.

무시키는 아까 메이드복을 입은 사이카의 파괴력 탓에
아무 말도 못했지만(지금도 장시간 바라볼 수 없다), 그게
명백하게 이상한 일이란 점은 인식하고 있었다.

그도 그럴 것이, 사이카와 루리만이 아니라 지금 이 현
장에 모여 있는 여학생들도 같은 옷차림을 하고 있었다.
게다가 메이드복을 입은 여자애 중 그 누구도, 그것에 의
문을 품고 있지 않았다.

"그 말은…… 이 복장이 이상하다는 건지요?"

"이상하달까…… 어제까지만 해도 다들 교복을 입고 있
었잖아요. 왜 이렇게 갑자기…… 마치 힐데 씨가 어제 한
말대로 된 것 같다고요."

"기사 힐데가르드가—."

무시키가 그렇게 말하자, 쿠로에는 희미하게 미간을 찌
푸렸다.

하지만, 쿠로에가 말을 잇기도 전에······.

"—쿠오자키!!"

전방— 벽이 소실된 현장 쪽에서, 분노에 찬 고함이 들려왔다.

"안비에트 씨······?"

목소리가 들려온 방향을 쳐다본 무시키는 눈을 동그랗게 떴다.

그렇다. 그곳에는 범상치 않은 분위기에 휩싸인 채 고함을 지르고 있는 안비에트가 있었다.

그 모습을 본 무시키 일행이 놀란 사이, 빠른 걸음으로 다가온 안비에트가 주저 없이 사이카의 멱살을 잡았다.

"이 자식— 어디까지 알고 있었던 거냐!"

그리고 분노에 찬 두 눈으로 사이카를 노려보며, 고함을 질렀다.

"어—."

"안비에트 씨?!"

루리와 무시키가 경악에 찬 목소리로 그렇게 외쳤지만, 안비에트는 개의치 않으며 말을 이었다.

"어떻게 된 거야······! 왜— 왜 사라의 이름이 나온 거냐고! 말해! 너는 대체 뭘 알고 있는 건데?!"

""""———.""""

비명에 가까운 안비에트의 목소리가 들려오자······.

사이카와 쿠로에가 동시에 숨을 삼킨— 것처럼, 보였다.

하지만, 그것도 한순간에 지나지 않았다. 사이카는 곧 표정을 원래대로 되돌리더니, 차분한 어조로 대답했다.

"미안하지만, 네가 무슨 말을 하는 건지 모르겠는걸. 일단 놔주지 않겠어?"

"헛소리하지 마. —이딴 우연이 존재할 것 같아?! **그때** 일과 관련이 있다면, 너 말고 대체 누가—."

안비에트는 멱살을 놓기는커녕, 손에 더 힘을 주며 다가섰다. 원래부터 두 사람은 키 차이가 났다. 그렇기에 사이카의 몸이 그대로 지면에서 들려졌다.

하지만 안비에트는 고함을 더 지르지는 않았다. 누군가가 뒤편에서 안비에트의 옷자락을 꼭 잡아당긴 것이다.

"아빠…… 실은 이런 짓을 하고 싶지 않은 거구나……?"

"……큭!"

수리야였다. 그녀를 본 안비에트는 어금니를 깨물면서 사이카의 멱살을 거칠게 놨다.

"사이카 씨!"

"……고마워. 괜찮아."

무시키가 허둥지둥 사이카를 부축하자, 그녀는 작게 기침을 한 후에 그렇게 말했다.

"젠장—."

안비에트는 한동안 사이카를 노려봤지만, 이윽고 내뱉듯

이 그렇게 말하며 다른 곳으로 가버렸다. 수리야는 고개를 꾸벅 숙인 후, 종종걸음으로 그를 쫓아갔다.

"대체, 이게 무슨……."

"저 인간, 갑자기 뭐 하는 거예요! 마녀님에게 이런 무례를 범하다니……!"

갑작스러운 사태가 벌어진 바람에 소란스러운 현장에서, 무시키와 루리는 당혹 혹은 분노에 찬 목소리를 입에 담았다.

하지만 쿠로에와 사이카는 짚이는 구석이 있는 것처럼 미간을 살짝 찌푸렸다.

"사상(事象)의 수정, 인식 조작…… 소망— 사라……. 설마, 그런 일이—."

"쿠로에……? 왜 그래요?"

무시키가 묻자, 쿠로에는 한순간 눈을 내리깐 후에 입을 열었다.

"좀…… 조사하고 싶은 게 있습니다. 자세한 것은 조사를 마친 후에 말씀드려도 될까요."

"……응. 그래. 나도 조사해보겠어."

쿠로에에게 동조하듯, 사이카가 대답했다.

두 사람 사이에 흐르는 범상치 않은 분위기를 느낀 무시키와 루리는 무심코 서로를 쳐다봤다.

"저기, 사라가 대체 누구인가요……?"

그 질문을 들은 쿠로에는, 천천히 고개를 끄덕이며 대답했다.

"사라 스바르나. —지금으로부터 약 100년 전에 세상을 떠난, 기사 안비에트의 부인입니다."

"아빠—."

"……시끄러워."

소실 현장에서 벗어난 안비에트는 머뭇머뭇 말을 거는 수리야에게, 거친 어조로 그렇게 말했다.

딱히 난폭하게 대하려는 것도, 괜히 화풀이를 하고 싶은 것도 아니다. 하지만, 머릿속이 혼란스러운 탓에 생각을 정리할 수가 없었다.

"젠장. 대체 뭐가 어떻게 된 거야……."

안비에트는 머리를 쥐어뜯으면서, 내뱉듯이 그렇게 말했다.

그 후, 안비에트는 뒤편— 수리야를 쳐다봤다.

"너, 대체 정체가 뭐야? 나와 피가 이어져 있지 않다는 건 확인했어. 그런데— 어째서 사라의 이름을 아는 거냐고."

"사라는…… 수의 엄마야. 수는 쭉, 같이 있었어. 아빠를 안 것도, 엄마한테 들어서야……."

"헛소리하지 마. 사라는 없어. 그때…… 죽었단 말이다. 내가 이 두 눈으로 확인했어. 장례도 치렀지. —너는 자기가 저세상에서 왔다는 소리라도 하려는 거야?"

안비에트는 꿰뚫을 듯한 눈길로 노려보며 말했지만, 수리야는 전혀 주눅 들지 않으며 대답했다.

"괜찮아. 곧 알게 돼. 아빠는…… 이미,『소원』을 빌었는걸."

"『소원』……?"

수리야가 무슨 말을 하는 건지 이해 못 한 안비에트는 미간을 찌푸렸다.

다음 순간— 격렬한 두통이, 안비에트를 덮쳤다.

"큭……?! 아앗……?!"

갑작스러운 통증에 머리를 감싸 쥐며, 몸을 낫 모양으로 꺾었다.

하지만, 곧 위화감을 눈치챘다. 단순한 두통이 아니다. 마치 방대한 양의 정보가, 강제적으로 뇌에 흘러들어오는 듯한—

"……큭."

몇 분 후. 얼굴이 진땀에 젖은 채 무릎을 꿇고 있던 안비에트는 천천히 고개를 들었다.

"이게…… 뭐야—."

그리고 당혹감에 사로잡힌 채, 외쳤다.

"대체 **이 기억은 뭐냐고**……!!"

그 외침은 분노에 찬 함성처럼도— 통곡처럼도 들렸다.

◇

"……."

〈정원〉 서쪽 외곽에서 소동이 일어난 후, 쿠로에는 혼자서 〈정원〉 대도서관의 지하 서고를 찾았다.

평범한 학생은 출입할 수 없는, 금서 및 중요 자료가 보관된 구역이다. 두 달 전의 토키시마 쿠라라 습격 사건 때 큰 피해를 입었던 지하 봉인 시설 상층부에 해당하는 장소지만, 지금은 깨끗하게 수리되어 있었다.

불행 중 다행이라고 해야 할지, 그 전투로 인한 자료의 상실 및 파손은 확인되지 않았다. 그보다 훨씬 중요한 〈우로보로스〉의 심장을 탈취당하기는 했지만 말이다.

쿠로에는 서고 최심부에 있는 좌석에 앉은 후, 거기에 설치된 단말을 향해 손을 뻗었다.

"인증. 카라스마 쿠로에."

쿠로에의 말에 반응하듯 작은 전자음이 들리더니, 빛으로 된 선이 쿠로에의 손바닥과 눈을 훑었다. 그리고 그 후에 복잡한 패스워드를 입력하자, 쿠로에의 눈앞에는 책의 형태를 한 입체 영상이 표시됐다.

외부의 네트워크에서 완전히 독립된, 전자자료 열람용 단말이다. 이 자료를 자유롭게 열람할 수 있는 사람은 〈정원〉의 학원장인 사이카, 그리고 사이카에게 특별히 허가를 받은(것으로 되어 있는) 쿠로에뿐이다.

그럴 만도 했다. 이 자료에는 이제까지 사이카가 토벌한 열두 가지의 신화급 멸망인자의, 사이카만이 아는 정보가 기록되어 있는 것이다.

"—멸망인자 010호. 자료 표시."

쿠로에가 중얼거리듯 그렇게 말하자, 어렴풋이 빛나는 책의 페이지가 자동으로 넘어가면서 해당 자료가 표시됐다.

"……."

그리고 그 자료를 십여 분 동안 살펴본 후…….

쿠로에는 아까 머릿속에 떠올랐던 가능성이 천천히, 그리고 확실히, 실체를 띠기 시작한 느낌에 사로잡혔다.

"만약 **그런 것**이 가능하다면, 그녀는—."

바로 그때였다. 쿠로에의 스마트폰이 희미하게 진동하기 시작했다.

아무래도 전화가 온 것 같았다. 화면을 보니, 엘루카의 이름이 표시되어 있었다.

"—네. 카라스마입니다. 무슨 일 있습니까?"

『음. 방금 또 같은 종류의 소실 현상이 확인되었느니라. 이번에는 동유럽이지. 이제까지의 세 건과 비교하면 꽤 소규모지만, 페이스가 빠르구나. 하루 한 번인 것은 규칙성이 아니라, 단순한 우연일지도 모르겠다.』

"……."

엘루카의 보고를 들은 쿠로에가 어금니를 깨물면서 눈썹을 찌푸렸다. ―냉정함이 종자의 덕목이지만, 여기에는 그녀를 꾸짖을 사람이 없다.

아직 확실한 증거는 없다. 하지만 만약 쿠로에의 추측이 옳다면, 그런 느긋한 소리를 할 여유는 없다. 눈 깜짝할 사이에 각오와 결의를 마친 후, 쿠로에는 말했다.

"기사 엘루카. 부탁이 하나 있습니다."

『뭐냐. 말해보거라.』

"―지금 즉시, 수리야 양을 확보해 주십시오. 최대한 정중하게, 적의가 느끼지 않도록 말입니다."

『수리야…… 아, 예의 그 소녀 말이냐. 이유가 뭐지?』

쿠로에의 말을 들은 엘루카가 의아하다는 투로 그렇게 말했다.

하지만 그것도 당연한 의문이다. 쿠로에는 목소리에 초조함이 묻어나지 않도록, 차분한 어조로 말했다.

"그녀가 멸망인자를 보유― 아뇨, 토키시마 쿠라라와 마찬가지로 멸망인자와 동화했을 가능성이 있기 때문입니다."

『뭐라고?』

엘루카가 미심쩍은 투로 말을 이었다.

『그 아이가 토키시마 쿠라라처럼 〈정원〉에 해를 끼치기 위해, 안비에트의 딸을 자처하며 숨어들었다는 말인 게냐?』

"아뇨. 그녀 본인에게 저희에 대한 적의가 있는지도 확실치 않습니다. 하지만 제 추측이 올바르다면, 그녀는 본인이 바라든 바라지 않든 세계에 막대한 영향을 끼칠 가능성이 있습니다."

『무슨 소리냐. 대체 그 멸망인자가 대체 무엇이지?』

"물질형 멸망인자, 〈운명의 수레바퀴〉. —소원을 이뤄주는 장치입니다."

엘루카가 묻자, 쿠로에는 그 이름을 입에 담았다.

◇

『사람을 찾습니다. 안비에트 스바르나 선생님. 따님과 함께, 지금 즉시 중앙 사령부로 와주십시오. 다시 한번 말씀드립니다―.』

〈정원〉 부지 안에, 몇 번째인지 모를 안내방송이 울려퍼졌다.

사이카는 그것을 들으며, 〈정원〉 서부 에어리어를 돌아다니고 있었다.

아니, 사이카만이 아니다. 주위를 둘러보면 사이카처럼 무언가를 찾고 있는 듯한 학생들이 드문드문 보였다. 그들은 엘루카의 지시에 따라, 안비에트를 찾고 있는 것이리라.

진짜로 찾고 있는 건 수리야지만, 그 사실은 사이카와 루리 같은 일부의 인간만이 알고 있다.

아무튼, 지금 〈정원〉은 엘루카의 지시에 따라 대규모 체포극이 펼쳐지고 있었다. 사이카도 한 명의 학생으로서 이 수색에 참가하고 있다. 무시키와 루리는 사이카와 함께 행동하고 싶어 했지만, 이럴 때는 흩어져서 행동하는 편이 낫다는 말로 설득했다. 결국 두 사람은 피눈물을 흘리면서 (비유 표현) 사이카의 말에 따랐다.

안내방송이 이어지고 있다는 건, 아직 안비에트와 수리야를 찾지 못했으리라.

안비에트의 성격을 생각하면, 이유도 없이 자신을 찾는 방송을 무시할 리가 없다.

그렇다면 저 방송이 들리지 않는 곳에 있거나, 아니면 의도적으로 모습을 감췄을 가능성이 크다.

전자라면 괜찮다. 하지만 후자일 경우, 안비에트는 이미—.

"안비에트—."

사이카가 탄식을 토하면서 그 이름을 입에 담은, 바로 그때였다.

길 앞쪽에, 덩치가 큰 사람이 나타났다.

"어……?"

위화감을 느낀 사이카는 무시코 고개를 들었다.

이유는 단순했다. 그 사람이 〈정원〉의 풍경과, 너무나도 어울리지 않아서다.

키가 큰 여자였다. 언뜻 봐도 2미터는 넘어 보였다. 피부

노출을 꺼리는지, 계절에 어울리지 않게 롱코트를 걸쳤으며, 챙이 넓은 모자를 깊이 눌러썼다. 모자 아래로 긴 머리카락이 드러나 있었으며, 머리카락 끝이 바람에 휘날렸다.

적어도, 학생은 아니다. 그렇다고 〈정원〉의 교사 중에, 저런 인물이 있을 것 같지도 않았다.

하지만 무엇보다 가장 기묘한 점은— 그렇게 눈에 띄는 외모를 지녔는데, 사이카 말고는 그 누구도 저 여자에게 주목하고 있지 않다는 점이다.

"—아가씨."

그 여자는 사이카에게 천천히 다가오면서 말을 건넸다.

"뭐 하나 물어봐도 될까? 열 살 정도의 조그마한 여자애를 아니? 아름다운 금발을 지닌 애인데…… 이름이— 그래, 수리야라고 해."

"……수리야에 대해 아는 넌, 대체 누구지?"

사이카는 그 말을 듣고, 경계심을 드러냈다.

그러자 그런 사이카의 반응을 눈치챈 건지, 눈앞의 여자는 낮은 신음을 흘렸다.

"어머…… 혹시 〈정원〉은 이미 그 애의 비밀을 눈치챈 거야? 그렇다면…… 어쩔 수 없네. 다음 작전을 이행해야겠어."

그 여자는 가죽 장갑을 낀 손으로 모자의 챙을 살짝 들어 올려서, 얼굴을 드러냈다.

"——."

칙칙한 느낌의 립스틱의 바른 입술과 붕대 사이로 드러난 외눈이, 사이카의 눈길을 사로잡은 채 놔주지 않았다.

—수색이 시작되고, 약 두 시간이 흘렀을 때였다.

"안비에트 씨를 찾았나요?!"

무시키는 중앙 사령부에 들어서자마자 고함치듯 외쳤다.

이미 이곳에 모여 있던 엘루카, 쿠로에, 힐데가르드가 무시키를 쳐다봤다. 힐데가르드는 무시키의 고함에 놀란 건지, 어깨를 흠칫했다.

"아직이니라. ……아니, 소재를 파악한 것을『찾았다』고 말할 수 있다면, 그 말대로라고 할 수 있을지도 모르겠구나."

엘루카는 인상을 쓰며 그렇게 말했다. 그 쓰디쓴 어조를 접한 무시키는 의아하다는 듯이 고개를 갸웃거렸다.

안비에트와 수리야를 수색하던 도중, 쿠로에에게서 스마트폰으로 긴급 연락을 받은 무시키는 뭔가 진전이 있나 싶어서 서둘러 사령부에 온 건데— 아무래도 안비에트를 확보한 것 같지는 않았다.

그리고 여담이지만, 무시키의 뒤편에는 루리가 있었다. 등에 찰싹 달라붙어 있지는 않지만, 그와 일정 거리를 유지하고 있었다.

사이카의 말에 따라 흩어져서 안비에트를 수색하고 있었지만, 어느새 루리는 자기 근처에 있었다. 이유를 물어봤지만, 루리는 「우연이야, 오라버니. 아니면 운명? 이것이 남매의 데스티니」라고만 말했다. 쿠로에를 비롯한 다른 이들은 자초지종을 눈치챘는지, 괜히 지적하지는 않았다.

　"으음…… 어떻게 된 건가요? 어디 있는지는 안 건가요?"

　"이것을 보십시오. 아까 받은 통신입니다. ―시르벨 언니, 부탁드립니다."

　『네~.』

　쿠로에가 그렇게 말하자 허공에서 시르벨의 목소리가 들려오더니, 곧 테이블 위에 영상이 떠올랐다.

　영상에 나온 이는 안비에트였다. 옆에는 수리야도 있었다.

　"아! 이건―."

　무시키가 놀라고 있을 때, 영상 속의 안비에트는 상대방을 꿰뚫어 죽일 것처럼 날카로운 시선을 머금으며 말했다.

　『〈궁극의 정원〉 학원장, 쿠오자키 사이카에게 전한다. ―나와, 정정당당히 승부해라.』

　"뭐―."

　『장소는 미시로야마 교육 훈련소. 룰은 뭐든 허용. 금지 사항 같은 건 없다. 굳이 꼽자면, 봐주지 않는 거다. 승패는 한쪽이 죽거나, 항복하면 갈리는 걸로 하겠다. 만약 이 요구를 받아들이지 않을 경우―.』

그렇게 말한 안비에트는 옆에 있는 수리야를 힐끔 쳐다봤다.

『—멸망인자 〈포르투나〉의 권능으로, 이 세계를 멸망시키겠다. ……너라면, 이 말의 의미를 알 테지?』

"……큭."

안비에트가 그렇게 말한 순간, 무시키는 무심코 숨을 삼켰다.

"세계를…… 멸망시켜? 안비에트 씨가 무슨 소리를 하는 거죠……. 그건 〈정원〉이 해온 일과 정반대잖아요. 게다가, 그런 일을 간단히 할 수 있을 리가—."

"아뇨."

무시키의 말을 끊듯이, 쿠로에가 고개를 저었다.

"만약 진짜로 〈포르투나〉가 부활했다면, 불가능하지 않습니다."

"마, 맙소사……."

〈포르투나〉라는 것이 어떤 멸망인자인지, 무시키는 알지 못한다. 하지만 쿠로에가 이런 농담을 할 리가 없다. 그런 긴장감이 땀으로 변해 볼을 타고 흘러내렸다.

그러자 엘루카는 굳은 표정으로 턱을 쓰다듬었다.

"……그의 의도는 모르겠다만, 〈포르투나〉를 거느리고 있다면 따를 수밖에 없겠지. —사이카. 들은 대로이니라. 완벽하게 박살을 내주거라."

"그, 그래요! 마녀님에게 연패 중이면서, 진짜 주제도 모르네요! 격의 차이라는 걸 가르쳐주세요!"

엘루카의 말에 동조하듯, 루리가 그렇게 외쳤다.

하지만 바로 그때, 엘루카가 의아하다는 듯이 고개를 갸웃거렸다.

"……그런데, 사이카는 어디 있는 게지? 그대들과 같이 다니지 않은 게냐?"

"어? 아, 네. 흩어져서 찾는 편이 낫다면서, 우리와 따로 행동했어요. 그러니 우리보다 먼저 여기에 와있을 줄 알았는데요……."

무시키가 그렇게 대답한 순간, 사령부 안에 알람 같은 소리가 울려 퍼지기 시작했다.

"이 소리는 무엇이냐?"

『외부에서 통신이 왔어요. 이 번호는— 사~ 양이네요.』

엘루카의 말에, 시르벨이 답했다. 사~ 양은 시르벨이 사이카를 부를 때 쓰는 호칭이다. 전 인류의 언니 누나를 자칭하는 시르벨에게는, 학원장조차도 동생인 것이다.

"사이카한테서……? 연결해다오, 언니."

『알았어요.』

시르벨이 그렇게 말한 순간, 테이블 위에 노이즈가 섞인 영상이 표시됐다.

"……어?!"

그것을 본 무시키는 무심코 미간을 찌푸렸다.

무시키만이 아니다. 루리도, 엘루카도, 힐데가르드도 마찬가지였다. 쿠로에조차도, 뜻밖이라는 표정을 지었다.

하지만 그러는 것도 무리는 아니었다. 영상에 나온 것은, 밧줄로 의자에 꽁꽁 묶여 있는 사이카였으니 말이다.

『─안녕, 〈정원〉 여러분. 나는 슈안이라고 해.』

그 영상과 함께, 여자의 낮은 목소리가 들려왔다.

『너희 동포는 내가 데리고 있어. 무사히 돌려받고 싶다면, 수리야란 이름의 여자애를 내놔.』

그 목소리의 주인은 절망적인 정보와 함께, 이 자리에 없는 소녀의 이름을 언급했다.

제4장 말려주길 바라는 거구나……?

"―대단해."

부하로부터 보고를 받은 윌로즈는 하늘을 우러러보며 천천히 박수를 쳤다.

"일이 빠르다는 건 최고의 미덕이지. 인생은 짧다. 빠르게 일을 처리한다는 건, 인생을 사는 것과 다름없는 행위야."

그러자 옆에 서 있던 부하들이 짜기라도 한 것처럼 하나같이 아첨하는 듯한 미소를 머금었다.

"네, 정말 그렇습니다."

"지당하신 말씀입니다."

"……."

―아무것도 모른다. 윌로즈는 우둔한 부하들을 힐끔 쳐다보며 가늘게 한숨을 내쉬었다.

하지만, 딱히 화를 낼 일은 아니다. 설령 우둔할지라도, 자신에게 충성을 바치는 부하라면 나름대로 쓸 데가 있다. 그들은 소중한 자기 인생을, 윌로즈에게 봉사하는 데 쓰고 있다. 우수한 부하는 그것을 눈치채고 만다. 그리고 윌로즈의 곁을 떠나거나, 거액의 대가를 요구하거나― 윌로즈의 허를 찌르려 한다. 물론, 그런 짓을 꾸민 자들은 전부

혹독한 대가를 치렀지만 말이다.

게다가 방금 좋은 소식이 접했다. 그러니 괜히 기분을 해칠 필요는 없다.

그렇다. 일을 의뢰한 마술사, 슈안에게서 〈공극의 정원〉에서 소녀를 확보했다는 연락을 방금 받았다.

"그런데, 수리야는 지금 어디 있지?"

"이곳 지하에 가둬뒀다고 합니다."

"그래. 빈틈이 없군."

현재 월로즈가 있는 빌딩은 〈살리쿠스〉와 관련된 유령 회사가 보유한 매물 중 하나다. 지상은 평범한 빌딩이지만, 지하는 비합법적인 상품을 보관하는 창고다. 물론 보안은 엄중했다. 무력한 소녀가 여기서 도망치는 건 불가능하리라.

"하지만, 가둬뒀다는 표현은 좀 그렇군. 나는 수리야를 친딸처럼 아끼지. 조직에 막대한 혜택을 주는 『행운의 아이』니까 말이야."

월로즈는 입가에 미소를 머금으며 말했다.

그렇다. 수리야는 그야말로 『행운의 아이』다. 태어날 때부터 특수한 마술인자를 지닌 특이 생명. 가만히 있기만 해도 주위에 행운을 안겨주는 신의 아이다.

떠돌이 마술사 조직 중에서 약소 단체에 지나지 않았던 〈살리쿠스〉가 이 규모까지 성장한 것도, 수리야의 행운 덕분이었다.

"자. 그럼 내 사랑하는 공주님을 만나러 가볼까."

"네……. 이쪽입니다."

부하가 앞장을 서며 월로즈를 안내하려 했다. 월로즈는 거만하게 고개를 끄덕이더니, 그대로 복도로 나가서 엘리베이터를 타고 지하로 이동했다.

"—어머."

엘리베이터의 문이 열린 순간, 앞에 서 있던 여자가 입을 열었다.

키가 2미터 이상인 여자다. 피가 밴 붕대가 그녀의 얼굴 위쪽 절반을 감싸고 있었다. 한 번 보면 절대 잊지 못할 만큼 인상이 강렬한 여자다. 월로즈의 곁을 지키던 부하들은 그녀의 모습을 본 순간, 그 분위기에 삼켜진 것처럼 몸을 부르르 떨었다.

"어서 와, 미스터 월로즈. 무슨 일이야?"

"네가 말썽꾸러기 공주님을 잡아 왔다는 보고를 받고, 가만히 있을 수가 없어서 말이지."

"어머나. 참 성급하네."

슈안은 새빨간 입술을 일그러뜨리듯 웃더니, 복도 안쪽의 문을 손가락으로 가리켰다.

문에는 인증 장치가 달려 있었다. 월로즈가 손바닥을 내밀자, 조그마한 전자음이 들리면서 문의 잠금장치가 해제

됐다.

윌로즈는 천천히 문을 열더니, 방 안으로 들어갔다.

"오랜만이구나, 내 귀여운 수리야. 대체 어디 갔던 거니? 정말 걱정했단다. 너한테 무슨 일이 생긴 건 아닌지 걱정되어서, 밤에 잠도 못 잤—"

바로 그때, 윌로즈가 말을 멈췄다.

이유는 단순했다. 이 자리에 있는 이는 수리야가 아니었던 것이다.

"—어?"

어째선지 메이드복을 입은 소녀가 방 안으로 들어온 윌로즈를 쳐다봤다.

극채색을 띤 아름다운 눈동자에, 윌로즈의 모습이 비쳤다.

그 순간—

"끼야아아아아아아아아아아아아아아아아악—?!!"

윌로즈는 체면 따위는 내던져버리면서, 공포에 찬 비명을 토했다.

"보…… 보스?"

"어머나, 갑자기 왜 그래?"

부하가 당혹스럽다는 듯이, 슈안이 이상하다는 듯이 말을 건넸다. 그것도 무리는 아니었다. 이제까지 조직의 보스답게 오만하게 행동하던 남자가, 갑자기 막 태어난 새끼 사슴처럼 다리를 덜덜 떨며 새된 절규를 토한 것이다.

하지만, 지금의 윌로즈에게는 표정을 관리할 여유가 없었다.

그도 그럴 것이, 이 자리에 있는 소녀는 바로—.

"쿠……, 쿠오자키…… 사이카……! 씨……."

세계 최강의 마술사라 불리는 〈정원〉의 마녀, 쿠오자키 사이카 본인이니 말이다.

"아니…… 이 여자가, 바로 그……?!"

"그러고 보니 저 얼굴, 눈에 익어……!"

윌로즈의 말을 들은 부하들이 술렁거리기 시작했다. 하지만 슈안은 이해가 안되는 것처럼 고개를 갸웃거렸다.

"그게 누군데? 어디서 들어본 적 있는 것 같기는 한데……."

"야 이 바보 멍청아~! 쿠오자키 사이카를 몰라?! 이 엉터리 마술사야!"

"뭐, 맞아. 그러는 당신도 떠돌이 마술사인 건 마찬가지잖아?"

윌로즈가 고함을 지르자, 슈안은 이제 와서 무슨 소리를 하느냐는 듯이 어깨를 으쓱했다. 하지만 지금은 정론이나 늘어놓을 때가 아니다. 안면이 온갖 액체로 범벅이 된 윌로즈가 슈안에게 따졌다.

"〈정원〉의 학원장! 세계 최강의 마술사다……! 왜 이 자식…… 이분이 이런 곳에 있는 거냐……! 수리야를 데려온 게 아니었어?!"

"아무도 그런 말 안 했거든? 수리야를 못 찾아서, 대신 근처에 있던 학생을 인질 삼아 잡아 왔어. 저기 있는 사람한테 제대로 설명했거든?"

"네……?! 그, 그랬던가요……?"

지적을 받은 부하가 당황했다. 월로즈는 그 부하를 죽일 듯이 노려봤다.

하지만 지금은 무능한 부하에게 벌을 내릴 때가 아니다. 미친 듯이 뛰는 심장을 억지로 진정시키면서, 월로즈는 슈안에게 물었다.

"그, 그것 말고도…… 괜한 짓을 한 건 아니겠지……?"

"응."

"그, 그래……."

"아까 영상 통화로 〈정원〉을 협박한 게 다야."

"안 하긴 뭘 안 해!"

월로즈는 절망적인 심정으로 바닥을 내려쳤다.

"하지만 그런 중요 인물이라면 오히려 잘 된 것 아냐? 결과적으로 수리야라는 애를 되찾기만 하면 되는 거잖아?"

"나는! 수리야의 행운으로! 우리 조직의 활동을! 〈정원〉에 들키지 않도록 해왔어! 내 말의 의미를 모르겠냐?!"

월로즈가 필사적으로 호소하듯 말했지만, 슈안은 손만 내저을 뿐이었다.

"진정해. 나도 프로야. 보수를 받은 만큼, 일은 완수할 거야."

"그~러~니~까~! 이제 일이 어쩌고저쩌고할 상황이 아니라고! 아아아아아아아아……! 쿠오자키 사이카에게 찍혔어……. 다 틀렸어……. 전부 끝났다고오오—."

월로즈는 거기서 말을 멈췄다. 슈안이 긴 팔을 뻗더니, 월로즈의 턱을 잡고 고개를 들어 올린 것이다.

"잔말 말고, 나한테 맡겨."

슈안이 얼굴에 두른 붕대 사이로, 요사한 빛을 머금은 한쪽 눈이 보였다.

"……."

그것을 본 순간, 월로즈는 꼼짝도 못 하게 됐다.

그리고, 떠올렸다. 쿠오자키 사이카를 보고 냉정을 잃고 말았지만, 눈앞에 있는 이 여자도 인간을 벗어난 힘을 지닌 괴물이란 사실을 말이다.

"착하네."

슈안은 새빨간 입술을 미소의 형태로 일그러뜨리더니, 월로즈한테서 손을 떼며 눈을 감았다.

그 순간, 몸을 지탱해주던 실이 끊어진 것처럼 월로즈는 그대로 무너지듯 주저앉았다.

"하아……, 하아……."

"보, 보스! 괜찮으십니까?!"

월로즈는 부하에게 부축을 받으면서, 어찌어찌 몸을 일

으켰다.

"아…… 아무튼! 이건 네가 벌인 일이니까, 끝까지 책임을 져줘야겠다……!"

"응. 알고 있어."

슈안은 고개를 끄덕이며 그렇게 말했다. 섬뜩한 느낌에 사로잡힌 윌로즈는 슈안과 사이카의 얼굴을 최대한 보지 않으려 하며, 지하실을 벗어났다.

—〈정원〉 사령부는 현재, 소란스러웠다.

하지만 그것도 당연했다. 〈정원〉 최상위 마술사인 안비에트 스바르나가, 사이카와의 결투를 요구한 것이다.

게다가 사이카 또한 납치를 당하고 말았다. 범인의 요구는 안비에트의 딸을 자처하는 소녀, 수리야를 넘기라는 것이었다.

하나만 해도 심각한 사건이 두 개나 터졌다. 게다가 양쪽에서 요구하는 이를, 상대방이 거머쥐고 있다. 그 사이에 낀 〈정원〉 측은 이 사태에 어떻게 대처하면 좋을지 몰라서, 혼란에 빠져 있었다.

"—여러분, 우선 진정하죠."

그 와중에 손뼉을 치며 사람들을 이목을 모은 이는 사이카의 종자, 쿠로에였다.

"허둥댄다고 해서 문제가 해결되지는 않습니다. 하나하나 차분하게 대처하도록 하죠."

"쿠로에의 말이 옳다. 마술사의 기본을 떠올리거라. 무슨 일이 일어나도 마음이 흐트러지면 안 되느니라."

쿠로에의 뒤를 잇듯, 엘루카가 말했다. 그러자 사령부에 있던 이들은 일단 숨을 고르려는 듯이 심호흡을 했다. 무시키 또한, 마음을 진정시키려는 듯이 가슴에 손을 댔다.

사이카가 납치당했다는 말을 듣고, 솔직히 말해 정신이 나가버렸다. 하지만 지금 냉정을 잃고 허둥대다간, 사이카가 더 위험해질지도 모른다.

"⋯⋯대체 이제부터 어쩌면 좋죠? 안비에트 씨의 요구에 응하고 싶어도 사이카 씨는 여기에 없고, 사이카 씨를 유괴한 범인과 교섭을 하려고 해도 수리야는 안비에트 씨가 데리고 있어요."

무시키가 그렇게 말하자, 생각에 잠겨 있던 엘루카가 고개를 들었다.

"⋯⋯우선해서 대처해야 하는 건, 안비에트 쪽일 게다."

"이유를 여쭤도 되겠습니까?"

쿠로에가 묻자, 엘루카는 고개를 끄덕였다.

"단순한 소거법이니라. —사이카가 누군가에게 잡힌다는 게 말이 된다고 생각하느냐? 생각이 있어서 일부러 잡혀줬다고 생각하는 게 자연스럽겠지. 물론 현재 위치 파악에는 계속 힘쓰겠지만, 우선순위를 매기자면 멸망인자를 보유한 것으로 추정되는 안비에트를 우선할 수밖에 없느니라."

"그렇습니까……. 혜안에 감복했습니다."

쿠로에는 동의한다는 듯이 그렇게 말했다. —하지만, 언뜻 보기엔 냉정해 보이는 그 표정에는 약간의 번민이 어려있었다. 이 자리에서 그것을 눈치챈 이는 아마 무시키뿐일 것이다.

"그렇다면 저희가 취해야 할 행동은, 우선 기사 안비에트에게 사절을 보내는 것이라고 생각합니다. 사이카 님께 결투에 응할 의사가 있다는 것을 전하면서, 시간을 버는 것이 목적이죠."

"그래. 그런데 누가 갈 거지? 그가 교섭에 응할 거라고 단정할 수는 없지 않으냐. 위험한 역할일 게다."

"네. 이 역할은 저와 무시키 씨에게 맡겨주셨으면 합니다."

"뭐……! 잠깐만, 왜 너와 오라버니가 맡는 건데?!"

깜짝 놀라며 그렇게 말한 이는 바로 루리였다.

"저는 사이카 님의 종자이니까요. 기사 안비에트와 친분이 깊은 무시키 씨께는 완충재 역할을 부탁드리고 싶습니다."

쿠로에는 태연한 표정으로 그렇게 말했다. 무시키는 안비에트와 딱히 친분이 깊지는 않지만…… 남들 앞에서, 무시키가 얼마 전까지 사이카였으니 도움이 될지도 모른다—
같은 말을 할 수는 없으리라.

하지만, 루리가 지적하고 싶은 부분은 그게 아닌 것 같
았다.

"왜 오라버니를 데려가면서, 나는 안 데려가는 거야!"

"교섭 자리에 기사가 있다면, 이야기가 틀어질 테니까요."

"그렇다고 해도……!"

루리가 말을 이으려고 한 순간, 엘루카가 그녀의 입을
손으로 막았다.

"그대들이 시간을 버는 사이, 사이카의 소재를 파악하며
그녀가 행동을 취하기를 기다리자는 게냐."

"네. 어떻습니까?"

쿠로에가 그렇게 말하자, 엘루카는 뭔가를 가늠하려는
듯한 눈길로 쿠로에를 바라본 후에 고개를 끄덕였다.

"—좋다. 안비에트에 대한 대처는 너희에게 맡기마."

"네. 그럼 즉시 행동을 시작하겠습니다. —가시죠, 무시
키 씨."

"네!"

"읍~! 읍~!"

무시키는 입이 막힌 루리의 고함을 들으면서, 쿠로에와
함께 중앙 사령부를 나섰다.

"지정된 장소는 미시로야마 교육 훈련소……였나요. 거

기는 어떤 곳인가요?"

"〈정원〉의 외부 훈련 시설입니다. 거기는 싸움을 벌이기 적합한 곳이며, 숙박 시설도 있죠. 싸울 상대를 기다리기에 안성맞춤인 장소입니다."

"그렇군요……. 그럼 지금 바로 가죠."

"네. ─하지만, 우려되는 점이 하나 있습니다."

쿠로에가 앞장을 서면서 그렇게 말하자, 무시키는 눈을 깜빡였다.

"우려되는 점……?"

무시키가 묻자, 쿠로에는 주위에 사람이 없는 것을 확인한 후에 말을 이었다.

"사이카 님이 진짜로 사로잡힌 게 아닐까, 란 점입니다."

"뭐─."

무시키는 쿠로에의 말을 듣고 할 말을 잃었다. 그런 무시키의 반응을 살피려는 듯이, 쿠로에는 뒤편을 돌아봤다.

"평소의 사이카 님이라면, 적에게 사로잡힐 리가 없습니다. 기사 엘루카의 말처럼, 의도가 있다고 보는 게 자연스럽겠죠. 하지만 현재 상황을 고려해볼 때, 아무리 머리를 굴려봐도 사이카 님이 일부러 잡혀줄 이유를 짐작조차 할 수가 없습니다."

"그, 그렇다면, 대체 왜 이런 일이 벌어질 걸까요? 사이카 씨를 잡을 수 있는 마술사가─."

"네. 이 세상에 존재할 리가 없습니다. —하지만, 만약 사이카 님이 마술을 마음껏 쓸 수 없는 상황이라면 어떨까요?"

"마술을…… 쓸 수 없다고요?"

무시키는 미심쩍은 투로 그렇게 말한 후, 화들짝 놀라며 어깨를 부르르 떨었다.

무시키가 사이카와 분리되고 며칠이 흘렀다. 지금 생각해보니, 무시키는 사이카가 마술을 쓰는 모습을 단 한 번도 본 적이 없었다.

일상생활은 물론이고, 실기 수업 때도 컨디션이 나쁘다면서 견학을 했다. 느닷없는 분리가 영향을 끼친 거라고 생각했는데, 설마—.

"—그 가능성을 고려했어야 했습니다. 무시키 씨와 사이카 님의 몸이 두 개로 분리된 것은 틀림없습니다. 아마 의도치 않게 행사된 〈포르투나〉의 권능에 의해서겠죠. 하지만, 융합 전의 상태로 완전히 되돌아갔다는 보장은 없습니다."

"어…… 하지만 사이카 씨는 그런 말을 한마디도 안 했잖아요!"

"네. 그게 신경 쓰이는 점입니다. 사이카 님은 지극히 자연스럽게 행동하셨죠. —마치, 자신의 상태를 눈치채지 못한 것처럼 말입니다."

"눈치채지 못했다고요……?"

무시키가 의아한 표정을 지으며 되물었지만, 쿠로에는

그 이상 대답해주지 않았다. 자기 생각을 아직 확신하지 못한 것처럼도, 지금은 그 이야기를 할 때가 아니라고 판단한 것처럼도 보였다.

"……아무튼, 지금은 할 수 있는 일을 할 수밖에 없습니다. 기사 안비에트를 찾아가서, 사이카 님이 지금 싸울 수 있는 상태가 아니라는 것을 솔직히 말하는 방법밖에 없죠. 사이카 님을 구출하는데 협력을 받는 것까지는 무리더라도, 다른 문제가 해결될 때까지 기다려달라고 할 수밖에 없습니다."

"그 말을, 믿어줄까요……?"

"그건……."

무시키가 그 점을 지적하자, 쿠로에는 인상을 찌푸렸다. 안비에트는 무시키와 사이카가 합체한 것도, 사이카가 만전의 상태가 아니라는 것도 모른다. 거짓말로 여겨질 가능성이 컸다.

게다가, 신경 쓰이는 점이 하나 더 있다. 이 모든 일의 전제이자, 문제의 근원. 무시키는 미간을 찌푸리며 말했다.

"……애초에 안비에트 씨는, 대체 왜 이런 일을 벌인 걸까요?"

그것은 질문이라기보다, 의문을 입 밖으로 내뱉었다는 말이 적절할지도 모른다. 이런 상황에 부닥쳤는데도, 무시키는 안비에트가 이런 사건을 일으켰다는 게 믿기지 않았다.

하지만 동기는, 본인에게 물어보지 않으면 알 수 없다.

무시키도 그 의문에 대한 명확한 답을 얻을 수 있을 거라고 생각하지는 않았다.

하지만……. 쿠로에는 몇 초 동안 침묵한 후, 이윽고 무거운 입을 열었다.

"……기사 안비에트가 이런 사건을 일으킬 이유라면, 제가 알기로 딱 하나뿐입니다."

"그게 대체 뭔가요?"

무시키가 묻자, 쿠로에는 짧은 망설임 끝에 입을 열었다.

"100년 전, 기사 안비에트의 부인께서 세상을 떠났다는 이야기는 전에 해드렸죠?"

"네. 그게 어때서요……?"

쿠로에는 숨을 들이마시더니…….

"—안비에트의 아내의 목숨을 앗아간 사람이, 바로 나야."

사이카의 말투로, 그 사실을 고했다.

"네……?!"

그 말을 들은 순간, 무시키는 무심코 숨을 삼켰다.

"사이카 씨……가요?"

"……."

쿠로에는 말없이 눈을 내리깔았다.

그 모습을 본 무시키는 동요한 마음을 진정시키려는 듯이 심호흡을 했다.

너무 충격적인 고백이었다. 하지만, 그렇기에 냉정을 잃으면 안 된다.

그리고 그럴 수 있을 만큼, 무시키는 사이카를 믿었다.

"가르쳐주겠어요? 100년 전에 대체 무슨 일이 있었는지를……."

"그래."

쿠로에는 가는 숨을 내쉬더니, 각오를 다진 것처럼 담담히 이야기하기 시작했다.

사이카와 안비에트의, 100년에 걸친 인연의 출발점을…….

"―그게, 사태의 전말이야."

"……."

쿠로에의 이야기를 들은 무시키는 한동안 말문이 막히고 말았다. 설마 사이카와 안비에트 사이에 그런 과거가 있을 거라고는 상상도 못 했던 것이다.

"애초에 안비에트는 나에게 강한 원한을 품고 있지. 나에게 복수하려고 생각해도 이상할 건 없어."

"……〈포르투나〉의 힘으로, 사이카 씨를 죽인다는 건가요?"

"아냐―. 그럴 거면, 〈포르투나〉에게 내 죽음을 바라면 돼. 그러지 않는다는 건, 어디까지나 자기 손으로 나를 해치우고 싶은 거겠지. 안비에트가 결투를 신청할 때마다, 나는 장난을 치부하며 제대로 상대해주지 않았어. 그러니

〈포르투나〉로 세계를 인질로 잡는다면, 내가 진심으로 싸울 거라고 판단했을 거야."

"……."

무시키가 침묵에 잠기자, 쿠로에는 마음을 다잡으려는 듯이 「아무튼」 하고 말하며 고개를 들었다.

"일단 한시라도 빨리 움직이도록 하죠. 복수할 상대가 제삼자에게 잡혀 있다는 걸 알면, 태도가 달라질지도 모릅니다. 확실히 그 진위를 의심할 가능성은 있습니다만—."

하지만…….

"—그래선 안 돼요."

무시키는 반쯤 무의식적으로, 쿠로에의 말에 이의를 제기하고 말았다.

"무시키 씨……?"

쿠로에가 의아하다는 투로 무시키의 이름을 부르자, 그는 화들짝 놀라며 어깨를 부르르 떨었다.

"미, 미안해요. 갑자기 이상한 소리를……."

"아뇨. 무시키 씨의 생각을 들려주십시오."

쿠로에는 그렇게 말하면서, 무시키의 눈을 똑바로 바라봤다. 항상 냉정하고 초연한 쿠로에답지 않게, 그 목소리와 표정에서는 무시키에게 매달리는 듯한 기색이 어려있는 것 같았다. 아마 그녀 본인도 안비에트의 뜻을 제대로 파악하지 못한 것이리라.

무시키 또한, 확신이 있는 건 아니다.

하지만 쿠로에의 이야기를 듣고, 막연하게나마 느낀 바가 있었다.

"……저한테 생각이 있어요. 그러니 맡겨주시지 않겠어요?"

무시키는 결의에 찬 표정을 지으며, 그렇게 말했다.

"……."

미시로야마에 위치한 〈정원〉 훈련 시설의 한편에서, 팔짱을 낀 안비에트는 위압감 넘치는 표정으로 상대를 기다리고 있었다.

거대한 연무장이다. 〈정원〉 서부 에어리어에 있는 연무장보다 크며, 파손된 곳도 많았다. 사람이 너무 없어서 그런지, 언뜻 보기에는 폐허 같아 보였다.

계절상으로는 초여름인 시기지만, 고지대라 그런지 공기가 차갑다. 산간에 휘몰아치는 바람이, 굉음을 내면서 주위를 휘감고 있었다.

한마디로 말해— 안비에트의 싸움에, 더할 나위 없이 어울리는 장소다.

시설에 있던 관리 스태프와 강화 합숙을 위해 이곳을 찾은 학생들은 정중히 돌려보냈다. 지금 이곳에는 안비에트와 수리야, 두 사람뿐이다.

"아빠—."

수리야는 어딘가 불안한 목소리로 말을 건넸다. 안비에트는 굳은 표정을 아주 약간 누그러뜨리면서, 그녀를 쳐다봤다.

"……왜? 배가 고프면 숙소에 가봐."

안비에트가 그렇게 말하자, 수리야는 고개를 절레절레 저었다.

"실은, 수가 말려주길 바라는 거구나……?"

"……"

질문처럼도, 호소처럼도 들리는 수리야의 그 말을 들은 안비에트가 한동안 침묵했다.

"……미안하다. 너를 휘말리게 할 생각은 없었어. 하지만—."

그렇게 말하며 미간을 찌푸린 안비에트는 어금니를 깨물었다. 주먹에 자연스레 힘이 들어가더니, 손톱이 손바닥에 깊이 박혔다.

"—그 말만은 들어줄 수 없어. 나는, 그 자식을 날려버려야 직성이 풀릴 거야."

"아빠……"

수리야가 안타까운 목소리로 그렇게 말한, 바로 그때였다.

안비에트의 맞은편에 있는 입구를 통해, 두 사람이 들어왔다.

낯익은 얼굴이었다. 사이카의 종자인 카라스마 쿠로에, 그리고 신입생인 쿠가 무시키다.

안비에트는 두 사람의 얼굴을 번갈아 쳐다보더니, 흥 하고 코웃음을 쳤다.

"잘 왔어. —그런데? 쿠오자키는 어디 있지? 아무리 성격이 배배 꼬였어도, 기습을 할 정도로 약아빠지진 않았을 거 아냐."

안비에트가 그렇게 말하자, 두 사람은 말없이 시선을 교환했다.

그리고 그 직후, 무시키가 한 걸음 앞으로 나섰다.

"……무슨 속셈이지? 미리 말해두겠는데, 나는 너희와 노닥거릴 생각 없어. 교섭에도 응하지 않을 거야. 나를 막고 싶다면, 쿠오자키가 나를 죽일 수밖에 없다고."

"……."

무시키는 깊이 숨을 들이마시더니, 힘차게 눈을 치켜떴다.

"—내가, 상대예요."

"……뭐?"

무시키의 말을 이해 못 한 안비에트는 어안이 벙벙해졌다.

그러자 무시키는 한 번 더 크게 숨을 들이마시더니—

"사이카 씨를 대신해서, 내가! 당신을 쓰러뜨리겠단 소리라고요!"

힘찬 목소리로, 그렇게 선언했다.

"……인마, 자기가 무슨 소리를 한 건지 알고 있는 거냐?"

안비에트는 칼날처럼 날카로운 눈으로 노려봤다.

심약한 사람이라면 시선만으로 무릎을 꿇릴 수 있을 정도의 위압감이다. 등과 이마에서 땀이 흘러나오더니, 심장이 쿵쾅거렸다.

하지만 무시키는 떨리는 주먹을 힘차게 말아쥐더니, 안비에트와 시선을 마주했다.

"네. 사이카 씨와 싸우고 싶다면, 우선 나부터 쓰러뜨리세요."

"그러니까, 대체 왜 그래야 하는 거냐고."

안비에트는 짜증 섞인 어조로 그렇게 말했다.

무시키는 목청껏 고함을 질렀다.

"―내가! 사이카 씨를 좋아해서예요!"

"……뭐?"

안비에트는 그 선언을 듣더니, 얼이 나간 것처럼 입을 쩍 벌렸다.

참고로 무시키의 뒤편에 서 있던 쿠로에는 무표정한 얼굴로, 몸 어딘가가 간지러운 듯한 반응을 보였다.

몇 초 후. 안비에트는 영문을 모르겠다는 듯이 인상을 찡그렸다.

"……야. 쿠가. 너, 대뜸 무슨 소리를 지껄이는 거냐. 머리라도 다쳤냐?"

"훈련 때 머리를 살짝 맞았을 뿐이에요."

"다치긴 다친 거냐."

안비에트는 기세가 한풀 꺾인 것처럼 머리를 긁적이더니, 지친 듯이 한숨을 내쉬었다.

"됐으니까, 빨리 꺼져. 나는 진심이라고. 장난에 어울려 줄 여유는―."

"만약에……."

"응?"

"만약에 내가, 안비에트 씨의 소중한 사람― 예를 들어서, 사라 씨에게 결투를 신청한다면 어쩔 거죠?"

"……뭐라고?"

무시키가 상대방의 말을 끊듯이 그렇게 말하자, 안비에트는 미심쩍다는 듯이 눈썹을 찡그렸다.

그 표정은 무시키의 진의를 파악하지 못한 것처럼도 보였고, 무시키가 자신의 사별한 아내를 언급한 것에 놀란 것처럼도 보였다.

"무슨 속셈이냐?"

"……무례한 발언이라는 건 알고 있어요. 하지만, 다른 적당한 사람이 생각나지 않네요."

"하고 싶은 말이 뭔데?"

"만약 그런 상황에 처한다면― 당신은, 그냥 입 다물고 쳐다보기만 할 건가요?"

"……큭."

무시키가 그렇게 말하자, 안비에트는 작게 숨을 삼켰다.

"그러지는, 못하겠죠? 나도 마찬가지예요. ―당신에게 양보할 수 없는 게 있듯이, 나한테도 소중한 게 있다고요!"

무시키가 그렇게 외치자, 안비에트는 불쾌하다는 듯이 표정을 일그러뜨렸다.

"전제조건 자체가 말도 안 된다고! 너보다 쿠오자키가 훨씬 강하잖아!"

"힘이 부족한 녀석은, 좋아하는 사람을 지키려 하면 안 되는 거냐고요!"

"……."

무시키가 그렇게 외치자, 안비에트는 표정을 약간 굳히더니―.

"……하아."

이윽고, 땅이 꺼지도록 한숨을 내쉬었다.

"……봐주진 않을 거야."

그리고, 날카로운 시선을 머금으며 그렇게 말했다. 그것은 무시키가 예상한 반응이었다.

기사 안비에트 스바르나. 〈정원〉 교사 중에서 가장 인상이 나쁘고, 가장 입이 거칠며― 가장 상냥한 남자.

그런 그가, 소중한 사람을 지키기 위해 자신을 막아선

남자의 결의와 각오를, 비웃을 리가 없다.

"물론이죠. 그랬다간, 나한테는 못 이겨요."

"하앗—."

비웃음도, 조롱도 아니었다. 안비에트는 도발에 당당히 응하듯, 숨을 내쉬었다.

그것이, 싸움의 시작을 알리는 신호였다. 연무장에 선 안비에트를 중심으로, 방대한 마력이 소용돌이치면서 뇌광이 번쩍이기 시작했다.

"좋아. 순식간에 결판을 내주지. 어디, 잿더미가 되지 않도록 잘 버텨봐라!"

안비에트는 자세를 낮추더니, 화살을 당기는 듯한 자세를 취했다.

"제3현현—【금강전개(金剛纏鎧)】!!"

그 말과 함께, 안비에트의 등에 3획으로 된 빛의 고리가 생겨났다. 아름답기 그지없는 금색의 계문. 그 모습은 마치 후광이 빛나고 있는 것처럼 보였다.

그에 맞춰 안비에트의 몸이 마력에 감싸이더니, 금색의 갑옷이 형성됐다. —제3현현. 고위 마술사가 발현하는 3단계 현현술식. 자기 자신을 현현체로 감싸는 〈동화〉의 위계.

그 신성한 모습은, 지금 대치하고 있는 상대가 어마어마한 괴물이라는 것을 무시키에게 강제적으로 이해시켰다.

그리고…….

"―간다."

한순간. 아니, 눈 한 번 깜짝이는 것보다도 짧은 시간에 벌어진 일이다.

"어―?"

10미터는 떨어진 곳에 있던 안비에트가, 무시키의 눈앞에 나타났다.

마치 제3현현을 두른 안비에트의 몸 그 자체가, 뇌광으로 변한 것 같았다.

"【뇌정저(雷霆杵)】―《천벽시(天霹矢)》."

다음 순간. 상황 파악조차 못 한 무시키의 몸을 향해, 어느새 주위에 떠 있던 네 개의 삼고저에서 전격이 뿜어졌다.

"......."

―연무장의 중앙에, 어마어마한 전격이 작렬했다.

그 광경을 본 쿠로에는 희미하게 미간을 찌푸렸다.

그리고 거기에 맞춘 것처럼, 금색의 갑옷을 걸친 안비에트가 쿠로에의 앞에 나타났다.

"......죽지는 않았을 거야. 빨리 의무실로 데려가. 여기에 상주하던 의사는 다 쫓아냈지만, 너라면 응급처치 정도는 할 줄 알지?"

안비에트는 겸연쩍은 목소리로 그렇게 말하며 머리를 긁적였다. 서로가 동의를 하고 싸우기는 했지만, 자기보다 실력이 모자란 상대를 날려버렸으니 기분이 좋지는 않을 것이다.

하지만, 쿠로에는 눈을 가늘게 뜨며 낮은 목소리로 말했다.

"……대체 뭐 하는 겁니까, 기사 안비에트."

"아앙? 주제넘게 나선 건 쿠가 쪽이잖아. 나한테 불평하지 말라고."

"그런 말씀을 드리는 게 아닙니다."

쿠로에는 고개를 살며시 저은 후, 말을 이었다.

"싸움이 끝나지도 않았는데 상대에게 등을 보이는 건, 마술사로서 있을 수 없는 행위입니다."

"뭐―?"

안비에트가 영문을 모르겠다는 듯이 눈썹을 찌푸린, 바로 그때였다.

연무장 중앙에 피어오른 흙먼지를 찢듯이, 한줄기 광선이 안비에트의 머리를 향해 뿜어졌다.

"―?!"

안비에트의 몸이 한순간 흐릿해지더니, 뒤편에서 날아온 광선을 피했다.

하지만 그 공격은 그의 간담을 서늘하게 할 정도의 힘을 지닌 것 같았다. 안비에트는 경악에 찬 표정을 지으면서 뒤편을 돌아봤다.

그런 그의 움직임에 맞춘 것처럼, 흙먼지 너머의 인물이 모습을 보였다.

"쿠가. 너, 이 자식…… 그 모습은……."

안비에트는 믿기지 않는 광경을 본 것처럼 눈을 치켜뜨며 그렇게 말했다.

거기에는 필살의 일격을 맞고도 건재한 무시키를 향한 경악도 포함되어 있을 것이다.

하지만 그 이상으로— 그는, 무시키의 현재 모습을 보고 경악했을 게 틀림없다.

하지만 그것도 무리는 아니었다.

무시키의 손에는 지구를 형상화한 듯한 거대한 지팡이가 쥐어져 있었고, 그의 몸은 마술사의 로브를 연상케 하는 옷에 감싸여 있으니 말이다.

그런 그의 머리 위에는 마녀의 모자를 연상케 하는 원형의 계문 세 개가, 극채색의 빛을 뿜으며 존재했다.

그렇다. 세세한 부분은 다르지만, 그것은 틀림없이—

극채의 마녀, 쿠오자키 사이카가 자랑하는 제2현현 및 제3현현의 모습이었다.

"—제정신입니까?"

때는, 무시키 일행이 훈련 시설에 도착하기 이전…….

무시키의 『생각』을 들은 쿠로에가, 믿기지 않는다는 듯이 미간을 찌푸렸다.

"기사 안비에트를, 사이카 님을 대신해 무시키 씨가 상대하겠다는 겁니까……? 상대는 S급 마술사예요. 상대가 될 리가 없습니다."

쿠로에가 딱 잘라서 그렇게 말하자, 무시키는 쓴웃음을 머금었다.

"알아요. 하지만 내가 안비에트 씨라면…… 교섭과 회유에는 절대 응하지 않을 거예요. 사이카 씨가 정정당당히 자기와 싸워주지 않는 한, 납득할 리가 없죠."

"지금의 무시키 씨는 사이카 님이 아니지 않습니까."

"……그것도, 알고 있어요."

하지만, 하고 말한 무시키는 고개를 가로저었다.

"안비에트 씨라면— 분명 내 각오를 무시하지 않을 거라고 생각해요."

"……아무 생각 없이 말하는 것 같지는 않군요. 근거라도 있습니까?"

"근거라고 할 만한 건 아니에요. 그저—."

"그저?"

"사랑하는 사람을 위해 싸우는 남자…… 사이의 교감이랄까요."

"……."

"쿠로에, 아파요. 쿠로에."

쿠로에가 귓불을 잡아당기자, 무시키는 아파하면서 그렇게 말했다.

"이런 상황에서 농담하지 말아주십시오."

"농담하는 게 아니라고요."

무시키는 얼굴을 찡그리며 말을 이었다.

"……애초에 나는 안비에트 씨가 진짜로 이 세상을 어찌할 거란 생각이 안 들어요."

"그건―."

무시키가 그렇게 말하자, 쿠로에는 말끝을 흐렸다. 그녀 또한 같은 생각이리라.

"요구에 응하지 않으면 세계를 멸망시키겠다…… 그런 짓을 안비에트 씨가 할 리가 없어요. 하지만 사이카 씨라면, 그것을 간파하더라도 안비에트 씨의 각오에 응하지 않을 리가 없다―. 그렇게 생각하는 게 아닐까요?"

그렇다. 그것이 무시키가 느낀 위화감 중 하나였다. 안비에트는 이런 짓을 벌이면서도, 쿠오자키 사이카를 여전히 신뢰하고 있는 것처럼 느껴졌다.

"……."

쿠로에가 생각에 잠기는 듯한 모습을 보인 후, 한숨을 내쉬었다.

"……만약 무시키의 말이 옳다면, 교섭을 시도해보는 게

옳지 않을까요? 상대방이 〈포르투나〉를 쓸 의지가 없다면, 일부러 싸울 필요는 없을 겁니다."

"그래선 안 돼요."

"어째서죠?"

"사이카 씨라면 분명, 그런 짓을 하지 않을 테니까요."

"……."

무시키가 자신만만한 목소리로 그렇게 말하자, 쿠로에는 입을 다물었다.

그렇다. 이유가 어쨌든, 안비에트는 사이카와의 결투를 바라고 있다.

─쿠오자키 사이카가, 그런 제자의 마음을 헛되이 할 리가 없다.

이윽고 쿠로에는, 하아 하고 한숨을 내쉬었다.

"……하아. 나라면, 그런 짓을 안 한다는 건가."

그리고 사이카의 말투로, 이렇게 말했다.

"네 말이 맞아. 곤란하게 됐는걸. ─오랫동안 몸을 넘겨 줘서 그런지, 너는 나보다 더 나에 대해 잘 아는 것 같네."

"사이카 씨……."

무시키가 감격한 듯한 목소리로 이름을 부르자, 쿠로에는 훗 하고 미소지었다.

"좋아. 어디 해봐."

"─네!"

무시키는 힘차게 고개를 끄덕였다. 그러자 쿠로에는 장난스레 어깨를 으쓱했다.

"뭐, 몸이 분리되어 있잖아. 만약 네가 당하더라도, 내 몸에는 영향이 없겠지. 만일의 경우에는 내가 네 시체 정도는 수습해주지."

"그, 그렇게 안 되도록 힘낼게요……!"

"홋. 뭐, 어쩌면—."

"어?"

"아냐. —기왕 나서놓고, 한심한 모습을 보이면 용서 안 할 거야."

"아, 네!"

"사이카 님의 술식을— 이만큼이나 훌륭하게 펼치시다니……."

흙먼지 속에서 모습을 드러낸 무시키를 본 순간, 쿠로에는 그런 말을 중얼거렸다.

말투는 차분하지만, 볼을 타고 땀이 흘러내렸으며, 심장은 흥분한 듯이 격렬하게 뛰고 있었다.

그러는 게 당연했다. 무시키는 무시키의 모습으로, 사이카의 제2현현 및 제3현현을 발현시킨 것이다.

현현술식이란 종래의 마술과 다르게, 『인간』 그 자체를 구성식으로 한 술식이다. 설령 방대한 마력을 보유했을지라도 그 몸이, 세포가, 유전자의 염기 배열이 다르면 특수한 조건을 충족시키지 않는 한은 타인과 같은 술식을 발현시킬 수 없다.

　하지만— 아주 미세하지만, 사이카의 머릿속 한편에는 위화감이 쭉 존재했다.

　확실히 지금, 무시키와 사이카의 몸은 분리되어 있다.

　하지만, 만약 사이카가 마력을 제대로 다룰 수 없어서 적에게 사로잡힌 것이라면— **사이카가 본래 지니고 있던 방대한 마력은, 어디 가버린 것일까.**

　그 해답이 지금, 쿠로에의 눈앞에서, 더할 나위 없이 명확하게 밝혀졌다.

　멸망인자 〈포르투나〉에 의해 부자연스럽게 소원이 이뤄진 상태가 아니라면, 분명 발현 자체가 불가능했을 것이다. 지금의 무시키는, 무시키이면서 사이카라고 하는 모순된 상태다.

　아니, 그것만이 아닐 것이다. 쿠로에는 생각을 바꿨다.

　약 석 달 동안, 사이카를 모방하고, 사이카로서 생활하며, 사이카의 술식으로 여러 강적과 싸워온 무시키가 아니었다면— 이 기적은 일어나지 않았을 게 틀림없다.

　"무시키 씨—."

무시무시한 애제자의 모습을 보며, 쿠로에는 자기도 모르게 주먹을 말아쥐었다.

"······이게 대체 무슨 말 같지도 않은 일이냐고."

연무장 안에서 다시 무시키와 대치한 안비에트가, 미심쩍은 어조로 그렇게 말했다.

그 시선에는 적의와 경계심, 그리고 약간의 호기심이 어려있는 것 같았다.

"이건······ 사이카 씨의······."

하지만 놀란 건 무시키도 마찬가지였다. 안비에트의 공격으로부터 반사적으로 자기 몸을 지키려 한 순간, 몸이 사이카의 현현체에 감싸인 것이다.

마치 사이카가 무시키를 구해준 것 같은 광경이다. 무시키는 무심코, 감동에 사로잡힐 뻔했다.

"······."

하지만 곧 생각을 바꿨다. ─지금 일어난 현상을 정확하게 파악하고, 냉정하게 받아들이며, 이용하는 것이야말로 마술사의 기본이라고 쿠로에에게 배웠기 때문이다.

그래서 무시키는, 자신감에 찬 미소를 머금었다.

"─역시 대단하네요. 용케 피했어요. 방금 일격으로 결판을 낼 생각이었는데 말이죠."

물론, 허세다. 이유도, 원인도, 무시키는 모른다.

그 이전에, 무시키는 사이카의 현현체를 유지하는 것만으로 버거웠다. 겉보기에는 당당해 보이지만 마력이, 체력이, 기력이, 점점 빨려 나가는 느낌에 사로잡혔다. 사이카의 몸으로 술식을 사용했을 때와는 천지 차이였다.

하지만, 무시키는 웃었다. 여유 있는 척을 하며, 우아한 표정을 머금었다.

이유는 단순했다. ―사이카라면 분명, 이랬을 게 틀림없다고 생각하기 때문이다.

"……흥."

안비에트는 날카로운 시선을 머금으며 자세를 낮췄다.

"모방…… 환술……, 어떤 속임수를 쓴 건지 모르겠지만, 지금 내 앞에서 그 자식의 술식을 쓰는 게 어떤 의미인지는 알고 있겠지?"

"당신의 패배를 의미하려나요?"

"헛소리 작작해."

말보다 먼저 뇌광이 번쩍인 것 같더니, 안비에트의 모습이 또 사라졌다.

그와 동시에, 상공에서 몇 줄기의 번개가 무시키를 향해 쏟아졌다.

"큭―."

무시키는 작게 숨을 들이마신 후, 지팡이의 손잡이 끝부

분으로 지면을 두드렸다.

그 순간, 지팡이가 어렴풋이 빛나면서 연무장의 지면이 파도치듯 변모했다.

단단한 지면이 무시키를 감싸는 막을 형성하더니, 하늘에서 쏟아지는 뇌격을 차단했다.

사이카의 제2현현, 【미관측의 모형정원】. 세계를 뜻대로 변모시키는 마녀의 지팡이다.

하지만 무시키의 몸으로는 그 힘을 충분히 발휘할 수 없는 것 같았다. 방어벽의 틈새로 파고들듯이, 뇌격이 무시키를 덮쳤다.

하지만 무시키가 걸친 제3현현 【불확정의 왕국】은, 그 뇌격을 전부 튕겨냈다.

아니— 튕겨냈다, 란 말에는 어폐가 있을지도 모른다.

뇌격은 제3현현에 닿기 직전에 진로를 바꾸더니, 엉뚱한 방향으로 뻗어나갔다.

『가능성』을 조종하는 사이카의 술식의 가호. 저 로브를 걸친 자는, 범상치 않은 행운에 의해 몸이 지켜진다.

이 두 가지 현현체가 아니었다면, 아마 무시키는 첫 일격에 당하고 말았을 것이다.

"진짜로— 쿠오자키의 술식인 거냐!!"

뇌광이 반짝이더니, 안비에트가 허공에 모습을 보였다. 폭발할 듯한 빛을 두르며 공중에 떠 있는 그 모습은, 마치

뇌신을 연상케 했다.

"뭘 한 건지 모르겠다만, 쿠오자키가 수작을 부린 게 틀림없겠지……! 그럼 안 봐주겠어! 온힘을 다해 박살을 내주마아아아아아아앗!"

안비에트는 절규를 토했다.

그 목소리와 표정에서는 격렬한 분노와, 어마어마한 증오— 그리고, 그것들마저 넘어설 듯한 비애가 묻어나는 것만 같았다.

"큭……!"

무시키는 그 뇌격을 막아내거나 혹은 피하면서, 【스텔라리움】으로 세계를 변모시켜 안비에트를 공격했다.

현기증이 날 정도로 눈부신 공방전이 펼쳐지는 가운데, 무시키는 고함을 질렀다.

"—안비에트 씨!"

"아앙……?!"

안비에트는 짜증 섞인 목소리로 대꾸했다.

"사라 씨의 일은 안타깝다고 생각해요……! 거기에 관연한 사이카 씨를 용서 못 하는 것도 당연해요! 하지만, 사이카 씨는—."

"—닥쳐!!"

무시키의 말을 끊듯, 안비에트는 분노 찬 고함을 질렀다.

"입만 살아서 나불대기는…… 네놈이 알긴 해?! 반한 여자 한 명 지켜주지 못한 무력감을……! 사랑하는 여자가 자기 품속에서 숨을 거둘 때의 절망감을……!"

"그, 건—."

무시키는 그 말을 듣고 말문이 막혔다.

안비에트의 말이 옳다. 그 어떤 말을 하더라도, 지옥을 경험한 당사자에게는 제삼자의 설득은 싸구려 사탕발림에 지나지 않을 것이다.

하지만, 무시키는 어금니를 꽉 깨물었다.

"—안다, 같은 말은 함부로 할 수 없겠죠."

하지만, 하고 무시키는 말을 이었다.

"사랑하는 사람을 구하지 못한 경험이라면— 나도, 한 적 있어요."

"……뭐라고?"

안비에트는 미심쩍다는 듯이 눈썹을 찡그렸다.

그렇다. 무시키는 안비에트의 슬픔을, 절망을, 알 수 없다.

하지만 무시키 또한, 사랑하는 사람을 눈앞에서 잃은 적이 두 번이나 있다.

한 번은, 도시 미궁 안에서 피범벅이 된 사이카를…….

다른 한 번은— 미래에서 찾아온 사이카를…….

"나는…… 무력했어요. 나한테 힘이 더 있었다면, 그때 그 사람을 구할 수 있었을지도 모른단 생각을 한두 번 한 게 아니에요. 하지만…… 그러니까!! 살아서…… 강해져서……! 사이카 씨의 의지를 이어야만 해요……!"

"무슨 뚱딴지같은 소리를 하는 거냐……! 그 자식이라면 멀쩡하게 잘 지내잖아!"

안비에트는 당혹스러운 투로 그렇게 말했다.

하지만 그것도 무리는 아니다. 안비에트는 무시키와 사이카가 융합한 것은 물론이고, 미래의 사이카에 대해서도 모르는 것이다.

"그 이전에, 왜 거기서 쿠오자키의 이름이 튀어나오는 건데?!"

"—나는! 장래에 사이카 씨와 결혼할 거니까요!"

무시키는 오늘 들어 가장 큰 목소리로 그렇게 외쳤다.

"……저렇게 큰 목소리로, 뭐 저런 소리를……."

눈에 비치지도 않는 격렬한 공방을 응시하는 쿠로에의 볼을 타고, 땀방울이 흘러내렸다.

하지만 그럴 만도 했다. 무시키가 싸우는 도중에 느닷없이, 큰 목소리로 당치도 않은 소리를 외치기 시작한 것이다.

"……바보."

쿠로에는 마음속으로 안도했다.

무시키의 선언을 다른 사람이 듣지 못한 것과—.

자신이 지금 짓고 있는 표정을, 아무도 보지 못했다는

사실에······.

"아까부터 되게 이상한 소리만 늘어놓네! 지리멸렬에도 정도라는 게 있다고! 쿠오자키의 술식을 쓰게 해주는 이상한 약이라도 누가 너한테 억지로 놓은 거냐?!"

"너무하네요! 사이카 씨를 위해서라면 직접 맞을 거라고요!"

"논점은 그게 아냐!"

술식과 술식이 격돌하는 가운데, 안비에트가 절규를 토했다.

무시키는 물러서지 않으며 대꾸했다.

"예를 들었을 뿐이에요! 사랑하는 사람을 위해서라면, 뭐든 할 거예요! 안비에트 씨와 싸워야만 할지라도요! 그건······ 당신도 마찬가지 아닌가요?!"

"큭—."

말문이 막힌 안비에트는 공중에서 다시 태세를 정비하더니, 온몸으로 힘을 뿜기 시작했다.

"—충고는 했어. 네놈이 그렇게 나온다면, 나는 네놈을 쿠오자키라 여기며 전력을 다해 박살을 내주지······!!"

"······큭."

—분위기가 변했다.

피부를 찌르는 듯한 긴장감을 느낀 무시키는 지팡이를 쥔 손에 힘을 줬다.

"【스텔라리움】······!!"

안비에트의 아래편에 펼쳐진 지면과 그를 둘러싼 대기가, 무시키의 의지에 따르듯 물결치고 꿈틀거리면서 안비에트를 공격했다.

하지만 안비에트는 눈 한 번 깜빡이지 않으며 그 공격을 튕겨내더니, 손바닥을 활짝 펼쳤다.

"—명하노라."

네 개의 삼고저가, 위성처럼 몸 주위를 돌아다녔다.

"천상천하의 굴레 밖, 신의 손이 닿지 않는 경계. 금색의 정원에 내 성을 쌓아라."

그에 따라, 안비에트가 두른 전기가 강하고, 격렬해졌다.

"제4현현—【금색천외열반향(金色天外涅槃鄕)】!"

안비에트의 등 뒤에 그려진, 후광 같은 계문.

그 가장자리에, 한층 더 거대한 4획째의 빛의 고리가 모습을 드러냈다.

그와 동시에 그의 몸을 중심으로 사방을 향해 전격이 뿜어지더니, 주위의 경치가 일변했다.

"이건······!"

눈앞에는 구름바다가 끝없이 펼쳐져 있었다. 몽환적인 빛을 머금은 구름이, 융단처럼 깔려 있었다.

그리고 그 사이에 황금색으로 빛나는 궁전의 일부가 얼굴을 드러내더니, 셀 수 없을 만큼 많은 삼고저가 몇 겹으로 포개져서 하늘을 날아다니고 있었다.

그 광경은 극락정토를 연상케 했다. 만약 무시키가 안비에트가 무엇을 한 건지 이해하지 못했다면, 자기도 모르는 사이에 치명상을 입고 천국에 온 거라고 착각했을지도 모른다.

—제4현현. 마술사의 비기이자, 현현술식의 도달점.

자신을 중심으로 한 공간을 자신의 현현체로 뒤덮는, 최대 최강의 마술이다.

"큭—."

한순간 정신이 팔릴 뻔했을 정도로, 웅대하고 우아한 광경이었다.

하지만 그것이 제4현현인 이상, 단순히 아름답기만 한 경치일 리가 없다. 일방적으로 제4현현 안에 갇혀버린 건, 상대의 배 속에 삼켜진 것이나 다름없을 정도의 위기 상황이다.

이 상황을 타파하기 위해서는, 무시키도 제4현현을 발현시킬 수밖에 없다. 무시키는 자신의 몸에 깃든 사이카의 마력을 끌어내기 위해, 손에 힘을 줬다.

"아…… 큭……?!"

하지만, 무시키는 고통에 찬 신음을 흘리면서 움직임을

멈췄다.

아니다. 자신의 의지와 상관없이, 몸을 움직일 수가 없었다.

"—헛수고야."

안비에트는 그렇게 말하며, 무시키의 눈앞에 나타났다.

"생물이 동작을 취하기 위해선, 전기가 필요해. 미약한 전기신호의 전달을 통해, 근육은 운동하거든. —즉, 인체는 전기에 지배를 받고 있다 해도 과언이 아닌 거지."

안비에트는 손가락을 내밀면서 말을 이었다.

"【아크샤야 니르스바르나】는 뇌정(雷霆)의 정토(淨土). 이 공간에 들어온 자는 그 누구일지라도, 내 마력의 영향 아래에 놓여. ……알겠냐? 네놈이 생물인 이상, 이 제4현현이 발동된 시점에 승부는 갈린 거라고."

안비에트는 희미하게 표정을 일그러뜨리며 그렇게 말한 후, 무시키에게서 등을 돌렸다.

다음 순간. 상공에 거대한 원을 그리고 있던 무수한 삼고저에서 엄청난 뇌격이 뿜어지더니, 꼼짝도 하지 못하는 무시키에게 작렬했다.

"쳇……."

등 뒤에서 전해져 오는 엄청난 작렬음과 뇌광, 그리고

살점이 타들어 가는 냄새에, 안비에트는 작게 혀를 찼다.

　제4현현 【아크샤야 니르스바르나】. 생물이라면 절대로 벗어날 수 없는 번개 감옥이다.

　안비에트도 이렇게까지 할 생각은 없었다. 상대는 〈정원〉의 학생이다. 게다가 몇 달 전에 편입한 신출내기 마술사다. 사이카의 술식을 쓸 수 있다고는 해도, 안비에트의 뇌격을 견뎌낼 수 있을 리가 없다.

　하지만, 그것은 무시키도 알고 있을 것이다. 그의 눈에는 확고한 각오와 결의의 빛이 어려있었다. 그래서 안비에트는 웬만한 공격으로는 그의 마음을 꺾을 수 없을 거라고 여겼고— 그의 마음에 응해줘야만 한다고 생각했다.

　양보할 수 없는 것을 안고 있는 자들이 대치한 만큼, 격돌은 피할 수 없다. 안비에트에게는 물러날 마음이 없으니, 이것은 피할 수 없는 결말이었다.

　예상했던 대로, 그다지 기분 좋은 엔딩은 아니었지만—.

　"……어?!"

　다음 순간, 안비에트의 눈썹이 흔들렸다.

　이 영역은 안비에트 그 자체라고 할 수 있다. 공간을 가득 채운 미약한 전기는 안비에트의 여섯 번째 감각기관으로서, 이 공간에서 일어난 일을 안비에트에게 빠짐없이 전해주고 있다.

　그 감각기관이, 감지한 것이다. 쿠가 무시키가, 아직 쓰러지지 않았다는 것을…….

"오오오오오오오오오오오—!!"

날카로운 기합성이, 등 뒤에서 들려왔다.

튕기듯 그쪽을 돌아보니, 안비에트의 전격을 맞은 무시키의 모습이 눈에 들어왔다.

이미 제3현현을 두르고 있지 않으며, 아까까지 쥐고 있던 지팡이 또한 없다.

그 대신, 유리처럼 아무런 색깔도 띠지 않은 검 한 자루가 무시키의 손에 쥐어져 있었다.

"아니—."

그 기묘한 모습에도 놀랐지만, 가장 먼저 놀란 것은 그가 이 제4현현 안에서 자기 의지로 움직이고 있다는 사실이었다.

사이카의 제3현현이 예상 이상의 효과를 발휘한 것일까. 아니면 안비에트가 자기도 모르게 봐준 것일까.

어느 쪽이든 간에, 무시키는 쓰러지지 않았다. 그리고 그의 눈은 아직도 활활 타오르고 있었다.

그렇다면, 아직 끝난 게 아니다. 안비에트는 즉시 의식을 전환하더니, 무시키를 향해 돌아서며 전투 태세를 취했다.

"【바즈드라】!"

안비에트의 목소리에 호응해서, 금색의 삼고저가 뇌격을 뿜었다.

"—큭!"

하지만 무시키가 검을 휘두른 순간, 그를 향해 날아가던 필살의 뇌격이 번번이 소멸했다.

"아니—."

그 뜻밖의 광경을 본 안비에트는 숨을 삼켰다.

그 틈에, 무시키는 걸음을 내디디며 안비에트에게 쇄도했다.

"【홀로 에지】……!"

"큭……!"

그 검에 닿아선 안 된다. 안비에트의 본능이 경종을 울렸다.

그렇기에 한순간, 안비에트는 검의 궤적을 파악하기 위해 그 칼날을 눈으로 좇았다.

—무시키가 내팽개쳐서, 허공을 가르고 있는 검을 말이다.

"아니……."

안비에트가 그 점을 눈치챘을 때, 무시키는 그의 품속으로 파고들더니—

"보……!"

그렇게 외치며, 손바닥으로 안비에트의 가슴을 때렸다.

하지만— 그게 전부였다.

무시키가 안비에트의 주의를 끌기 위해 던진 검이 뒤늦게 구름바다에 떨어지더니, 눈부신 빛을 남기며 사라졌다.

"……뭐 하는 거지?"

"내…… 아니. 나와 사이카 씨의, 승리예요."

무시키는 작게 미소 지으며 그렇게 말하더니, 다시 공격을 날리려는 듯이 자세를 낮췄다.

하지만 안비에트가 그런 행동을 허용할 리가 없었다. 즉시 몸을 뇌광으로 바꿔서 거리를 벌리더니, 검을 잃은 무시키를 향해 외쳤다.

"【데바 샤르라】—."

그에 따라, 무수한 뇌격이 뿜어졌다. 금색의 번개는 순식간에, 무시키의 몸을 꿰뚫어야 했다.

하지만—.

"……?!"

한순간, 안비에트는 무슨 일이 일어난 건지 이해하지 못했다.

그렇다. 말도 안 되는 일이다.

안비에트가 날린 필살의 뇌격이, 안비에트 자신에게 쏟아지다니…….

"하아…… 하아—."

엄청난 뇌광과 함께 눈앞의 경치가 지워지더니, 연무장으로 되돌아갔다.

그 광경을 보며 비틀거리던 무시키는 그대로 그 자리에 주저앉았다.

"무시키 씨—."

뒤편에서, 쿠로에가 달려왔다. 무시키는 의식이 있다는 걸 알리기 위해 손을 들어 보이려 했지만, 몸이 뜻대로 움직이지 않았다. 결국, 쿠로에의 부축을 받으며 몸을 일으켰다.

"괜……찮아……요. 그것보다…….."

무시키는 쉰 목소리로 그렇게 말한 후, 앞쪽을 쳐다봤다.

그곳에는 자기가 날린 뇌격을 정통으로 맞은 안비에트가 있었다.

몸은 검게 타버렸고, 얼굴을 숙이고 있었다. 하지만 무시키와 다르게 무릎조차 꿇지 않았다. 그 당당한 위용을 본 무시키는 무심코 숨을 삼켰다.

"무시키 씨, 설마…….."

"……네."

쿠로에가 그렇게 말하자, 무시키는 작게 고개를 끄덕였다.

─바로 그때, 안비에트의 제4현현에 의해 움직일 수 없게 된 무시키는 겨우겨우 자신의 제2현현 【홀로 에지】를 현현하는 데 성공했다.

현현체를 없애는 힘을 지닌 【홀로 에지】라면, 몸을 속박하는 전류조차 무효화시킬 수 있을 거라고 생각한 것이다.

【홀로 에지】가 현현된 순간, 그 칼날이 무시키의 팔에 닿은 것은 우연이라고 말할 수밖에 없을 것이다. 아마 사이카의 【아니마크라드】가, 그 『가능성』을 끌어냈을 것이다.

그렇게 몸의 자유를 되찾은 무시키는 간발의 차이로 위기에서 벗어났다.

하지만, 그것이 전부였다. 상황이 마이너스에서 제로로 되돌아왔을 뿐이다. 아니, 현현체를 없애는 【홀로 에지】는 전류와 함께 【스텔라리움】과 【아니마크라드】마저도 없애고 말았다. 오히려 상황은 악화됐다고 해도 과언이 아니다.

무시키가 그 상황을 뒤집기 위해서는, 제4현현을 쓸 수밖에 없었다.

"—사이카 님의 제4현현을 쓴 겁니까?"

쿠로에도 거기까지 생각이 미친 건지, 진지한 표정으로 그렇게 물었다.

"네. 하지만…… 내 몸으로는, 사이카 씨의 제4현현을 완전히 발현시킬 수 없었어요."

그렇게 말하며, 손바닥을 들어 보였다.

"발현시킨 건— 손바닥에 쏙 들어갈 정도의, 바늘 정도의 영역뿐이었죠."

그렇다. 경치를 뒤바꾸는 웅장한 제4현현과는 비교조차 할 수 없을, 조그마한 현현체다.

하지만 그것은 엄연히, 마녀 쿠오자키 사이카가 자랑하

는 제4현현이었다.

무시키는 【홀로 에지】를 미끼 삼아서, 그 조그마한 영역을 안비에트의 몸에 직접 박아넣은 것이다.

—제4현현 【가능성의 세계】. 그 힘은, 가능성의 관측과 선택.

안비에트 수준의 마술사가, 마술의 제어에 실패하는 일은 만에 하나도 존재하지 않는다.

하지만 억에 하나. 조에 하나. 경에 하나라면— **존재할 지도 모른다.**

그리고 사이카의 제4현현은 아무리 조금이라도 가능성이 존재하는 한, 그 미래를 불러올 수 있다.

"……쿠로에의 말이 옳았어요."

"네?"

"역시 가위바위보는 낼 수 있는 수가 많아야 유리하네요."

무시키가 힘없이 웃으며 그렇게 말하자, 한순간 눈을 동그랗게 뜬 쿠로에는 웬일인지 입가에 미소를 머금었다.

바로— 그때였다.

"……사, —라."

앞쪽에서, 가녀린 목소리가 들려왔다.

고개를 돌려보니, 고개를 숙인 채 서 있던 안비에트가 희미하게 몸을 떨고 있었다.

◇

"안—."

"……."

"저기, 안."

"……으응 —아, 들려."

안비에트 스바르나는 졸린 눈을 비비면서 그 말에 답했다.

—눈에 익은 왕궁의 한 방. 찬란하게 꾸며진 융단 위에는 고급스러운 장식물이 놓여 있었다.

"정말이야? 참 기분 좋게 자는 것 같던데……."

놀리는 투로 그렇게 말한 이는, 안비에트의 어깨를 흔들던 소녀였다.

이목구비가 단정한 얼굴과 아름다운 흑발, 그리고 안비에트와 마찬가지로 갈색을 띤 피부를 그녀는 정교한 수가 놓여 있는 민족의상과 장신구를 착용하고 있었다.

사라 스바르나. 작년에 안비에트와 혼인한 아내다.

"진짜야. —그리고 안이라고 부르지 말랬지?"

"왜? 귀엽잖아."

"그래서라고."

사라가 우습다는 듯이 미소를 머금자, 안비에트는 불만을 드러내듯 입술을 내밀었다.

"나도 이제 어른이잖아. 계속 이래선 곤란해."

안비에트는 작년에 이 나라의 기준으로 성인이 됐다. 아내도 두면서, 명실공히 어른이 된 것이다. ……하지만 두 살 연상인 이 누님 아내는 아직도 안비에트는 그런 귀여운 호칭으로 불렀다.

"그렇구나……. 미안해. 그렇게 싫어하는 줄은 몰랐어."

안비에트가 그렇게 말하자, 사라는 고개를 푹 숙였다. 그녀가 풀이 죽은 모습을 보이자, 안비에트는 당황하고 말았다.

"어, 그게…… 내가 그 호칭을 싫어하는 게 아니라, 남들이 들으면 기강이 안 선다고나 할까……."

"……그럼, 단둘일 때는 그렇게 불러도 돼?"

"어, 아니, 그건……."

"역시 싫은 거구나……. 눈치 못 채서 미안해……. 이래서야 아내 실격이야……."

"아…… 알았어. 단둘일 때만이야."

안비에트가 한 걸음 물러나자, 사라는 고개를 치켜들면서 방긋 웃었다.

"만세~. 안, 사랑해."

"어……. 또, 또 속인 거냐……!"

"속이지 않았어. 안의 상냥함에 구원받았을 뿐이야."

사라는 그런 팔자 좋은 소리를 늘어놓으며 미소 지었다. 그런 그녀를 본 안비에트는 땅이 꺼지도록 한숨을 내쉬었다.

"어머―."

바로 그때, 사라가 눈을 깜빡였다.

아무래도 책상 위에 놓여 있는 책 여러 권과 필기장을 본 것 같았다.

"혹시 공부 중이었어?"

"……."

그다지 보여주고 싶지 않은 것을 보여주고 말았다. 안비에트는 볼을 붉히며 시선을 돌렸다.

안비에트는 왕족이지만, 방계의 제3왕자다. 원래라면 왕위 계승을 다툴 서열이 아니다. 그래서 예의범절이나 교양은 공부했지만, 다른 왕자에 비해 비교적 자유로운 환경에서 살아왔다.

하지만 작년에 사라와 결혼한 후, 안비에트보다 서열이 위인 왕자들이 지위를 버리고 도망을 치거나 추문에 휩싸여서 실각하는 일이 연이어 벌어졌다. 그 바람에, 안비에트는 어느새 왕위계승자로 추대되고 만 것이다.

그 바람에 안비에트의 심경이 복잡한 가운데, 그의 신하들은 사라 왕비가 행운의 여신의 환생이 아니냐며 수군거렸다.

아무튼, 느긋한 소리나 늘어놓을 때가 아니다. 만약 진짜로 왕위를 잇게 된다면, 그 전에 익혀야만 할 것이 산더미처럼 있었다.

"……딱히 거창하게 공부를 하는 건 아냐. 하지만 내가 백성이라면, 정치를 하나도 모르는 바보가 왕위를 잇는 걸 바라지 않을 것 같거든."

"안……."

안비에트가 그렇게 말하자, 사라는 감격한 듯이 두 손을 가슴 앞으로 모았다.

"아아, 정말 기특해. 나의 안……. 쓰다듬어도 돼?"

"안 돼. 하지 마."

부끄러워하며 그렇게 대꾸한 안비에트는 갑자기 「어?」 하고 말하며 눈썹을 찌푸렸다.

사라는 손가락과 팔에 여러 개의 장신구를 달고 있는데, 그중에 특이한 장식이 된 장신구가 하나 있었다.

"그 반지—."

"응?"

"그게, 못 보던 걸 차고 있다 싶어서 말이지."

"아, 이건…… 부적 같은 거야."

사라답지 않은 모호한 대답이었기에, 안비에트는 언짢은 듯이 얼굴을 찡그렸다.

"……누구한테 받은 거야?"

"뭐?"

사라는 어리둥절한 것처럼 눈을 동그랗게 떴지만, 곧 입 가를 히죽거리기 시작했다.

"신경 쓰여? 혹시 다른 남자한테 받은 거라고 생각했어?"

"시, 시끄러워! 그런 게 아니거든?!"

얼굴을 새빨갛게 붉히며 그렇게 말한 안비에트는 사라에게서 고개를 획 돌렸다.

그러자 사라는 옅은 미소를 머금더니, 안비에트의 등을 상냥히 안아줬다.

"─안심해. 내가 사랑하는 사람은 미래에도 과거에도 당신뿐이야, 안."

"……그래."

안비에트는 뭐라고 대답하면 좋을지 몰라서, 얼굴을 새빨갛게 붉히며 고개를 끄덕였다.

그러자 사라는 슬금슬금 안비에트의 몸 앞쪽으로 손을 둘렀다.

"그래. 안이 이렇게 노력하고 있다면, 나도 차기 왕비로서 힘을 내야겠네."

"힘을 낸다고……?"

"응. 빨리 후계자를 낳아야 하지 않겠어?"

"푸읍……!!"

사라가 그렇게 말하자, 안비에트는 사레가 들리고 말았다.

"느, 느닷없이 무슨 소리를 하는 거야!"

"응? 왕비에게 가장 중요한 일이라고 해도 과언이 아니잖아?"

"그건 그럴지도 모르지만……!"

안비에트가 고함을 질렀지만, 사라는 개의치 않으면서 그의 몸을 손으로 더듬었다.

"정말. 처음인 것도 아닌데, 항상 풋풋하다니깐. 혹시 내가 그런 모습에 약한 걸 알고 일부러 그러는 거야? 귀여워라……."

"멋대로 떠들지— 그, 그만—."

바로 그때, 방문에 노크를 한 종자가 안으로 들어왔다.

"실례하겠사옵니다. 전하—."

그리고 종자는 말문이 막히고 말았다.

"소, 송구하옵니다! 좋은 시간 보내시길……."

"크아아아아아! 기다려! 멋대로 착각해서 나가지 말라고!"

안비에트는 허둥지둥 사라의 손을 떨쳐내더니, 종자를 불러세웠다.

"그런데?! 용건은 뭐지?"

안비에트가 재촉하듯 묻자, 종자는 사라에게 예를 표한 후에 입을 열었다.

"알현 요청입니다. 급한 이야기입니다만, 대신께서 부디 부탁드린다고 하시옵니다."

"알현? 지금? 대체 누구지?"

"저도 자세한 것은 모릅니다만, 아무래도 극동 지방의 나라에서 온 요술사인 듯하옵니다."

"요술사……?"

안비에트는 미심쩍다는 듯이 얼굴을 찡그렸다. 갑작스러운 알현이니 그만큼 중요한 사절이 왔다고 생각했는데, 꽤 수상쩍은 직함을 지닌 자였다.

"……뭐, 좋아. 가자, 사라."

"네."

안비에트는 미심쩍어 하면서도, 사라를 데리고 방을 나섰다.

대신도 무능한 남자는 아니다. 아무런 이유도 없이 특례를 적용하지는 않았으리라. 급한 용건이 있다고 봐도 틀림없을 것이다. 뭐, 어쩌면 그 요술사란 자의 수상한 약에 당했을 뿐인 가능성도 없지는 않지만 말이다.

그런 생각을 하면서 준비를 마친 후, 안비에트와 사라는 알현실의 문앞에 섰다.

『—안비에트 스바르나 왕태자 전하께서 도착하셨습니다.』

그런 말이 들려온 후, 문이 열렸다.

안비에트는 가슴을 펴더니, 천천히 걸어가서 옥좌에 앉았다. 사라 또한, 안비에트의 뒤따르면서 그의 옆자리에 앉았다.

베일 너머에 있는 알현실의 아래편에는 어두운 색깔의 로브를 걸친 인간 한 명이 부복하고 있었다. 후드를 깊이 눌러썼기에, 얼굴은 물론이고 나이와 성별도 알 수 없었다.

"감히 전하 앞에서 얼굴을 가리고 있다니, 정말 괘씸하구나."

그 모습을 본 사라가 강한 어조로 주의를 줬다. 방금 단둘이 있을 때와는 분위기가 완전히 달랐다. 왕태자비다운 당당한 모습이었다.

"실례했습니다. 왕실의 예절에 어두운지라, 부디 용서해 주시길."

그러자 알현자는 로브 자락 아래로 손을 내밀더니, 천천히 후드를 벗었다.

"──."

그런 상대를 본 안비에트는 무심코 숨을 삼켰다.

후드에 가려져 있었던 건, 극채색의 눈동자를 지닌 아름다운 소녀의 얼굴이었던 것이다.

"─만나 뵈어서 영광입니다. 안비에트 스바르나 왕태자 전하. 저는 마술사. 이름은 쿠오자키 사이카라고 합니다."

소녀─ 사이카가 그렇게 말하더니, 옅은 미소를 입가에 머금었다.

"마술사⋯⋯."

안비에트가 그 수상쩍은 호칭을 읊조리듯 입에 담자, 사이카는 크게 고개를 끄덕였다.

"네. 귀중한 시간을 내주셔서 황송하기 그지없습니다."

"흥......."

태도는 공손하지만, 온몸에서 풍기는 거짓말의 냄새는 숨길 수가 없었다. 안비에트는 미심쩍은 듯이 인상을 찡그리며 대꾸했다.

"그런데, 무슨 일이지?"

"네. 드릴 말씀이란 다름이 아니라— 사라 왕태자비께서 지금 오른손 중지에 끼고 계신 반지를, 저에게 넘겨주셨으면 합니다."

"......뭐라고?"

극동에서 온 자칭 마술사가 그런 무례한 말을 하자, 안비에트는 인상을 찡그렸다.

"감히 내 아내의 보물을 내놓으라고 하는 것이냐? 참 대담한 비렁뱅이도 다 있구나."

"무례한 짓이라는 건 알고 있습니다. 하지만 그것은 인간에게 과분한 물건입니다. 이대로 계속 가지고 계시다간, 언젠가 사라 왕태자비께 재앙이 닥칠 테죠."

"그게 무슨......."

범상치 않은 분위기가 감도는 자라고 여겼는데, 결국은 말재주로 보물을 뜯어내려 하는 비렁뱅이에 지나지 않는 것 같았다. 안비에트는 경비병에게 사이카를 끌어내라는 명령을 내리려 했다.

"……음?"

하지만 바로 그때, 안비에트는 고개를 갸웃거렸다. 사라의 얼굴이 창백해서였다.

"사라……?"

"대체 어디에서…… 이 반지에 대해 안 거야? 당신은 대체 정체가 뭐야……?"

"그 반지의 이름은 〈포르투나〉. 소유한 자에게 행운을 가져다주고, 그 어떤 소원도 전부 들어주는 기적의 반지. ―사라 왕태자비께서는 짚이는 데가 있으실 텐데요?"

"……!"

사라는 숨을 삼키더니, 왼손으로 오른손을 감쌌다. 마치 마술사의 시선을 차단하려는 듯이 말이다.

"하지만, 그것은 마성(魔性)의 반지입니다. 과한 소원을 빌면, 대가를 요구하는 게 이치―."

"누구 없느냐! 이 무례한 자를 즉시 끌어내라!"

사이카의 말을 막듯, 사라가 언성을 높였다. 그러자, 대기하고 있던 위병들이 사이카를 둘러쌌다.

하지만…….

"―착한 아이구나. 잠시 잠들어 있으렴."

사이카가 그렇게 말한 순간, 건장한 위병들이 차례차례 그 자리에서 쓰러졌다.

"히익―."

사라는 겁먹은 듯이 몸을 부르르 떨더니, 그대로 자리에서 일어났다.

그런 그녀에게 다가가려는 듯이, 사이카는 위병들 사이를 가르면서 천천히 걸음을 내디뎠다.

"못 줘⋯⋯! 절대 못 줘! 이게 없으면, 나는⋯⋯."

"사라, 무슨 일이야! 진정해! 대체 그게 뭔데!"

"안ㅡ."

안비에트 쪽을 쳐다본 사라는 금방이라도 눈물을 흘릴 듯한 표정을 짓더니, 각오를 다진 듯이 눈을 치켜떴다.

"반지여. 내 소원을 들어줘. 이 반지는, 영원히 나의 것이야. 절대 누구에게도 넘겨주지 않겠어⋯⋯!"

그 순간. 사라의 오른손에 낀 반지가 빛을 뿜었다.

"ㅡ아차!"

사이카는 고함을 지르며 손을 내밀었다.

그러자 사이카의 머리 위에 극채색의 문양이 생겨나더니, 그녀의 손에서 한줄기 광선이 뿜어졌다.

하지만 그 광선이 명중하기도 전에, 사라의 몸은 찬란한 빛을 띤 옷과 거대한 빛의 고리에 감싸였다.

"유사 현현⋯⋯! 멸망인자에게 삼켜진 건가!"

"ㅡㅡ."

사이카가 인상을 찡그리며 그렇게 외치자, 빛에 휩싸인 사라는 그대로 공중으로 떠올랐다. 그리고 사이카에게서 도망치듯, 왕궁의 벽을 부수며 하늘로 사라졌다.

"놓치지 않겠어."

사이카는 날카로운 시선을 머금더니, 사라를 쫓듯 몸을 공중에 띄웠다.

"마술사!"

갑자기 눈앞에서 펼쳐진 광경에 얼이 나간 와중에도, 안비에트는 고함을 질렀다.

"무슨 일이 일어난 거냐?! 사라가 대체 어떻게 된 거지?! 너는…… 사라를 어쩌려는 거냐!"

"……."

안비에트의 외침을 들은 사이카는 잠시 망설인 후, 대답했다.

"사라 왕태자비께서는 마(魔)에 매료되고 말았습니다. 저렇게 되면, 이제 인간이라고 할 수 없죠. ─그리고 저는, 멸망인자를 소멸시켜야만 합니다."

"잠깐만! 그 말은─."

안비에트가 이어서 고함을 질렀지만, 사이카는 들은 척도 하지 않았다. 그리고 사이카의 뒤를 쫓으며 그대로 하늘로 날아올랐다.

─수십 분 후.

"하아……, 하아……."

여러 명의 종자와 함께 두 사람이 있는 곳에 도착한 안비에트가 본 것은, 마녀 같은 옷을 입은 사이카와— 완전히 변해버린 사라의 모습이었다.

"사라……!"

안비에트는 금방이라도 넘어질 것처럼 사라의 곁으로 뛰어가더니, 그녀의 모습을 보고 숨을 삼켰다.

사라의 몸은 파괴되고 찢겨서 상반신만 남아 있었지만, 옅은 빛을 뿜는 단면에서는 피나 뼈가 전혀 보이지 않았다.

그래도 그녀가 안비에트에게 있어 사랑하는 아내란 사실에는 변함이 없었다. 상반신만 남은 사라에게 달려간 안비에트는 필사적으로 그녀의 이름을 불렀다.

"사라! 사라……!"

"아…… 안……."

안비에트의 외침에 답하듯, 사라가 희미하게 눈을 뜨면서 끊어질 듯한 목소리로 그렇게 말했다.

"미안……해……, 나—."

그 말만을 남기며, 사라의 몸은 안비에트의 품속에서 빛으로 변해 사라졌다.

"아, 아—."

비애와 곤혹. 분노와 혼란. 다양한 감정이 뒤섞인 채, 머릿속에서 날뛰었다. 안비에트는 한동안 멍하니, 방금까지

아내를 안고 있었던 손을 쳐다볼 수밖에 없었다.

"……."

사이카가— 방금 자신의 사랑하는 아내의 목숨을 빼앗은 마술사가, 천천히 다가왔다.

그리고 안비에트의 옆에 선 사이카는, 조용히 말했다.

"—변명은 하지 않겠어. 그녀를 죽인 사람은 바로 나야. 나를 얼마든지 증오해도 돼."

아까만 해도 공손한 말투로 쓰던 그녀는 반말로 그렇게 말했다. 하지만 안비에트는 그런 무례는 개의치 않으며, 그녀의 얼굴을 노려보았다.

"사라에게…… 무슨 일이 일어난 거지?"

"반지와 동화해서, 멸망인자가 됐어."

"멸망……인자……?"

낯선 말을 듣고 미간을 찌푸리자, 사이카는 고개를 슬며시 끄덕이며 말을 이었다.

"세계를 멸망시킬 수 있는 존재를 그렇게 불러. 그 반지는 세계에 막대한 대가를 치르게 하는 대신, 소유자의 소원을 이뤄주는 소망 성취 장치였어. —그 어떤, 멸망의 소원일지라도 말이지."

"소원을— 이뤄준다—."

안비에트가 얼이 나간 목소리로 그렇게 중얼거리자, 사이카는 한 번 더 고개를 끄덕였다.

"가역 토멸 기간 안이라면, 멸망인자가 세계에 미친 영향은 『없었던 일』로 만들 수 있지만― 멸망인자와 동화하고 만 그녀는 거기에 해당하지 않아. 소멸한 멸망인자는, 평범한 인간의 기억에 남지 않아. 안됐지만, 이윽고 당신의 머릿속에서도 그녀의 기억은 사라질 거야."

"뭐……라고……?"

안비에트는 아연실색한 표정을 지으며 벌떡 일어났다.

머릿속이 혼란스러운 데다, 사이카가 하는 말을 도저히 이해할 수 없었다.

하지만 『그것』만은, 한 귀로 흘릴 수 없었다.

"나한테서 사라를 빼앗은 걸로 모자라, 그 기억마저도 빼앗겠다는 거냐……?!"

"……세계가 올바른 형태를 유지하기 위해서는 어쩔 수 없는 기능이야. ―멸망인자의 기억을 유지할 수 있는 건, 그것을 제거해서 세계를 구원하는 임무를 맡은 마술사뿐이거든."

"뭐……."

사이카가 그렇게 말하자, 안비에트는 그 자리에서 무너지며 두 손으로 지면을 짚었다. ―어째서일까. 그 말이 거짓말처럼 느껴지지 않았다.

"……."

사이카는 한동안 안타까운 표정을 지으며 침묵을 지켰지

만, 곧 한숨을 내쉬며 조롱하듯 눈을 가늘게 떴다.

"─불쌍하네."

"뭐……라고……?"

안비에트는 미간을 찌푸리며 고개를 들었다.

"이 자식, 방금 뭐라고 했냐……?!"

"불쌍하다고 했어. 정말 무력해. 아내가 죽었는데, 지면에 엎드려 있는 것밖에 못 하잖아. 이딴 인간이 이 나라의 왕태자라니, 웃기지도 않네."

"아아아아아아아아아아아아아아아아─!!"

안비에트는 품속에서 단검을 뽑아 들더니, 허리 높이로 들면서 사이카에게 달려들었다.

하지만 칼끝이 사이카에게 닿기 직전, 안비에트의 몸은 보이지 않는 손에 억눌린 것처럼 지면에 쓰러진 채 꼼짝달싹 못 했다.

"크, 윽─?!"

"흐음, 놀라운걸. 시체나 다름없나 했더니, 아직 기골이 남아 있잖아."

"죽일 거야…… 죽여버리겠어……!! 감히 사라를……!"

사이카는 「흥」 하고 코웃음을 치더니, 안비에트에게서 뒤돌아섰다.

"나를? 죽여? 그건 불가능해. ─마술사조차 아닌 평범한 인간에게는 말이야."

"큭……."

사이카의 그 말을 들은 안비에트가 숨을 삼켰다.

"……아까, 말했지?"

"응?"

"마술사라는 게 되면…… 멸망인자를…… 사라의 기억을 유지할 수 있다고 했잖아."

"아― 그런 말을 하긴 했지."

사이카는 뒤돌아선 채 대답했다.

"그럼 나를…… 마술사로 만들어……! 사라를 잊지 않기 위해……! 언젠가 너를 죽이기 위해……!!"

안비에트는 피가 날 정도로 주먹을 세게 말아쥐며, 신음하는 듯한 목소리로 외쳤다.

"사……라―, 나……는―."

안비에트는 얼이 나간 채, 희미한 목소리로 그렇게 말했다. ―마치, 꿈이라도 꾸고 있는 것 같았다.

"―아빠!"

그리고 다음 순간에 그런 목소리가 들려오더니, 수리야가 안비에트의 몸을 꼭 끌어안았다.

그 모습은 매달렸다기보다, 안비에트를 부축하는 것처럼―

혹은, 그의 발걸음을 막으려는 것처럼 보였다.

"이제 됐어. 이제— 그만해."

"수……리야—."

자기 자신을 완전히 잊고 있던 안비에트는, 정신을 차린 것처럼 수리야를 쳐다봤다.

바로 그 타이밍에, 쿠로에가 앞으로 나섰다.

"기사 안비에트. 당신과 사이카 님 사이에 어떤 일이 있었는지는 알고 있습니다. 하지만—."

"……."

안비에트는 한동안 침묵을 지킨 후, 느릿느릿 말했다.

"알아……. 쿠오자키에게는 잘못이 없다는 건, 나도 안다고. 그때 그 자식이 악역을 맡은 것도, 나를 위해서겠지……. 하지만— 알고 말았다고. 아마 〈포르투나〉의 권능으로……."

"알았다고요……? 무엇을 말입니까?"

쿠로에가 묻자, 안비에트는 하늘을 우러러보듯 얼굴을 들면서 말을 이었다.

"—그때, 내가 그 자리에 도착하기 전에, 사라와 쿠오자키가 나눈 대화 말이야……."

"……."

안비에트가 그렇게 말하자, 쿠로에는 작게 숨을 삼켰다.

◇

"미안해. 이렇게 되기 전에, 멸망인자의 소재를 파악했다면……."

100년 전.

제3현현을 두른 사이카는, 회한에 찬 눈을 내리깔며 그렇게 말했다.

"왜…… 당신이…… 사과하는 거야? 마술사 씨……."

그러자, 눈앞에 쓰러져 있는 사라가 금방이라도 끊어질 듯한 목소리로 그렇게 말했다.

방금 치른 싸움을 통해, 사라의 몸은 절반 이상이 소멸했다. 아무리 멸망인자와 동화했을지라도, 그녀가 숨을 거두는 건 시간문제일 것이다.

"전부…… 내 책임이야. 반지의 힘에 사로잡혀…… 버리지 못한…… 약해빠진 내 탓이야……. 미안해……. 이런 씁쓸한 일을…… 맡기고 말았네……."

그렇게 말한 사라는 아련한 미소를 머금었다.

"마지막으로…… 부탁이…… 하나 있어……."

"들어줄게. 내가 할 수 있는 일이라면 말이야."

사이카가 그렇게 말하자, 사라는 애원하듯 말을 이었다.

"안에게는…… 가르쳐주지…… 마. **나를, 구할 방법이 있었다는 걸**……."

"……"

사이카는 그 말을 듣고 무심코 숨을 삼켰다.

"사라. 너는……"

"지금은…… 나 자신이…… 〈포르투나〉야. 그 권능의 성질은…… 이해하고 있어."

사라는 그렇게 말하며 미소지었다.

〈포르투나〉는 소유자에게 행운을 안겨다주고, 소원을 들어주는 멸망인자다. 하지만 〈포르투나〉와 동화한 사라는, 자신의 소원을 이룰 수 없다.

하지만 그녀의 몸이 완전히 파괴되기 전에, 제삼자가 소원을 빈다면— 그녀와 〈포르투나〉를 분리시킬 수 있을지도 모른다.

하지만, 그 소망을 성취하기 위해서는 대가가 필요하다.

"나와…… 〈포르투나〉의 분리…… 그런 소원을 빈다면…… 분명, 그 소원을 빈 사람이 대신, 〈포르투나〉와 동화되고 말 거야……"

그리고 이 자리에는, 멸망인자를 없앤다는 사명을 지닌 마술사가 있다.

즉, 사라를 구한다는 것은 다른 누군가가 대신 죽는 것을 의미한다.

그 사실을 알면— 안비에트는, 망설임 없이 자기 목숨을 내놓으리라.

"부탁이야······. 안은····· 상냥하니까······."

"······알았어. 약속할게."

사이카가 그렇게 말하자, 사라는 만족한 듯이 눈을 감았다.

"그때····· 내가 죽었다면, 사라가 살아남았을지도 몰라. 하지만 나는····· 아무것도 모른 채····· 이렇게 오랫동안······!!"

안비에트는 오열을 토하듯이 목소리를 쥐어짜 냈다.

그 안타까운 모습을 본 무시키는 무심코 미간을 찌푸렸다.

"하지만, 사라 씨와 사이카 씨는 안비에트 씨를 생각해서—"

"그딴 건 안다고!"

무시키의 말을 끊듯, 안비에트는 고함을 질렀다.

그것은 비명처럼도, 그리고 통곡처럼도 들렸다.

그 또한 그 점을 이해하고 있으리라.

사라는 안비에트를 생각해서 사이카에게 그런 부탁을 했고, 사이카 또한 두 사람을 생각해서 그 부탁을 들어줬다.

하지만— 그런 두 사람의 마음을 갑작스럽게 알게 된다면······.

살아남고만 안비에트는 어떤 생각을 할까.

아아, 이제야 알겠다.

안비에트는 자포자기해서 세계를 멸망시킬 생각이었던 것도, 진심으로 사이카에게 복수를 하려던 것도 아니었다.

그저— 무력했던 자신을, 용서할 수 없었을 뿐이다.

마음을 정리할 수도 없고, 이것 말고는 내면의 격정을 쏟아낼 방법도 알지 못했기에— 사이카에게 그 마음을 쏟아낼 수밖에 없었던 것이다.

"—그런 말, 하지 마."

그런 안비에트에게, 누군가가 작은 목소리로 말을 건넸다. —수리야였다.

"수리야……?"

"엄마는, 기뻐했어. 아빠가 살아줘서, 엄마를 잊지 않아 줘서—."

"뭐……?"

수리야가 그렇게 말하자, 안비에트는 눈을 동그랗게 떴다.

하지만 그것도 무리는 아니었다. 수리야의 말은 안비에트를 위로하려는 것이 아니라, 사라에게 직접 들은 말 같았다.

"……그렇게 된 거군요. 이제야 사태를 파악했습니다."

이제까지 침묵을 지키고 있던 쿠로에가 땅이 꺼지도록 한숨을 내쉬었다.

그녀는 안비에트의 얼굴을 똑바로 바라보더니, 표정을 전혀 바꾸지 않으며 말을 이었다.

"이렇게 중요한 때에 구질구질하게 굴기는……. 적당히 좀 하십시오, 이 바보 멍청이."

"뭐……?"

이런 말을 들을 거라고는 생각도 못 한 건지, 안비에트는 얼이 나간 것처럼 입을 쩍 벌렸다. 아니, 안비에트만이 아니라 무시키도 쿠로에답지 않은 그 말을 듣고 깜짝 놀랐다.

"기사 안비에트. 당신이 졌습니다. 순순히 투항하십시오."

그리고 안비에트를 똑바로 바라보며, 딱 잘라 그렇게 말했다.

……아직 명확하게 승패가 갈리지는 않았다고나 할까, 만신창이인 무시키와 다르게 안비에트는 아직 무릎조차 꿇지 않았지만…… 무시키는 괜한 소리를 하지 않았다.

마술사의 싸움이란 서로의 마음을 꺾는 것이다. 그리고 압도적으로 하수인 무시키가, 안비에트가 펼친 필살의 제4현현을 깬 것은 엄연한 사실이다.

"……아니, 인마."

"자기가 사랑받았다는 사실을 가지고 구질구질하게 고민이나 하는 자가, 사랑하는 이를 지키기 위해 싸우는 자에게 이길 수 있을 리가 없습니다."

"……."

쿠로에가 그렇게 말하자, 안비에트는 입을 다물었다.

그리고, 십여 초 동안 침묵한 후…….

"하아ㅡ."

수리야와 쿠로에, 그리고 무시키를 차례차례 돌아본 안비에트는 작게 한숨을 내쉬었다.

쿠로에의 의도를 눈치챘지만, 그래도 거기에 응해주려는 듯이 말이다.

"……네 말이 옳아. 경위가 어찌 됐든 간에, 입학한 지 몇 달도 안 된 풋내기에게 내 제4현현이 깨졌잖아. 더는 고집도 부릴 수 없지. 구워 먹든 삶아 먹든 알아서 해."

안비에트는 그렇게 말하며 크게 한숨을 내쉬었다. 그와 동시에 그의 몸에 장착된 황금 갑옷이 사라지더니, 평소의 바지와 셔츠 차림으로 변모했다.

"딱히 구워 먹거나 삶아 먹을 생각은 없습니다."

"……뭐?"

"**긴급 상황을 가정한 훈련**에, 징벌을 내리고 말고 할 것도 없으니까요. 그야말로 박진감 넘치는 연기였습니다, 기사 안비에트. 〈정원〉에 소속된 분들도 깜빡 속아 넘어갔군요."

"……뭐어어어엇?!"

쿠로에가 태연한 표정으로 그렇게 말하자, 안비에트는 눈을 치켜떴다.

"잠깐만, 대체 무슨 소리를 하는 거야. 훈련이라고……?"

"네. 〈정원〉 내부에서 배반자가 나와서, 외부 시설을 점거했을 경우를 가정한 대응 훈련입니다. 발안자인 사이카

님과 악인 같은 면상 탓에 범인 역할로 지명된 기사 안비에트 외에는 상세한 내용을 몰랐기에, 실제 상황에 가까운 긴장감을 맛볼 수 있었군요."

······물론, 그것은 사실이 아니다. 하지만 쿠로에는 이 억지스러운 거짓말을 통해, 이번 건을 불문에 부치려는 것이다.

"헛소리 마! 나는 모든 걸 버릴 각오로 이번 일을 벌였어. 이제 와서 자비나 동정 같은 건—."

"자비? 동정? 기사 안비에트는 착각에 빠진 것 같군요."

"뭐······?"

"모르겠습니까? 당신은 지금, 사이카 님께 큰 빚을 지고 말았습니다. 이것은 쐐기이자 목줄입니다. 당신은 앞으로 〈정원〉을 위해 분골쇄신해 줘야겠습니다."

그렇게 말한 쿠로에는 무시키의 어깨에 손을 얹었다.

쿠로에의 뜻을 짐작한 무시키는 안비에트를 도발하는 듯한 포즈를 취했다.

"그렇게 된 거예요, 안비에트 씨. 앞으로는 사이카 씨의 충실한 종으로서, 이제까지보다 더 활약해주세요. ······아, 왠지 좀 부럽네요. 약았다고요, 안비에트 씨!"

"······이 자식들이 아까부터 무슨 소리를 하는 거야!"

안비에트는 손을 부들부들 떨었지만, 곧 체념한 듯이 한숨을 내쉬었다.

"······멋대로 해."

"……아!"

수리야가 안비에트를 꼭 끌어안았다. 수리야가 기뻐하는 듯한 모습을 본 무시키 또한, 무심코 미소를 머금었다.

하지만, 계속 이러고 있을 수는 없다. 쿠로에가 말을 이었다.

"─그럼, 멋대로 하겠습니다. 기사 안비에트. 지금 즉시 힘을 빌려주셨으면 합니다."

"……아앙? 무슨 일이라도 터졌어?"

"사이카 님이 〈살리쿠스〉로 추정되는 집단에게 납치당하셨습니다. 상대는 사이카 님 해방의 교환 조건으로, 수리야 양을 넘겨줄 것을 요구했죠."

"뭐……?!"

안비에트는 경악에 찬 표정을 지었다.

"그게 무슨 소리야! 쿠오자키가 납치를 당해……?! 그게 말이 되냐고!"

"자세한 내용은 나중에 말씀드리겠습니다. 우선 지금은 〈정원〉으로 되돌아가도록 하죠."

"하지만…… 아직 연락이 없다는 건, 사이카 씨가 어디 있는지 알아내지 못했다는 거겠죠?"

무시키가 불안한 표정으로 그렇게 말하자, 쿠로에는 눈을 가늘게 떴다.

"그것이라면 알아낼 방법이 있습니다. ……큰 문제가 하나 있긴 합니다만……."

"문제가 있는 건가요. 어떤 건데요?"

무시키가 그렇게 묻자, 쿠로에는 언짢은 듯한 표정을 지었다.

"—정말 내키지 않는 상대에게 의지해야만 한다는 점입니다."

제5장 세계를 빼앗긴 거야?

"쿠라라 양, 쿠라라 양. 일어나보세요, 쿠라라 양."

"으음~. 무슨 일이에요, 끼리."

누군가가 몸을 거칠게 흔들자, 토키시마 쿠라라는 눈을 비비며 몸을 일으켰다.

화려한 핑크색으로 컬러링된 머리카락을 두 갈래로 나눠서 땋은 소녀. 귀에서는 피어스와 이어 커프스가 잘그락거리고 있었으며, 손톱에는 매니큐어가 칠해져 있다.

지금 쿠라라는 도쿄 안의 한 곳에 있는 맨션에 있었다. 거실에 놓인 소파 위에 다리를 한껏 벌리고 누워서 쿠울…… 드르렁…… 하고 코를 골며 자고 있었다. 일단 배에 얇은 이불을 덮고 있지만, 팬티는 훤히 드러나고 있었다.

"하암…… 수면 부족은 피부의 적이라고요~. 피부가 거칠어지면 어떻게 책임질 건데요~."

"그럼 우선 화장한 채로 낮잠을 자지 않는 편이 좋을 거예요. 그리고 당신은 거칠어진 피부는 물론이고 치명상도 깔끔하게 낫잖아요."

"정말~, 그것과 이건 이야기가 달라요~. 여자 마음을 어디 버리고 온 거 아냐~?"

"팬티 훤히 드러내고 자는 사람한테만은 그런 소리 듣고 싶지 않은데……."

"뭐, 인마~."

쿠라라는 그렇게 말하면서 입술을 삐죽 내밀었다.

그렇다. 쿠라라는 그저 화려하기만 한 소녀가 아니다.

마술사이자 스트리머. 그리고 마이솔로지아 〈우로보로스〉를 몸 안에 지닌, 불사신이다.

일전에 〈정원〉에서 엄청난 소동을 일으켰던 그녀는 현재 전 세계의 마술사들에게 쫓기고 있는 수배범이다. 한동안은 몸을 숨기기 위해, 적당한 맨션에서 지내고 있었다.

"……그런데, 무슨 일인데요?"

"아, 맞아요. 이걸 좀 봐주세요."

쿠라라가 그렇게 말하자, 이 집의 주인인 아라이베 키리코가 두꺼운 안경을 고쳐 쓰면서 손에 들고 있던 스마트폰을 가리켰다. 참고로 키리코가 들고 있는 스마트폰은 쿠라라가 정보 수집용으로 준 것이며, 마술사 전용 사이트를 열람할 수 있게 되어 있다.

언뜻 보기에 키리코는 평범한 인간 같지만, 실은 죽여도 죽지 않는 『불사신』이다. 쿠라라가 잠복 장소를 확보하기 위해, 그녀에게서 『죽음』을 빼앗아서 권속으로 삼은 것이다. 직업은 일러스트레이터. 쿠라라에게 선택된 이유는, 평일 낮부터 집에 틀어박혀 지내기 때문이다.

"이 동영상 좀 보세요. 쿠라라 양이 말한 애 아닌가요?"

"어어……? 무시삐잖아요. 신기한 일도 다 있네요～."

그렇다. 키리코가 가리킨 것은 마술사 전용 동영상 사이트 『MagiTube』 화면이며, 거기에는 쿠라라의 보이삐(쿠라라만의 생각), 쿠가 무시키가 나오고 있었다.

〈정원〉 교복 차림인 그는 긴장한 듯한 표정으로 뻣뻣하게 서 있었다. 그 풋풋한 모습을 본 쿠라라는 가슴이 콩닥거렸다.

하지만 지금은 더 신경 쓰이는 점이 있었다.

이 동영상의 제목이 바로 『쿠라라에게』였던 것이다.

"흐음……? 이 몸에게……. 무슨 말을 하려는 걸까요. 앗, 혹시 사랑 고백?"

꺄아～, 곤란하게 됐네요～ 하며 몸을 배배 꼬면서, 쿠라라는 재생 버튼을 터치했다.

그러자, 동영상 속의 무시키가 희미하게 떨리는 목소리로 말하기 시작했다.

『제2현현 첫 번째 글자. 제4현현 네 번째 글자. 도서관 지하 결전의 계층—.』

그런 암호 같은 말을 한 후, 약 30초 만에 동영상이 종료됐다.

"……으음. 이게 대체 뭘까요?"

"호오……?"

쿠라라는 그렇게 말하면서 화면을 스크롤시키더니, 동영상의 설명을 봤다.

거기에는 정체불명의 URL이 실려 있었다. 터치해보니, 새하얀 화면에 문자를 입력하는 윈도우가 표시된 페이지로 넘어갔다.

"아하. 패스워드인가요. 이 몸에게만 메시지를 전하고 싶나 보네요."

"암호가 뭔지 아나요?"

"뭐, 암호라고 할 것도 없어요. 그때 그 장소에서 싸운 인간만 알 수 있는 거지만요. 으음……."

쿠라라가 자기 스마트폰에 같은 화면을 띄워서 패스워드를 입력하자, 키리코는 깜짝 놀라며 말했다.

"어, 정답을 입력해도 괜찮아요? 현재 위치가 발각되는 거 아니에요?"

"이 몸의 스마트폰은 모든 통신이 다수의 해외 서버를 경유해서 접속 장소를 파악 못 하게 해놨으니까, 아마 괜찮을 거예요."

"어, 그런 걸 해둔 건가요. 대단하네요."

"솔직히 말해 원리는 몰라요. 기술자인 불사신^{동지}에게 해달라고 했거든요. 덕분에 통신 속도가 조금 느려졌지만, 〈정원〉에는 시르 언니가 있으니 어쩔 수 없달까요~."

그렇게 말하며 입력을 마치고 송신 버튼을 누르자, 화면에 간결한 문장이 표시됐다.

"호오~?"

쿠라라는 눈을 치켜떴다. 그 문장에는 어떤 정보를 제공해준다면, 동결된 쿠라라의 MagiTube 계정을 부활시켜줄 수 있다는 뜻이 담겨 있었다.

"이 몸과 거래를 하려는 건가요. 배짱 참 좋네요~. 어디보자…… 〈살리쿠스〉의 아지트 위치를 알려달라, 인가요. 무시삐는 떠돌이 마술사와 문제를 일으킨 걸까요? 이야~, 얌전하게 생겼으면서 의외로 와일드한가 보네요. 우헤헤, 끝내줘요~."

"왠지 수상하네요……. 어떻게 하죠?"

"으음~."

쿠라라는 잠시 생각해본 후, 어느 번호로 전화를 걸었다.

"—아, 여보세요. 더그찌? 이 몸이에요, 이 몸. ……어? 무슨 장난 전화라는 거예요. 이 몸은 지금 마술사 업계에서 가장 핫한 여자, 토키시마 쿠라라라고요. 전에 더그찌의 조직에 들어오지 않겠냐고 권유했었잖아요~. 그거, 긍정적으로 고려해볼까 해서요. 어~? 무슨 바람이 분 거냐고요? 이야~, 좀 사고를 거하게 쳐서요. 뭐, 조직에 들어가겠다기보다는 그쪽에서 안전한 잠복 장소를 준비해준다면 이런저런 일을 도와줄 수도 있다는 느낌이죠. 기브 앤드 테이크로 가잔 거예요. —아, 네. 일단 만나죠. 찾아갈

게요. 지금 어디 있는데요?"

쿠라라는 필요한 정보를 들은 후, 전화를 끊었다.

"오케이, 정보 겟~. 그럼 끼리, 촬영 준비 부탁해요."

"자, 자, 잠깐만요."

쿠라라가 아무렇지 않게 그렇게 말하자, 키리코는 허둥지둥 그녀를 말렸다.

"바, 방금 누구한테 전화한 거예요?"

"더그찌한테 걸었는데요. ―아, 이렇게 말하면 못 알아듣겠네요. 〈살리쿠스〉의 보스예요. 아는 사이니까, 일부러 권속을 부려서 어디 있는지 찾을 필요도 없거든요~."

"가, 같은 편을, 〈정원〉에 팔아넘기는 건가요?!"

"어?"

쿠라라가 무슨 말인지 모르겠다는 듯이 어리둥절한 표정을 짓자, 키리코는 전율한 것처럼 식은땀을 흘렸다.

"딱히 같은 떠돌이 마술사라고 해서 같은 편은 아니고, 자기가 어디 있는지 함부로 나불대는 쪽이 조심성이 없는 거잖아요. 이 몸의 MagiTube 계정 부활도 매력적인 제안이고요~. 게다가―."

"……게, 게다가?"

"더그찌보다 무시삐를 더 좋아하기도 하고요."

꺄아~ 하며 몸을 배배 꼰 쿠라라가 그렇게 말하자, 키리코는 「얘는 역시 위험해……」 하고 말하는 듯한 표정으로 쿠라라를 쳐다봤다.

◇

『얏삐~! 쿠라라 채널 시간이에요~! 쿠라라메이트 여러분, 오늘도 이 몸의 매력에 어질어질하고 있어~?』

〈정원〉으로 향하는 차 안.

쿠로에가 들고 있는 스마트폰에서, 그런 만사태평한 목소리가 흘러나왔다.

화면에 비친 이는 스트리머 쿠라라, 바로 마술사 토키시마 쿠라라였다.

『—자, 예정에 없던 긴급 생방송이에요. 이야~, 갑자기 시간이 생겨서요. 오늘 받은 코멘트에 답할까 해요. 으음, 어디어디? 「대체 무슨 속셈이냐, 멸망인자」? 아하하. 시끄러~, 확 소생시켜 버린다☆』

웃으면서 그렇게 말한 쿠라라는 중지를 세웠다. 그리고 다음 순간, 그녀의 손이 모자이크 처리가 됐다. 생방송이라 이런 처리가 참 힘들 것 같았다.

참고로 생방송을 하는 계정은 쿠라라의 것이 아니다. 아마 권속의 계정을 이용하고 있으리라. 무명의 계정을 이용한 돌발 생방송이라 처음에는 시청자 수가 많지 않았지만, 곧 쿠라라가 스트리밍을 한다는 정보가 SNS로 퍼져나간 건지 시청자가 점점 늘어났다.

하지만 방송 내용 자체는 딱히 중요해 보이지 않았다. 쿠로에는 동영상 자체에는 관심을 보이지 않으며, 개요란에 실려 있는 URL을 터치했다.

그러자 글자를 입력하는 윈도우만 표시된 페이지가 나왔다.

"흠······. 아무런 지시도 안 하는 것을 보면, 패스워드는 저희 쪽과 똑같은 걸까요."

쿠로에는 그렇게 말하면서 문자와 숫자를 입력한 후, 송신 버튼을 터치했다.

그러자 화면이 바뀌면서, 어떤 주소가 실린 페이지가 표시됐다.

"이건······."

옆자리에 앉아서 화면을 보던 무시키가 그렇게 말하자, 쿠로에는 담담한 어조로 대답했다.

"—〈살리쿠스〉의 아지트 위치일 겁니다."

"아! 그럼······."

"······〈우로보로스〉 자식이, 우리에게 협력했다는 거냐?"

미심쩍은 투로 그렇게 말한 이는 뒷좌석에 앉은 안비에트였다. 그는 무시키와 마찬가지로, 몸 곳곳에 붕대가 감겨 있었다.

"일방적인 협력은 아닙니다. 초법규적인 거래에 가깝겠

죠. ―물론, 사이카 님이 잡혀 있다는 정보는 숨겼습니다."

쿠로에는 눈에 살짝 힘을 주며 그렇게 말했다. 확실히 쿠라라는 사이카를 적대시하고 있다. 사이카의 구출이 목적이라는 사실을 알면, 계정 부활을 미끼로 제시하더라도 협력하지 않을지도 모른다.

"그것보다, 〈정원〉에서도 파악하지 못한 정보를 이렇게 금방 손에 넣다니……."

"토키시마 쿠라라가 정보망 구축을 중시하고 있다는 건, 일전의 습격 및 〈리바이어던〉 건으로 파악했습니다. 생물을 권속으로 만들어서 어디에나 자신들의 『눈』을 배치할 수 있다는 건, 성가신 일이죠. 그 외에도, 저희가 파악하지 못한 커넥션을 가지고 있을 가능성이 있습니다. 뱀의 길은 뱀이 잘 알 테니까요."

"하긴, 〈우로보로스〉는 뱀이니까요."

"……."

"아야야. 아파요, 쿠로에."

볼을 꼬집힌 무시키가 비명을 질렀다.

쿠로에는 질렸다는 듯이 한숨을 내쉰 후, 「하지만」 하고 말을 이었다.

"떠돌이 마술사인 토키시마 쿠라라와 〈살리쿠스〉 사이에 파이프가 있을 가능성도 부정할 수는 없습니다. 그럴 경우, 이 주소에 함정이 쳐뒀을 가능성이 있죠."

쿠로에의 말이 옳다. 만약 지인에 관한 정보를 공통의 적인 〈정원〉에 주저 없이 넘긴다면, 정말 위험한 자일 것이다. ……뭐, 그것도 쿠라라답기는 하지만 말이다.

"만약 함정이라면 어쩔 거죠?"

무시키가 묻자, 쿠로에는 표정을 바꾸지 않으며 말했다.

"물론, 그 함정도 한꺼번에 박살 내버릴 뿐입니다."

"―〈정원〉 측에서 연락은 왔어?"

어두운 지하실 안, 사이카의 맞은편에 앉아있던 키가 큰 여성― 슈안이, 등 뒤에 있는 〈살리쿠스〉의 구성원에게 말을 건넸다.

양복 차림의 그 남자는 긴장한 목소리로 대답했다.

"아뇨……. 아직은 아무 연락도 없습니다."

"흐음……?"

슈안은 그다지 흥미가 없는 투로 그렇게 말하더니, 천천히 의자에서 몸을 일으켰다.

그리고 느긋한 발걸음으로, 묶여 있는 사이카를 향해 걸어갔다.

"네 동료가 매정한 걸까? 아니면, 도움이 필요 없을 거라고 여기는 거려나……?"

"미스 슈안…… 그녀에게 너무 다가가지 않는 편이……."

남자가 희미하게 떨리는 목소리로 주의를 줬다.

하지만 슈안은 전혀 개의치 않으며, 사이카를 향해 얼굴을 쑥 내밀었다.

"너, 진짜로 최강의 마술사야?"

"……."

슈안은 사이카의 얼굴을 구석구석 핥듯이 쳐다보며 그렇게 말했다. 사이카는 그 기묘한 태도에 전율하면서도, 무언과 무표정을 일관했다.

"영…… 이상한 느낌이 들어. 윌로즈는 너를 꽤 무서워하는 것 같지만, 마력은 그다지 느껴지지 않아. 최강이라는 건 단순한 거짓말이야? 아니면 뭔가 특별한 이유라도 있는 걸까? ─궁금하네. 이래 봬도 나는 호기심이 왕성한 편이거든."

그렇게 말한 슈안의 긴 머리카락과 붕대 사이로, 무기질적인 눈이 모습을 드러냈다.

"자, 내 눈을 봐. 그리고 가르쳐줘. 네가 숨기고 있는 것을─."

슈안이 붉은 입술을 미소의 형태로 일그러뜨린 순간, 그녀의 눈이 몽환적인 빛을 머금었다.

"……."

모든 것을─ 그야말로 사이카의 생각마저 꿰뚫어 볼 듯

한, 그런 불길한 빛이었다.

엄청난 불쾌감을 느낀 사이카는 무심코 몸을 비틀었다.

"어? 이건……."

슈안이 미심쩍은 듯이 미간을 찌푸린, 바로 그때였다.

위쪽에서 쿠웅…… 하는 묵직한 소리가 들려오는가 싶더니, 격렬한 경보음이 사방에서 터져 나왔다.

"……무슨 일이야?"

슈안이 몸을 일으키며 뒤를 돌아보았다.

그러자 입구 쪽에 서 있던 남자가 다급하게 통신기를 손에 쥐더니, 몇 마디 말을 나눈 후에 절망적인 표정을 지으며 고함을 질렀다.

"스, 습격입니다! 〈정원〉의 마술사가, 이곳에 쳐들어왔습니다……!!"

—도쿄 남단에 위치한 주상 복합 빌딩은 현재, 전장으로 변했다.

마술사가 펼치는 제1 및 제2현현의 마력광 혹은 권총과 기관총의 탄환이 벽을 부쉈고, 유리를 깼으며, 바닥과 천장을 도려냈다. 그것들이 일으킨 폭풍우 같은 굉음에 섞여서, 고함과 비명이 울려퍼졌다.

빌딩 안에 있는 〈살리쿠스〉 측 인원은 약 30명으로 추정됐다.

한편, 〈정원〉 측의 돌입부대는 겨우 네 명. 그중 전투원은 세 명뿐이다.

돌입에 맞춰 인식 저해 및 기피 결계를 쳤다고는 해도 마을 한복판에서 대규모 전투를 벌일 수는 없기에, 대인원을 투입할 수 없었던 것이다.

전력 차는 단순 비교로 열 배다.

전투는 일방적이었다. —〈정원〉 측의, 압승이다.

하지만 그것도 당연하다면 당연했다.

"【인황인】!"

"【바즈드라】!"

그도 그럴 것이, 돌입부대 안에는 〈정원〉 최고 전력인 기사가 두 명이나 포함되어 있었다.

루리가 자유자재로 변하는 왜장도를 휘둘러서 복도 너머에서 날아온 무수한 총탄을 잿더미로 만들자, 안비에트가 그에 맞춰 뇌격을 날려서 적들을 무력화시켰다.

일사불란한 콤비네이션이었다. 평소 두 사람은 툭하면 대립했지만, 같은 목적을 가졌을 때의 움직임은 정말 대단했다.

"머, 멈춰! 쿠오자키 사이카가 어떻게 되어도—."

"시끄러워."

마지막으로 남은 빼빼 마른 남자에게, 안비에트는 뇌격을 날렸다. 그 남자는「크아악!」하고 비명을 지르더니, 그대로 바닥에 쓰러져서 꼼짝도 하지 않았다.

　남은 한 명의 전투원인 무시키는 거침없이 진격하는 두 사람을 뒤편에서 멍하니 쳐다보기만 했다.

　"대단해……."

　"두 사람 다 〈정원〉이 자랑하는 최상위 마술사니까요. 당연한 결과입니다."

　돌입부대 마지막 한 명인 쿠로에가 무시키의 옆에서 그렇게 말했다. 어조는 평소와 마찬가지로 담담했지만, 어딘가 자랑스러워하는 기색이 어려 있는 것 같았다.

　"─흥. 안심했어요. 감이 무뎌지지 않은 것 같네요, 안비에트."

　복도 앞쪽에서, 루리가 그렇게 말했다. 그러자 안비에트는 언짢은 투로 그 말에 답했다.

　"당연하지. 나를 깔보는 거냐?"

　"긴급 상황에서, 비상시 훈련의 범인 역할을 강행한 사람은 대체 어디 사는 누구였죠?"

　"큭……."

　안비에트는 인상을 찡그리며 입을 다물었다.

　안비에트는 쿠로에의 『설정』에 입을 맞추기로 했지만, 그 바람에 비상 상황에서 혼자 의욕을 내며 훈련을 강행한 얼간이가 되고 말았다.

아무리 루리라도 그 『설정』을 철석같이 믿는 것 같지는 않지만, 안비에트가 그것을 부정할 수 없는 상황이란 점은 이해하고 있는 것 같았다. 아까부터 즐기는 것처럼, 툭하면 안비에트를 놀려댔다.

"그런데 안비에트."

"……왜?"

"어째서 상처투성이가 되어서 훈련소에서 돌아온 거죠?"

"……."

"당신만이 아니라, 오라버니도 몸에 붕대를 감고 있었어요. 대체 어떻게 된 거죠? 설마 싸운 건가요? 오라버니와? 당신이 오라버니를 다치게 한 건가요? 네? 제 말 듣고 있어요?"

루리가 안비에트에게 다가가며 따지듯 그렇게 말했다. 눈이 웃고 있지 않았다. 좀 섬뜩했다. 대답을 못 하는 안비에트의 얼굴이 땀으로 범벅이 됐다.

"루, 루리! 지금은 사이카 씨를 구하는 걸 우선하자!"

무시키가 허둥지둥 그렇게 말하자, 루리의 귀가 움찔했다.

"앗! 그래. 오라버니의 말이 옳아. 정말 냉철하고 정확한 판단력이네……. 게다가 귀엽기까지 하다니, 무적 아냐? 안비에트, 당신도 그렇게 생각하죠?"

"……하아, 그래."

"뭐? 설마 당신도 오라버니는 노리는 거야? 용서 못 해. 알겠어?"

"……대체 나보고 어쩌라는 거냐고."

안비에트는 지긋지긋하다는 듯이 한숨을 내쉰 후, 마음을 다잡으려는 것처럼 고개를 저었다.

"그런데, 쿠오자키 자식은 어디 있는 건데? 이 잡듯이 뒤져야 하는 거야?"

"시간을 너무 들이는 것도 좋지 않을 거예요. 이곳의 책임자를 찾아서 물어보죠."

루리가 그렇게 말하자, 쿠로에는 발치를 쳐다보며 대답했다.

"책임자라면 이 자리에 있습니다."

그렇게 말한 쿠로에는 방금 안비에트가 기절시킨 빼빼마른 남자를 손가락으로 가리켰다.

"뭐?"

"그가 〈살리쿠스〉의 두목인 더그 윌로즈입니다."

"아하~."

쿠로에가 그렇게 말하자, 안비에트는 볼을 긁적였다.

루리는 비난하는 듯한 눈길로 안비에트를 쳐다봤다.

"정말, 대체 뭐 하는 거예요?"

"눈앞의 적은 일단 해치우고 봐야 할 거 아냐."

"그건 그래요."

루리는 안비에트의 반론을 듣고 고개를 끄덕였다. 각오 자체가 정말 대단했다.

쿠로에는 근처에 있던 빌딩 구조도에 눈길을 주며 말했다.

"인질은 목소리가 새어나가지 않는 장소에 가둬두는 게 정석입니다. 지하부터 찾아보죠."

"알았어. 지하로 가자."

쿠로에가 그렇게 말하자, 루리는 고개를 끄덕였다. 무시키 일행은 비상계단을 통해 지하로 향했다.

"아니……! 너희는……!"

"쏴라! 쏴!"

지하에는 또 조직의 구성원이 있었다. 그들은 무시키 일행을 보자마자 공격했다.

하지만 루리와 안비에트의 적은 되지 못했다. 겨우 몇 초 만에 그들 전원이 제압당했다.

그리고 수색을 시작한 직후, 복도 안쪽으로 향한 루리가 입을 열었다.

"이 방만 문이 잠겨 있어. 게다가 전자 잠금장치야."

"비켜 봐."

안비에트는 그렇게 말하더니, 문 옆에 설치된 패널에 손을 댔다.

다음 순간, 불똥이 튀며 파직하는 소리가 들린 직후에 문이 열렸다.

"되게 난폭하네요. 좀 더 스마트한 방식을 쓰는 게 어때요? 문을 절단한다거나요."

"그게 더 난폭한 짓 아냐?"

두 사람은 그런 이야기를 주고받으며 방 안으로 들어갔다. 무시키와 쿠로에도 그 뒤를 따랐다.

그리고, 어둑어둑한 방 안을 둘러보자— 방 안쪽에서 재갈을 물린 채 의자에 묶여 있는 사이카가 눈에 들어왔다.

"사이카 씨!"

"마녀님!"

무시키 일행은 그렇게 외치며 사이카를 향해 달려갔다.

"……! ……!"

사이카는 뭔가를 호소하듯 재갈을 문 채로 소리를 냈다.

무시키 일행은 그 범상치 않은 모습에 놀라면서, 사이카의 재갈을 풀어줬다. 그러자—.

"조심해! 마술사가 있어! 녀석은— 타인의 시각을 조종해!"

"어—."

사이카의 말을 들은 무시키가 눈을 동그랗게 뜬 바로 그때였다.

"후후…… 후후후후후후—."

어디선가, 요사한 웃음소리가 들려왔다. —슈안이다.

"당신들이, 〈정원〉의 기사들이지? 그래…… 무시무시할 정도로 강하네."

"······!"

다들 임전 태세를 취했다.

하지만 주위를 둘러봐도, 슈안은 그 어디에도 없었다. 목소리는 들리지만, 벽과 천장에 반향되는 탓에 어디서 들려오는 건지 알 수 없었다.

"아아······ 무서워라. 정말 무서워. 너무 무서운 나머지, 눈물이 날 것만 같아."

그런 무시키 일행을 비웃듯, 그 목소리는 이어졌다.

"—내가, 전력을 다해야만 한다니 말이야."

그리고······.

"제4현현—【백목귀야행(百目鬼夜行)】."

어둠 속에서 낯선 문언이 들려온 직후······.

—무시키 일행이 있는 지하실의 풍경이, 이계(異界)로 뒤바뀌었다.

직선으로 구성되어 있던 어둑어둑한 방의 벽, 바닥, 천장이, 검붉은 살점으로 된 사당으로 변모했다. 마치 자기도 모르는 사이에 거대한 짐승에게 삼켜진 것만 같았다.

아니, 그것만이 아니다. 고동치듯 희미하게 떨리고 있는 이 살점으로 된 벽 전체에, 크고 작은 안구가 수도 없이 **달려** 있었다. 심약한 자라면 보자마자 실신할 듯한, 그야말로 지옥 같은 광경이었다.

"제4현현이라고······?!"

"말도 안 돼. 재야에 이런 마술사가—?!"

루리가 표정을 굳히면서 손가락으로 인을 맺었다. 그러자, 그녀의 머리 위에 나타난 계문이 격렬하게 타오르면서 숫자를 늘려갔다.

실력이 극명하게 차이 나지 않는 한, 제4현현에 대항할 수 있는 건 제4현현뿐이다. 그리고 안비에트는 아까 전의 싸움으로 피폐해진 탓에 만전의 상태와는 거리가 멀었고, 무시키는 애초에 완전한 제4현현을 발현시킬 수 없다. 지금 이 자리에서 마술사 슈안에게 대항할 수 있는 사람은 루리뿐이다.

하지만 슈안도 그 점을 눈치챈 것 같았다. 루리가 제4현현을 발현시키려고 한 순간, 벽의 안구가 꿈틀거리면서 루리를 쳐다봤다.

—오싹, 하며 등골이 서늘해지는 감각이 무시키를 덮쳤다.

"루리!"

슈안의 제4현현이 어떤 힘을 지녔는지는 모른다. 하지만, 뭔가 좋지 않은 일이 일어날 것 같은 느낌이 엄습했다.

바로 그때였다.

"—안비에트, 나를 만져!"

그 오한을 눈치챈 것처럼, 의자에 묶여 있던 사이카가 고함을 질렀다.

"그리고 소원을 비는 거야! 이 궁지를 벗어나게 해달라고! 저 마술사를 쓰러뜨려달라고!"

"뭐어?! 갑자기 무슨 소리를 하는 거야?!"

안비에트는 미간을 찌푸렸다. 하지만 그러는 것도 무리
는 아니었다. 느닷없이 그런 말을 들었으니, 당혹스러워하
는 게 당연했다.

하지만—.

"내 말 들어! —서둘러, **안!**"

"……?!"

사이카가 이제까지와 다른 어조와 호칭으로 안비에트를
부른 순간…….

안비에트는 사이카의 어깨에 손을 얹었다.

"소원을 빌겠어! 우리의 적을 쓰러뜨려줘……!"

그리고 당혹스러운 기색이 남은 상태에서, 그렇게 외쳤다.

그러자, 다음 순간—.

"아, 아아아아아아아아아아아아아아아아아아아아아—?!"

슈안의 처절한 비명이 들려오더니, 살점과 안구로 된 그
로테스크한 벽에 금이 갔고— 이어서, 찬란한 빛에 휩싸이
며 풍경이 붕괴했다.

무수한 살점이 사방으로 튀더니, 다음 순간에는 공기에
녹아들며 사라졌다.

잠시 후. 무시키 일행의 주위는 아까까지의 어둑어둑한
지하실로 되돌아가더니— 눈앞에는, 끝자락이 긴 코트를

걸친 키가 큰 여자가 힘없이 쓰러져 있었다.

"……."

겨우 숨은 붙어 있는 것 같지만, 완전히 기절한 건지 신음조차 내지 않았다. 유심히 보니 눈꺼풀이 움푹 들어가 있었으며, 텅 빈 눈구멍에서는 피가 흘러나오고 있었다.

"아니…… 이게, 대체……."

무시키는 눈을 치켜뜨며 슈안을 쳐다본 후, 고개를 들어서 사이카 쪽으로 시선을 보냈다.

다들 같은 생각을 하는 것 같았다. 루리도, 쿠로에도, 사이카를 응시하고 있었다.

하지만 안비에트는 다른 이들보다 한층 더 경악을 금치 못하고 있었다.

믿기지 않는 것을 본 듯한 눈길로, 사이카를 응시하고 있었다.

하지만, 그것도 당연했다.

어조와 호칭만의 문제가 아니다. 방금 그 목소리는, 사이카의 목소리와 명백하게 달랐다.

"사, 라……?"

안비에트가 망연자실한 목소리로 그 이름을 입에 담자…….

"……응. 오랜만이야, 안."

사이카는 어딘가 안타까운 듯한 목소리로, 그렇게 대답했다.

―어둑어둑한 지하실을, 기나긴 침묵이 지배했다.

이 자리에 있는 모든 이들이, 지금 일어난 일에― 그리고 사이카가 한 말에 말문이 막히고 말았다.

"―역시, 그렇게 된 것이군요."

그 와중에, 쿠로에가 침묵을 깼다.

"쿠로에……? 무슨 말인가요? 눈치채고 있었던 거예요?"

"확신을 한 건 아닙니다. 게다가 최근에서야 그 가능성에 생각이 미쳤습니다."

무시키의 질문을 들은 쿠로에가 눈을 가늘게 떴다.

"100년 전에 이 세계에 나타난 〈포르투나〉는 가역 토멸 기간을 크게 경과한 후에 토벌되면서, 〈포르투나〉가 세계에 끼친 영향은 『결과』로서 기록됐습니다. 즉, 이뤄진 소원은 〈포르투나〉가 사라진 후에도 계속 남게 된 거죠. 그리고 현재, 〈포르투나〉의 대가 현상으로 추정되는 피해가 세계 각지에서 연이어 발생하고 있습니다. 그것을 통해, 저는 이런 생각을 했습니다. ―**만약 사라 씨가 생전에 빈 소원이, 아직 이루어지지 않은 게 아닐까** 하고 말입니다."

"……후후. 역시 마녀 씨의 종자네."

사이카― 사라는 쓴웃음을 머금으며 그렇게 말했다.

물론 그녀는 쿠로에의 내용물이 진짜 사이카라는 것을 알고 있지만, 쿠로에의 처지를 생각해 그 점을 숨겨주려는 것 같았다.

"생전에…… 빈 소원?"

루리가 의아해하면서 물었다. 그러자 사라는 천천히 고개를 끄덕이며 말했다.

"내가 죽는 시점에서 이뤄지지 않았던 소원은 두 가지. 『자식이 생기기를』. 그리고―『사랑하는 안과, 내세에서도 함께할 수 있기를』."

"……."

사라가 그렇게 말하자, 안비에트는 숨을 삼켰다.

"그 소원이, 사라의 사후에 이뤄졌다……는 거야?"

"아마 그럴 겁니다."

대답한 이는 쿠로에였다.

"시간이 걸리기는 했습니다만, 사라 씨의 혼은 사후에 소멸되지 않고 새로운 생명으로서 다시 이 세상에 환생한 것이겠죠. ……하지만, 그 바람에 문제가 하나 생겼습니다."

"문제……?"

"네. 사라 씨는 생전에 빈 소원을 통해, 〈포르투나〉와 동화했습니다. 필연적으로, 사라 씨의 환생체는 그 권능을 지닌 상태에서 태어나고 만 겁니다."

"뭐―."

쿠로에의 말을 들은 안비에트가 어깨를 부르르 떨며 미간을 찌푸렸다.

"잠깐만 있어봐. 〈포르투나〉의 권능을 지닌 건, 수리야 아니었어?!"

"그렇습니다. 즉, 그녀야말로 사라 씨의 환생체가 아닐까요."

"……뭐?!"

안비에트는 혼란에 빠진 것처럼 머리카락을 쥐어뜯었다.

"아니, 잠깐만 있어 봐. 영문을 모르겠다고. 그럼 왜 사라는 지금 쿠오자키의 모습을 하고 있는 건데?"

사라는 그 말을 듣고 한동안 생각에 잠기는 듯한 반응을 보인 후, 입을 열었다.

"……며칠 전의 일이야. 내 존재를 눈치챈 마녀 씨가 자기 몸을 빌려줬어. —하나의 몸에 두 개의 의식이 깃들어 있으니 불편할 거다, 라면서 말이야."

"뭐……?"

안비에트는 미심쩍다는 듯이 그렇게 말했다.

한편, 옆에 있던 무시키는 작은 목소리로 쿠로에에게 물었다.

"……그렇게 된 건가요?"

"……아뇨. 사라 씨가 저희의 상황을 생각해서 말을 맞춰 주는 거라고 생각합니다. 아마 무시키 씨와 사이카 님이 분리되면서 혼이 없는 신체가 생겨나자, 거기에 사라 씨의 혼이 옮겨진 거라고 생각합니다."

쿠로에가 작은 목소리로 대답했다. 무시키는 그 말을 듣고 「……아하」 하며 고개를 끄덕였다.

"그래서 사이카 씨와 걸음걸이가 달랐던 거군요……."

"네, 그렇습—."

쿠로에는 말을 이으려다, 입을 다물었다.

"……무시키 씨, 설마 저 사이카 님이 진짜가 아니라는 것을 눈치채고 있었던 겁니까?"

"네? 에이, 설마요. 안비에트 씨의 부인인 줄은 꿈에도 몰랐어요. 처음에는 너무 놀라서 패닉에 빠졌었고요……."

하지만, 하고 무시키는 말을 이었다.

"하지만 계속 지켜보다 보니, 사이카 씨와는 몸놀림이 미세하게 다른 느낌이……."

"……."

"어? 왜 때리는 거예요, 쿠로에. 아파요. 아프다고요."

"눈치챘다면 더 빨리 말해주십시오."

"미, 미안해요……. 하지만 지적을 하는 건 실례일 것 같아서……."

무시키와 쿠로에가 그러고 있을 때, 안비에트가 두 사람을 날카롭게 노려봤다.

"……아까부터 뭘 그렇게 쑥덕거리고 있는 거냐?"

"아뇨."

"아무것도 아닙니다……."

두 사람이 그렇게 말하자, 안비에트는 머리를 긁적이며

사라를 돌아봤다.

"하나의 몸에 두 개의 의식? 아니, 그 이전에 지금 존재하는 수리야는 대체―."

안비에트가 그렇게 말했을 때였다.

"―아빠!"

마치 그 말을 기다린 것처럼, 방 입구 쪽에서 뛰어들어온 조그마한 누군가가 안비에트의 발을 꼭 끌어안았다.

"어, 수리야?! 너, 안전이 확인될 때까지 밖에 있으라고―."

"하지만, 아빠는 수가 와줬으면 했잖아……?"

수리야가 올려다보며 그렇게 말하자, 안비에트는 졌다는 듯이 한숨을 내쉬었다.

바로 그때, 사라가 수리야에게 말을 건넸다.

"―수리야."

"……아!"

그 목소리에 반응하듯, 수리야가 어깨를 부르르 떨었다.

"이제 된 거야……? **엄마.**"

"……응. 미안해. 들켰어."

사라는 그렇게 말하며 혀를 살짝 내밀었다.

그러자 수리야는 만감이 교차하는 것처럼 몸을 떨더니, 사라에게 안겨들었다.

"엄마…… 엄마……!"

"……미안해, 수리야. 이제까지 안아주지도 못했네."

사라는 수리야의 몸을 꼭 안아줬다.

그리고 잠시 후에 고개를 들더니, 안비에트를 쳐다봤다.

"다시 소개할게. 이 애는 수리야. —진짜로, 나와 안의 자식이야."

"뭐—."

사라가 그렇게 말하자, 안비에트는 눈을 동그랗게 떴다. 그럴 만도 했다. 자기 딸을 자처하는 이 생면부지의 소녀가, 진짜로 자기 자식이라는 말을 들었으니 말이다.

"나와 사라의……? 그, 그게 무슨 소리야?"

"—내가 죽었을 때, 내 배 속에는 새로운 생명이 있었나 봐."

"……!"

안비에트가 경악을 금치 못하며 숨을 삼킨 가운데. 사라는 조용히 말을 이었다.

"그리고 〈포르투나〉는, 내 소원을 충실히 들어줬어. 내가 새로운 생명으로 환생할 때, 나에게 깃들어 있던 아이 또한 그 자아를 가지고 태어난 거야. —환생한 몸 안에는 나와 내 아이, 두 명의 인격이 존재했어."

"그랬군요. 의도치 않게 이중인격 같은 상태가 됐다…… 는 겁니까. 그리고 『사이카 님의 육체』라고 하는 빈 그릇이 생겨나면서 사라 씨가 그쪽으로 넘어가고, 원래의 몸에는 수리야 양의 의식만이 남은 거군요—."

쿠로에가 그렇게 말하자, 사라는 고개를 끄덕였다.

"……원래라면, 환생하자마자 안의 곁으로 가고 싶었어. 하지만 내 몸에 깃든 〈포르투나〉의 권능이 그것을 허락하지 않은 거야. —내가 환생하고 몇 년 후, 겨우 혼자서 밖으로 나갈 수 있게 됐을 때의 일이야. 그 힘을 눈치챈 떠돌이 마술사가, 보육시설에 있던 나를 데려갔어."

그렇게 말한 사라는 분한 듯이 미간을 찌푸렸다.

기묘한 표현을 듣고 혼란에 빠질 뻔했지만— 잘 생각해보니 납득이 됐다. 사라의 의식을 지니고 환생했더라도, 지금의 몸을 낳아준 부모가 존재할 것이다. 이야기를 들어보니, 그다지 이상적인 가정환경과는 거리가 멀었던 것 같지만 말이다.

"……그래도 불행 중 다행인 건, 〈포르투나〉의 진정한 권능을 그들에게 들키지 않았다는 점일 거야. 〈포르투나〉는 그저 곁에 두기만 해도, 소유자에게 행운을 불러와. —그 행운을 잃는 걸 두려워한 윌로즈는 아무도 내 몸에 손을 대지 못하게 했어."

사라가 그렇게 말하자, 쿠로에는 움찔했다.

"당신과 접촉한 상태에서 소원을 빈다…… 그것이, 소원을 이루는 조건인 거군요."

"……응. 애초에 〈포르투나〉는 장신구의 형태를 하고 있었잖아."

"아―."

무시키는 눈을 치켜뜨며 낮은 신음을 흘렸다.

그 조건을 듣고, 짚이는 구석이 있었다.

그렇다. 며칠 전 저녁. 무시키는 수리야를 업은 상태에서 의도치 않게 말하고 말았다.

―사이카 씨와 몸이 분리된 후에 다시 한번 만나고 싶다, 하고 말이다.

만약 그것이 『소원』으로 여겨져서 수리야에게 깃든 〈포르투나〉의 권능으로 실현됐다면, 분리의 원인은 무시키가 빈 소원인 게 된다.

그것만이 아니다. 지금 생각해보면, 힐데가르드가 「〈정원〉의 여학생 교복이 메이드복이면 좋겠다고 생각할 뿐인데」 하고 말했을 때, 그녀는 사이카의 어깨에 닿아 있었다.

그때 이미, 사이카의 몸에는 사라의 혼이 깃들어 있었다. 그에 따라 〈포르투나〉의 권능도 그쪽으로 이동했다면, 그 소원이 이뤄지더라도 이상할 게 없다.

"……."

바로 그때, 무시키는 루리의 얼굴이 땀으로 범벅이 됐다는 것을 눈치챘다.

"루리? 괜찮아?"

"아, 아무것도 아냐. 나를 배려해주는 거야? 역시 오라버니는 진짜 상냥해. 사랑―."

루리는 갑자기 어깨를 부르르 떨더니, 자기 입을 손으로 막았다.

무시키가 의아하다는 듯이 고개를 갸웃거리자, 분노와 비탄이 뒤죽박죽으로 섞인 안비에트의 목소리가 들려왔다.

"그래도 말이야! 대체 왜— 왜 자기가 사라라고 말 안 한 거야!"

"……미안해, 안."

사라는 슬퍼하듯 눈을 내리깔면서, 말을 이었다.

"나는 크나큰 죄인이야. 아무리 몰랐다고 해도, 사욕을 위해 멸망인자의 힘을 써서 세계에 막대한 피해를 끼쳤잖아. ……당신을, 볼 면목이 없었어."

"그렇지—."

"게다가……."

사라는 안비에트의 말을 막듯 그렇게 말하더니, 수리야의 머리를 상냥히 쓰다듬어줬다.

"이 아이가, 아버지를 만나게 해주고 싶었어."

"……."

그 말을 들은 순간, 안비에트는 수리야를 쳐다봤다.

그리고 그 자리에서 무너지듯 무릎을 꿇더니, 고개를 숙였다.

"……미안해. 나는 몇 번이나, 네가 내 딸이 아니라고 말했어."

그러자 수리야는, 고개를 저었다.

"괜찮아. 수는 알고 있는걸."

"뭐……?"

"엄마한테서, 자주 들었어. ―아빠는 좀 솔직하지 못하지만, 세상에서 가장 상냥한 사람이래."

"수리야……."

안비에트가 이름을 부르자, 수리야는 뭔가를 눈치챈 것처럼 눈을 살짝 치켜떴다.

"―어라? 어라어라어라?"

"왜, 왜 그래……?"

"아빠, 혹시 수를 꼭 안아주고 싶은 거야?"

그리고, 안비에트의 눈을 응시하며 그렇게 말했다.

한동안 눈을 동그랗게 뜨고 있던 안비에트는…….

"……용케 눈치챘는걸."

곧 웃으면서 그렇게 말하더니, 수리야의 몸을 꼭 끌어안았다.

그 광경을 보면서, 무시키와 루리는 시선을 교환했다.

"……오라버니."

"……응."

루리의 의도를 눈치챈 것처럼, 무시키는 고개를 끄덕였다.

확실히 사이카― 사라를 구했고, 안비에트 또한 사라와 수리야를 만났다. 그것 자체는 기뻐할 일이다.

하지만 〈포르투나〉에 의한 피해는, 여전히 해결되지 않았다.

"아ㅡ."

바로 그때, 무시키는 눈치채고 말았다.

사라가 안비에트에게 정체를 밝히지 않은, 세 번째 이유를 말이다.

"쿠로에. 설마, 사라 씨는……."

"…….."

무시키의 말을 들은 쿠로에가 말없이 눈을 내리깔았다.

아무래도 쿠로에 또한, 눈치챈 것 같았다.

"……안."

사라가, 안비에트에게 말을 건넸다.

"고마워. ……마지막으로 당신을 다시 만나서, 정말 기뻐."

"뭐……? 그게 무슨ㅡ."

말을 이으려던 안비에트 또한 눈치챈 것 같았다. 말을 멈추며, 사라의 눈을 응시했다.

"사라, 너……."

"……아직 첫 번째 『소원』의 가역 토멸 기간이 지나지 않았어. 지금 〈포르투나〉를 없앴다면, 세계 각지에서 일어난 소실 현상은 『없었던 일』이 돼."

사라는, 그 말을 입에 담았다.

멸망인자를 없애서, 세계를 구한다. 그것은 마술사에게

있어, 피할 수 없는 사명이다.

그리고 그 사명을 이룬다는 것은 곧— 〈포르투나〉와 동화한 사라 또한, 사라진다는 것을 의미했다.

아아, 그렇다. 안비에트와 재회하는 것을 갈망하던 사라가, 다급한 상황에 처할 때까지 자기 정체를 밝히지 않은 세 번째 이유…….

그것은 안비에트에게 아내와의 이별을 두 번이나 맛보게 해주고 싶지 않아서가 아닐까, 하고 무시키는 생각했다.

"그게 무슨…… 소리야. 말도 안—."

바로 그때.

안비에트가 말을 이으려던 순간…….

—누군가가, 사라의 발을 움켜잡았다.

"어……?"

"아니—."

갑작스러운 일에 놀란 사라는 눈을 치켜떴고, 안비에트는 숨을 삼켰다.

다음 순간, 다른 이들도 눈치챘다.

기절한 채 쓰러져 있던 슈안이, 어느새 사라의 발치에 있다는 사실을 말이다.

그리고 슈안은 텅 빈 눈구멍을 치켜뜨면서, 갈라진 목소리로 외쳤다.

"—소원을 빌겠어! 〈포르투나〉여! **세계를 내 것으로 만**

들어⋯⋯!!"

그 순간.

"크윽⋯⋯?!"

강렬한 탈력감이 느닷없이 온몸을 덮치자, 무시키는 무너지듯 그 자리에서 무릎을 꿇었다.

"오라버니?! 괜찮아?!"

루리는 화들짝 놀라며 그렇게 외쳤다.

하지만 무시키는 그런 루리에게 말을 건넬 수도 없었다.

이유는 단순했다. 바닥에 쓰러진 슈안의 몸이 옅은 빛에 휩싸이더니―.

마치 세계 그 자체가 떨리는 것처럼, 거대한 지진이 지하실을 덮친 것이다.

"아~하하하하하하하하하하하하하하하하하하하하하하하하―!!"

엄청난 진동 속에서, 슈안이 웃음을 터뜨리며 흐느적거리듯 몸을 일으켰다.

아니다. 정확하게는 그녀의 몸이 중력을 거역하듯 떠올랐다.

"뭐야아, 이거어어어― 엄청나― 힘이― 힘이 한없이 샘솟네⋯⋯!!"

황홀한 표정으로 그렇게 말한 슈안은 하늘을 올려다보았

다. 그에 맞춰서 눈구멍에 마력이 응축되더니, 찬란히 빛나는 안구가 형성됐다. ─아무래도 그녀의 눈은, 마술로 만든 현현체 같았다.

"아니……?! 대체 무슨 일이 일어난 거야?!"

"이 엄청난 마력은……?!"

안비에트와 루리가 당황하며 눈을 치켜떴다.

그럴 만도 했다. 완전히 무력화시켰다고 생각한 슈안이, 온몸으로 엄청난 마력을 뿜으며 공중으로 떠올랐으니 말이다.

"이……건……."

온몸을 휘감은 나른함과 위화감 속에서, 무시키는 어찌어찌 말을 토했다.

그러자 쿠로에가 무시키의 곁에서 몸을 숙이더니, 귓속말하듯 말했다.

"─무시키 씨. 왜 그러시죠?"

"모, 모르겠어요……. 왠지 갑자기, 몸에서 뭔가가 떨어져 나간 느낌이 든달까……."

"……."

그 말을 들은 쿠로에가 미간을 찌푸리며 인상을 썼다.

"이 현상, 그리고 무시키 씨의 상태……. 슈안은 관용구적인 의미에서 『세계를 자기 것으로 만들라』고 말했지만…… 아마, 세계의 관리권─ 세계왕의 자리가 그녀에게 이양된 것으로 여겨집니다."

"네……?!"

쿠로에가 그렇게 말하자, 무시키는 눈을 치켜떴다.

세계왕. 그것은 일전에 미래에서 온 쿠오자키 사이카가 입에 담았던 말이다.

그녀의 말에 따르면, 이 세계는 『진짜 세계』를 모델로 해서 사이카가 만든 현현체― 제5현현이라고 한다.

그리고 그 세계를 다스리는 마술사가 바로 세계왕이라고 불리는 존재이며, 미래의 사이카는 현재의 사이카에게서 그 자리를 빼앗기 위해 시간을 거슬러 이 시대에 온 것이었다.

그것을 둘러싸고 펼쳐진 싸움은, 무시키의 기억에 깊이 새겨져 있다.

"으윽……!!"

무시키는 신음에 가까운 목소리를 냈다. 활활 타오르는 듯한 격정이, 가슴 깊은 곳에서 샘솟았다.

하지만, 그것도 당연했다.

사이카가 목숨을 걸고 지켰으며, 미래의 사이카가 그렇게 처절하게 갈구한, 세계왕의 자리.

그것이 겨우 말 한마디에 의해, 아무것도 모르는 마술사에게 찬탈당하고 만 것이다.

"진정하십시오, 무시키 씨."

"이 상황에서······ 어떻게 진정······."

격렬한 현기증을 어찌어찌 억누르며 몸을 일으키려 한 순간, 무시키는 뭔가를 깨닫고 어깨를 부르르 떨었다.

"그래······. 〈포르투나〉의 권능으로 세계를 빼앗겼다면, 그 반대도—."

하지만 무시키가 사라를 쳐다본 바로 그때였다.

"그렇겐 안 돼—."

그 움직임을 눈치챈 것처럼, 슈안이 무시키를 향해 손을 뻗었다.

그 순간—.

시야가 새하얗게 변하더니, 무시키의 몸이 돌멩이처럼 튕겨 나갔다.

"큭······!!"

한순간 몸이 공중에 떠 있는 듯한 느낌이 든 후, 무시키는 지면에 내동댕이쳐졌다.

하지만 온몸을 휘감은 극심한 통증 속에서, 무시키의 뇌리를 스친 것은 기묘한 위화감이었다.

그렇다. 무시키 일행은 방금까지 빌딩의 지하실에 있었다. 비교적 넓은 방이었지만, 그래도 이렇게 먼 거리를 날아가는 게 가능할까—.

"아니—."

무시키는 눈을 치켜뜨며 숨을 삼켰다.

눈 앞에 펼쳐진 광경이, 아까까지와는 확연히 달랐다.

어느새, 머리 위에는 하늘이 펼쳐져 있었다. 지면 또한, 온갖 장애물을 제거한 것처럼 넓은 평면으로 변해 있었다.

제4현현이 아니다. 한참 떨어진 곳에는, 원래 있던 도시의 풍경이 펼쳐져 있었다.

마치 점토로 된 마을을 반죽하듯 으깨서 넓게 펼쳐놓은 듯한, 그런 말도 안 되는 광경이었다.

"어머, 좀 심했으려나……. 미안해. 힘 조절을 할 줄 모르겠네."

눈부신 빛을 두른 채 하늘에 떠 있는 슈안이, 새빨간 입술을 일그러뜨리며 웃었다.

그리고 다음 순간…….

"―【욱광존】!"

"―【바사라스】!!"

슈안의 사각지대에서 그림자 두 개가 튀어나오는가 싶더니, 한쪽은 왜장도를 휘둘러서, 다른 한쪽은 전격을 날려서 슈안을 공격했다. ―제3현현을 몸에 두른 루리와 안비에트였다.

"어머……?"

하지만 슈안은 꼼짝도 하지 않으며 그렇게 말하더니, 간단히 그 공격을 막아냈다.

아니, 막아냈다는 것은 올바른 표현이 아니었다.

슈안이 두른 빛의 막에 막힌 탓에, 두 사람의 공격은 그녀의 몸에 닿지 않았다.

"놀랍네. 아직 기운이 남아 있구나. 역시 〈정원〉의 기사들이야!"

슈안이 그렇게 외친 순간, 그녀가 두른 빛이 더욱 찬란히 빛나면서 두 사람을 간단히 튕겨냈다.

"큭—."

"아……니?!"

지면에 내동댕이쳐진 두 사람은 슈안을 무시무시한 눈길로 노려보더니, 다시 지면을 박차며 공격을 펼쳤다. —하지만, 두 사람은 공격은 그녀에게 닿기도 전에 사라졌다.

이제는 슈안이 뭘 하는지도 알 수가 없었다. 압도적이라고 해도 과언이 아닐 만큼 힘에서 차이 났다.

그럴 만도 했다. 현재 그들은 이 세계 자체와 싸우고 있는 것이나 다름없으니 말이다.

—역시, 슈안으로부터 〈세계〉의 관리권을 되찾을 수밖에 없다.

하지만 아까 슈안이 펼친 공격에 의해, 무시키도, 쿠로에도, 사라도, 수리야도, 뿔뿔이 흩어지고 말았다. 다들 온몸에 부상을 입은 채, 지면에 쓰러져서 고통스러워하고 있었다.

사라는, 〈포르투나〉의 권능으로 자신의 소원을 이룰 수 없다. 누군가가 그녀의 몸에 손을 대며 슈안으로부터 세계 왕의 자리를 박탈해줄 것을 빌어야만 한다. 하지만, 이 거리에서는—.

"—사라 씨!"

바로 그때, 뒤편에서 쿠로에의 목소리가 들려왔다.

그녀 또한 만신창이였으며, 몸을 일으키기도 어려워 보였다. 하지만, 온 힘을 기울이듯 목소리를 쥐어짜 내서 외쳤다.

"수리야 양에게— 원래 몸으로 당신의 의식을 되돌릴 수 있습니까?!"

"어—."

그 말을 들은 것일까. 사라가 놀란 듯한 목소리를 냈다.

"가능하다면 지금 바로 부탁합니다! 서둘러 주십시오!"

"아, 알았어……!"

사라는 그렇게 말하더니, 의식을 집중하듯 눈을 감았고— 이윽고 의식을 잃은 것처럼 털썩 쓰러졌다. 혼을 잃은 사이카의 육체가, 무방비한 채로 지면에 누워 있었다.

"……."

마치 거기에 맞춘 것처럼, 쿠로에도 의식을 잃으며 지면에 쓰러졌다.

"쿠로에?! 괜찮아요, 쿠로에……?!"

갑작스러운 사태가 벌어지자, 무시키는 무심코 고함을

질렀다.

하지만 쿠로에의 곁으로 뛰어가고 싶어도, 몸이 말을 듣지 않았다. 대미지 탓만이 아니다. 슈안에게 세계왕의 자리를 빼앗긴 순간부터, 기묘한 감각이 몸을 지배하는 탓에 몸을 뜻대로 움직일 수 없었다.

초조함이 폐부를 가득 채웠다. 지금 움직이지 않으면 쿠로에가, 사이카가 위험한데—.

바로— 그때였다.

"—괜찮아, 무시키."

당황한 무시키의 고막에, 그런 목소리가 전해졌다.

"이, 이 목소리는…….."

무시키는, 얼이 나간 상태에서 그렇게 중얼거렸다.

하지만 무시키가 그러는 것도 무리는 아니었다.

그것은 무시키가 쭉 연모하고, 동경하며, 갈구해온 이의 목소리였던 것이다.

"쿠로에라면 걱정하지 마. 좀 무리한 거겠지. 잠시 쉬게 돼."

흙먼지 너머에서, 누군가가 천천히 몸을 일으켰다.

"아……, 아아—."

무시키의 시야가, 무의식적으로 흘린 눈물 탓에 뿌옇게

변했다.

논리나 이치를 떠나서 마음이, 혼이 이해했다.

그렇다. 저 사람은…….

사이카의 육체와 사이카의 혼이 갖춰진, 진정한 『쿠오자키 사이카』인 것이다.

"사이카…… 씨—."

무시키가 감격한 어조로 이름을 부르자, 루리와 안비에트를 상대하던 슈안도 그것을 눈치챈 것 같았다. 사이카를 힐끔 돌아보더니, 그녀를 향해 손을 뻗었다.

"너희들 뜻대로는— 안 돼애애애애애애앳—!"

슈안은 〈포르투나〉의 권능을 쓰지 못 하게 하려고 공격을 한 것이리라. 사이카가 있던 공간 자체가 압착되듯 일그러졌다.

"사이카 씨!"

무시키는 그 절망적인 광경을 보고, 비명에 가까운 목소리로 그렇게 외쳤다.

하지만, 다음 순간…….

"—응. 불렀어?"

사이카는 아무렇지 않은 투로 그렇게 말하더니, 무시키의 바로 옆에서 모습을 드러냈다.

"어……?!"

"아니…….."

무시키와 슈안이 동시에 경악했다. 사이카는 그런 두 사람의 표정을 재미있다는 듯이 쳐다보며 웃었다.

"뭘 그렇게 놀라는 거야? 확실히 이 몸에는 마력이 거의 남아 있지 않아. 하지만 외재(外在) 마력을 능숙하게 이용하면, 이 정도 마술은 사용할 수 있지. 현현술식은 확실히 강력하지만, 그것에만 의지하는 건 좋지 않아."

아니— 하고 말한 사이카는 슈안을 노려보며 말을 이었다.

"지금의 네가 쓰고 있는 건, 현현술식이라고도 부를 수 없으려나. 방대한 마력을 그저 휘두르고 있을 뿐이야. 돼지 목의 진주라는 말로도 부족하겠어. —〈세계〉는, 그러라고 있는 게 아닌데 말이지."

"말은 참 번지르르하네. 하지만 이 마력 차이는 대체 어떻게 메울 건데—?"

슈안은 시선을 날카롭게 만들더니, 다시 사이카를 공격하려 했다.

하지만 그 직전에, 슈안의 좌우에서 루리와 안비에트가 공격을 펼쳤다.

"하앗!"

"—오오오오!!"

"쳇……, 방해하지 마!"

슈안이 짜증 섞인 고함을 내지르며, 두 사람을 향해 마력광을 뿜었다. 하지만 그들은 〈정원〉 기사다. 한 번 당한 공격에 두 번은 안 당한다는 듯이, 몸을 비틀어서 피했다.

그 바람에 슈안에게는 미세한 빈틈이 새겼다.

그 틈을 이용해, 사이카는 쓰러져 있는 무시키를 향해 몸을 웅크렸다.

"자, 무시키. 이러는 것도 오랜만……이라고 해도 되려나?"

그리고 농담을 하는 투로 그렇게 말했다. ―당연하다면 당연하겠지만 그 표정과 목소리, 그리고 모든 행동거지가 무시키의 내면에 존재하는 사이카의 이미지와 완전히 똑같았다.

"사이카 씨…… 나는―."

"아. 혹시라도 사과할 생각이라면 그러지 마. 너는 이제까지 충분히 잘했어. 내 상상을 아득히 넘어설 정도지. ……안비에트와 싸울 때는 정말 멋졌어. 뭐, 그런 말을 큰 소리로 외치는 건 좀 그렇지만 말이야."

……하고 말한 사이카는 쓴웃음을 머금었다.

"―여기서부터는 내가 할 일이야. 때로는 학원장으로서 체면치레 좀 하게 해줘."

그렇게 말한 사이카는 무시키의 입술을 향해, 자기 입술을 내밀었다.

"어……, 아―."

"……눈을 감아. ―너에게 깃든 내 마력을 돌려받겠어."

무시키는 입술을 통해, 말로 형용할 수 없을 만큼 부드러운 감촉을 느꼈다.

그것은 석 달 전, 빈사 상태인 사이카와 만났을 때 이후로 처음 느끼는 감촉이었다.

"아아아아아아아아아아……!!"

"꺄아─."

"크억……!!"

슈안은 날카로운 기합을 내지르며 두 손을 휘둘렀다.

주위에서 얼쩡거리며 귀찮게 굴던 〈정원〉 기사 두 명이, 드디어 쓰러졌다.

"하하…… 하하하……!! 이제 알겠어? 이게…… 지배자의 힘이야─."

슈안은 황홀한 표정을 지으며, 그렇게 중얼거렸다.

─실로 기분이 좋다. 원리와 이유는 모르지만, 몸에서 힘이 한없이 샘솟고 있었다. 만약 신이라는 존재가 있다면, 분명 이런 느낌일 게 틀림없다. 아무런 근거도 없이 그런 생각이 들 정도로, 전지전능한 존재가 된 듯한 느낌이 뇌수를 가득 채웠다. 그야말로, 조금이라도 긴장을 늦췄다간 자신이라는 존재가 세계에 녹아버릴 것만 같을 정도로─.

"흐음. 꽤 즐거워 보이는걸. 이번에는 나와 춤춰주지 않겠어? 슈안."

"——."

기분 좋게 만취한 느낌에 찬물을 끼얹은 듯한 목소리가 들려오자, 슈안은 그쪽을 돌아보았다.

그러자 슈안과 마찬가지로 공중에 떠 있는, 쿠오자키 사이카가 눈에 들어왔다.

"아…… 그래. 당신을 쓰러뜨려야만 했지……. 아하하, 하하. 하지만, 어째서였더라? 뭐, 됐어. 내 눈앞에 나타났다는 이유로 충분해애애애애—."

"……기억이 혼탁해지기 시작한 건가. 무리도 아니지. 원래라면 다스려야만 마땅한 〈세계〉의 마력을 억지로 자기 몸으로 끌어와서, 전투에 쓰고 있으니 말이야."

"뭐어어어……? 당신, 나를 바보 취급하는 거야아아아—?"

"말도 안 돼. 나는 너를 높이 평가해. 너는 틀림없는 천재야. —내 〈세계〉를 보유하고, 10분이나 버텼는걸."

"뭐어어……?"

슈안이 의아하다는 투로 그렇게 말한 순간…….

그녀는, 자기 볼을 타고 뜨거운 무언가가 흘러내리는 것을 느꼈다.

"어—?"

한순간, 눈물을 흘렸다고 생각했지만— 아니었다.

그것을 훔친 손바닥이, 새빨간 색으로 물들었다.

"이게…… 뭐야아……?"

아니, 눈에서만이 아니다. 코, 입, 귀. 얼굴에 있는 모든 구멍에서, 엄청난 양의 피가 흘러나오고 있었다.

그 모습을 본 사이카는 눈을 내리깔았다.

"아쉬워. 정말 아쉬운걸. 네가 높은 뜻을 가지고 〈정원〉에 속해줬다면, 〈기사단〉에 이름을 올리는 것도 불가능하지 않았을 텐데……."

"아하하하! 무슨 소리를 하는 거야? 지금의 나는 최강이야. 내가 왜 당신 밑으로—."

슈안을 말을 끝까지 잇지 못했다.

눈앞에 떠 있는 쿠오자키 사이카. 그녀의 몸에서, 지금의 슈안 못지않은 엄청난 마력이 뿜어져 나오고 있다는 사실을 눈치챈 것이다.

"그 힘은, 대체 뭐야아아아아아아……!!"

슈안은 고함을 지르면서, 혼신의 마력이 담긴 공격을 펼쳤다. 하지만 사이카는 태연한 얼굴로 그것을 받아냈다.

"너한테서, 세계왕의 자리를 박탈하겠어. —죽을지 살지는, 네가 지닌 『가능성』에 달렸지."

그리고 사이카가 천천히 손을 들어 올리자, 그녀의 머리 위에서 4획의 계문이 찬란히 빛났다.

"젊은 마술사의 발상이란 실로 재미있는걸. 설마 이런 식으로 활용할 수 있을 줄이야."

사이카는 그렇게 말하더니, 방대한 마력을 오른 손바닥

에 결집시켰다.

"─만상개벽. 이리하여 천지는 내 손아귀 안."

계문이 뿜는 극채색의 빛을 쬐며, 사이카는 말했다.

"순종을 맹세해. 너를─."

그 광경을 보면서, 슈안은 반쯤 얼이 나간 채 중얼거렸다.

"아름다워……."

"─신부로 삼아주겠어."

사이카의 일격을 맞은 순간, 슈안의 의식은 어둠에 빠져
들었다.

하늘이, 극채색의 빛으로 물들었다.

그것을 본 무시키는 눈치챘다. ─사이카가, 승리했다는
사실을 말이다.

"으…… 큭……."

무시키는 작게 신음을 흘리며 몸을 일으켰다. 몸은 아직
둔하고 곳곳이 아프지만, 사이카에게 마력을 회수당한 후
로는 어찌어찌 움직일 수 있게 됐다. 지금 생각해보니 〈세
계〉에 접속된 사이카의 마력을 보유하고 있었기에, 몸에
문제가 생겼던 걸지도 모른다. ……뭐, 사이카에게 키스를
받고 힘이 샘솟았을 가능성도 없지는 않지만 말이다.

"오라버니…… 무사해?"

어깨를 감싸 쥔 루리가 발을 질질 끌면서 걸어왔다. 지금은 제3현현을 몸에 걸치고 있지 않았으며, 너덜너덜해진 메이드복 차림이었다.

"응…… 어찌어찌 말이야."

"상처투성이잖아. 안 아파? 괜찮아? 핥아줄까?"

"아…… 괘, 괜찮아. 그러는 루리는 괜찮은 거야?"

"일단은 말이지. ……그런데, 저기 쓰러져 있는 건 쿠로에지? 꿈쩍도 하지 않는 것 같은데……."

루리가 떨어진 곳에 쓰러져 있는 쿠로에를 쳐다보며 걱정 섞인 목소리로 그렇게 말했다.

무시키는 뭐라고 대답하면 좋을지 몰라서 땀만 삐질삐질 흘렸다. 쿠로에의 내용물— 사이카의 혼이 원래의 몸에 돌아간 바람에 쿠로에는 꼼짝도 하지 않는 것이지만, 루리에게 진실을 말해줄 수는 없다.

"—쿠로에라면 괜찮아. 내가 보증하지."

무시키가 뭐라고 말할지 고민하고 있을 때, 머리 위에서 그런 목소리가 들려왔다.

"사이카 씨!"

"괘, 괜찮으세요?! 다치신 데는 없나요?!"

무시키와 루리가 동시에 그렇게 외쳤다. 어느새 사이카가 이 자리에 나타난 것이다.

두 사람의 반응을 본 사이카는 쓴웃음을 머금으며 대답했다.

"그래. 괜찮아."

"다행이에요……."

루리는 안도의 한숨을 내쉬었다. 더는 쿠로에를 걱정하지 않는 것 같지만, 그럴 만도 했다. 다른 사람도 아니고 사이카가 걱정할 필요가 없다고 말한 것이다. 그 어떤 근거보다도 안심이 되는 이유일 게 틀림없다.

"그래도, 정말 놀랐어요. 진짜 마녀님이 저희를 구해주실 줄은 생각도 못했거든요. 무시키의 내면에서 마녀님의 몸으로 혼이 이동한…… 건가요?"

"아, 응. 뭐, 그렇게 생각하면 돼."

루리가 그렇게 묻자, 사이카는 여유롭게 고개를 끄덕였다. 그런 그녀에게서는 거짓말을 하는 기색이 전혀 느껴지지 않았다. 멋져. 무시키는 그렇게 생각했다.

"슈안도 목숨을 부지한 것 같아. 정말 대단한 생명력인걸."

"그런가요……. 그건 그렇고, 마지막의 그 힘은 대체 무엇일까요. 그만한 마력을 지니면 세계 정복이 가능하다……는 걸까요?"

"그럴지도 몰라. 멸망인자에게는 아직, 우리가 모르는 부분이 잔뜩 있는 거야."

사이카는 얼버무리듯 그렇게 말하더니, 휴우 하고 한숨

을 내쉬었다.

"그럼— 마지막 일만 처리하면 되려나."

"마지막 일—."

루리는 사이카의 말을 되새기듯 그렇게 중얼거렸다.

그렇다. 사이카에게는 해야만 하는 일이 하나 남아 있었다.

"사라—."

"안…….."

안비에트가 다가가며 그 이름을 부르자, 수리야— 사라
는 그를 올려다보며 대답했다.

조그마한 소녀의 외모에 어울리지 않는 어른스러운 어조
와, 우수 어린 표정이었다. 친숙한 수리야의 모습으로 저
러니 뇌가 혼란을 일으킬 것 같지만, 그녀는 안비에트의
사랑하는 아내인 사라가 틀림없었다.

"……끝난 것 같아."

"……그런가 보네."

안비에트의 말을 들은 사라가 안타까운 듯이 미소 지었다.

마치 자신에게 곧 닥쳐올 운명을, 전부 받아들이고 있는
것만 같았다.

신화급 멸망인자 〈포르투나〉. 그 권능이 세계에 끼친 피
해는 막대하다. —아까 안비에트와 슈안의 소원도 이뤄졌

으니, 아마 아직 관측되지 않은 『뭔가』가 세계에 일어났으리라.

"……〈포르투나〉는 너무 위험해. 반드시, 없애야만 할 거야."

"그건……."

"—그 말이 옳아."

안비에트가 대답을 못 하고 있을 때, 뒤편에서 그런 목소리가 들려왔다.

고개를 돌려보니, 무시키와 루리를 대동한 사이카가 서 있었다.

사이카에게는 미안하지만, 안비에트의 눈에는 지금의 그녀가 저승사자 같아 보였다.

"멸망인자는 전부 없애야만 해. 그게 신화급에 위치한다면 말할 것도 없어."

"……맞아."

사라는 고개를 끄덕이더니, 천천히 그 자리에서 몸을 일으켰다.

그리고 잠시 침묵한 후, 입을 열었다.

"……미안해, 안."

"……왜 사과하는 거야?"

"알게 된 거지? 내가, 그때 마녀 씨에게 한 부탁 말이야."

"……그래."

안비에트는 깊은 한숨으로 대답을 대신했다.

"안심해. 지금의 나는…… 자기가 함부로 목숨을 버려도 되는 인간이 아니라는 걸 알아."

"후후……. 안도 어른이 됐구나."

"나는 옛날부터 어른이었어."

그렇게 말한 안비에트는 훈련소에서의 일을 떠올리더니, 얼굴을 살짝 붉혔다.

"……아니, 꽤 생떼를 부리긴 했으려나."

"그런 부분도, 좋아해."

"……멋대로 떠들라고."

안비에트가 입술을 내밀며 그렇게 말하자, 사라는 살며시 미소 지었다.

그 후, 조용히 말을 이었다.

"……나, 쭉 무서웠어."

"무서웠다고……?"

안비에트가 묻자, 사라는 살며시 고개를 끄덕였다.

"옛날에 우연히 〈포르투나〉를 손에 넣은 후로, 나는 항상 행운이 따랐어. 아버님의 사업이 잘 풀려서 집이 부유해졌고, 툭하면 병치레를 하던 몸도 건강해졌지. 그리고― 옛날부터 동경했던, 스바르나의 왕자님과 결혼도 하게 된 거야."

"어……."

사라는 장난스레 미소 지었다.

"……후후. 몰랐지? 나, 안을 처음 만나기 전부터, 너에 대해 알고 있었어. 그래서 너와 결혼하기로 결정됐을 때는, 하늘에라도 오를 듯한 기분이었다니깐."

하지만, 하고 사라는 말이 이었다.

"그런 행복 속에서, 문득 불안을 느낄 때가 있었어. 만약 이 결혼이 〈포르투나〉가 가져다준 것이라면, 혹시 안은 반지의 힘에 의해 나를 좋아하게 된 것이 아닐까— 하고 말이야. 100년 전, 마녀 씨한테서 도망친 이유도 그거야. 반지를 잃으면, 나는 안에게 사랑받지 못할 거라고 생각했다니깐."

"무슨 소리를 하는 거야……!"

안비에트는 미간을 한껏 찌푸리며 목소리를 쥐어짜 냈다.

"말도 안 되는 소리 하지 마. 우리의 만남이 반지 덕분일지라도, 나의 이 마음만은 누구도 부정할 수 없어……!"

"안……."

사라가 불안한 눈길로 안비에트의 눈을 응시했다.

안비에트는 사라의 조그마한 몸을 꼭 끌어안았다.

"〈포르투나〉가 존재하지 않았던 100년 동안, 나는 단 하루도 너를 잊지 않았어. 내가 사랑한 여자는 사라, 평생 너 한 명뿐이야……!"

"아— 아아—."

그 말을 들은 사라가 떨리는 목소리를 내더니, 안비에트를 마주 끌어안았다.

—그리고, 얼마나 시간이 흘렀을까.

안비에트의 가슴을 눈물로 적시던 사라는, 이윽고 천천히 몸을 뗐다.

"……고마워, 안. 이제 아무 미련도 없어."

그리고, 사이카를 돌아보았다.

"기다리게 했네, 마녀 씨. —부탁할게."

"……그래."

사이카는 조용히 고개를 끄덕이더니, 팔짱을 풀었다.

"사라. 100년 전처럼, 〈포르투나〉의 힘을 표면화시킬 수 있을까?"

"……응. 해볼게."

사라는 그 말을 듣더니, 의식을 집중시키려는 것처럼 눈을 내리깔았다.

그러자 옅은 빛과 함께, 사라의 몸에 계문으로 보이는 문양과 함께 하얀 옷이 나타났다. —그것은 바로, 100년 전에 〈포르투나〉와 동화한 사라가 발현시킨 것이었다.

"이건…… 제3현현……?"

"엄밀하게는 다르지만, 성질은 비슷하지."

루리의 말에 답한 사이카가 눈을 가늘게 떴다.

그리고 사라를 향해 손을 내밀더니, 자신의 머리 위에

계문을 출현시켰다.

"그럼— 시작할까."

사이카는 그렇게 말하더니, 극채색의 마력광을 두른 손을 사라의 몸에 댔다.

"……?! 마녀 씨—."

그러자, 사라는 놀란 것처럼 눈을 동그랗게 떴다.

한발 늦게, 안비에트도 눈치챘다.

"쿠오자키, 너……!"

사이카가 사라를 죽이려는 게 아니라, 구하려 한다는 사실을…….

볼을 타고, 한 줄기 땀방울이 흘러내렸다.

사이카에게 있어 그것은, 오랜만의 경험이었다.

하지만 그것도 당연했다. 왜냐하면, **한번 융합한 인간과 멸망인자를, 억지로 분리시키려고 하는 것이다.**

"100년 전의 나한테는, 무리였어—."

후회가 묻어나는 목소리가, 반쯤 무의식적으로 입에서 흘러나왔다.

"하지만…… 지금의, 나라면—!"

그것은 100년 동안 단련한 힘과, 쌓은 경험만을 말하는 게 아니다.

지금 이 순간, 슈안 덕분에 의도치 않게 손에 넣은 이 순간이 바로 중요하다.

—사이카는 방금, 슈안에게서 세계왕의 자리를 강제적으로 박탈했다.

하지만 그것은, 사이카가 다시 세계왕의 자리에 앉았다는 것을 의미하지는 않는다.

현재, 세계왕의 자리는 공석이며—〈세계〉는, 관리자를 상실한 상태다.

물론 이대로 있다간 〈세계〉에 어떤 영향이 갈지 모른다. 사이카는 한시라도 빨리 세계왕의 자리에 앉아야만 한다.

하지만 그런 위기 상황은, 또 하나의 사실을 가리키고 있다.

그렇다. 지금 이 자리에 있는 건 〈세계〉의 유지 및 관리에 마력을 사용하지 않는, 바로 전성기의 쿠오자키 사이카인 것이다.

"사이카 씨……!"

뒤편에서 무시키가 고함을 질렀다. 그 목소리에서는 사이카를 걱정하는 기색이 느껴졌다.

"내 【홀로 에지】로 보조를—."

"—안 돼. 그랬다간 내 술식이 지워질 가능성이 있어."

"아, 맙소사……!"

무시키가 분하다는 듯이 인상을 찡그렸다. 그 모습을 곁눈질하며, 사이카는 미소를 머금었다.

—설마 그는, 자신이 도움이 되지 못한다는 사실을 분하게 여기고 있을까.

"……그런 표정 짓지 마. 내가 이 선택지를 고르게 한 건, 다름 아닌 너잖아."

"네……?"

무시키는 눈을 동그랗게 떴다.

그렇다. 100년 전과 다른 건, 사이카의 힘과 상황만이 아니다.

한때 사이카는 세계를 구하기 위해서라면, 필요한 희생을 감수할 수밖에 없다고 생각했다. 아니, 정확하게는 지금도 그렇게 생각하고 있다.

하지만 그는, 쿠가 무시키는 이렇게 말했다.

그때, 자기보다 훨씬 강대한 힘을 자랑하는 미래의 사이카를 상대하면서…….

—사이카라면, 그러지 않을 거라고 말이다.

"정말, 과대평가에도 정도가 있거든? 나는 그렇게 대단한 인간이 아냐……."

사이카는 땀을 흘리면서 어금니를 깨물더니, 더욱 손에 힘을 줬다.

"아…… 아아아아아아아아아아아아아……!!"

사라가 괴로운 듯이 비명을 질렀다. 무리도 아니다. 『존재』가 유착된 멸망인자를 억지로 떼어내려는 것이다. 상상을 초월하는 고통을 느끼고 있으리라.

"마음을 굳게 먹어! 외부의 힘만으로는 떼어낼 수 없어! 〈포르투나〉를 거절해!"

"사라······!"

안비에트가 사라의 손을 꼭 움켜쥐었다. 사라는 괴로워하며 그의 손을 마주 움켜쥐었다.

"아······ 안······."

사라의 눈이, 공허한 빛에 휩싸였다.

사이카는 인상을 찡그렸다. ─이대로 가다간, 사라의 정신이 버티지 못할 것이다. 설령 사라한테서 〈포르투나〉를 불리시키더라도, 그녀가 폐인이 되어선 의미가 없다.

뭔가. 뭔가가 하나 더 필요하다. 〈포르투나〉를 이겨낼 힘이─.

"─괜찮아."

""".·····?!"""

바로 그때였다.

사라의 입에서 나온 목소리에, 이 자리에 있는 모든 이들이 숨을 삼켰다.

어조로, 그리고 목소리로 알 수 있었다. 그것은 사라의 목소리가 아니었다.

"수······리야?"

안비에트가 얼이 나간 듯한 목소리로 말했다.

그러자 수리야는 상냥하게 미소 지으며 말했다.

"엄마는, 수가 구할 거야—."

"""……앗!"""

그 순간, 어떤 느낌을 감지한 사이카는 눈을 치켜떴다.

명백하게, 아까까지와 달랐다. 사라의 혼에 유착된 〈포르투나〉의 실체를, 또렷하게 포착할 수 있었다. 지금이라면, 떼어내는 것이 가능할지도 모른다.

하지만 동시에 그것은, 어떤 사실을 가리켰다.

"관둬, 수리야. 그랬다간, 너는—."

"수리야!"

안비에트도 눈치챘을 것이다. 조그마한 손을 움켜쥐며, 고함을 질렀다.

하지만 수리야는 천천히 고개를 저었다.

"수는 말이지……. 조금 일찍 태어난 거야. 그러니까—."

잠시 말을 멈춘 수리야가 온화한 미소를 머금었다.

"아빠— 엄마. 언젠가 꼭, 수를 낳아줘—."

—수리야의 목소리가, 사라졌다.

"큭……!"

그와 동시에, 사이카의 손은 구현화된 멸망인자 〈포르투나〉를 사라의 혼에서 떼어내더니—.

작디작은 제4현현을 두른 손바닥으로, 움켜쥐어서 소멸

시켰다.

　—빛이, 주위를 가득 채웠다.

　그 몽환적인 광경 속에서, 무시키는 초췌해진 채 뒤편으로 쓰러지는 사이카를 부축했다.

　"사이카 씨—."

　"……이래 가지고 최강의 마술사라니, 웃기지도 않아."

　사이카는 엉망진창이 된 손바닥을 응시하며, 내뱉듯이 말했다.

　"……결국 나는, 혼자서는 아무것도 해내지 못했어."

　사이카의 그 말에 맞춘 것처럼, 엄청난 진동이 주위를 덮쳤다. —마치, 〈세계〉가 주인을 갈구하는 것만 같았다.

　"……아무래도, 시간이 다 된 것 같네."

　사이카는 가늘게 숨을 내쉬더니, 고개를 치켜들며 무시키의 얼굴을 바라봤다.

　"……원망해?"

　"네?"

　"〈포르투나〉는 파괴했어. 곧 그 피해도, 이뤄진 소원도, 원래대로 돌아가겠지."

　사이카는 먼 곳을 쳐다보는 듯한 눈길을 머금으며 말했다.

　그녀가 하고 싶은 말이 뭔지 금방 눈치챘다.

그것은 분리된 무시키와 사이카의 몸이, 다시 하나로 돌아간다는 의미다.

"아까 전의 나라면, 너와 내 몸을 완전히 분리시킬 수 있었을지도 몰라. 하지만 나는—."

"사이카 씨."

무시키는, 사이카의 말을 끊듯이 입을 열었다.

"당신이 아까 같은 상황에서 사라 씨를 구하려 하는 사람이니까, 나는 당신을 돕고 싶다고 생각한 거예요."

"······훗."

사이카는 눈을 내리깔더니, 작게 숨을 내쉬었다.

마치, 이 이야기를 더 하는 건 눈치 없는 짓이라는 것처럼 말이다.

"그럼, 또 한동안 작별하게 됐네. —쿠로에게, 안부 전해줘."

"네. 꼭 전하겠어요."

"그래. —아, 맞다."

"네?"

빛에 휩싸인 사이카는 마지막으로, 중얼거리듯 말했다.

"—내 네 번째 손가락 사이즈는, 8호야."

종장 앞으로가 기대되는구나?

"—여기 있었구나, 사라."

밤. 별하늘을 올려다보는 사라의 등 뒤에서, 안비에트가 말을 건넸다.

이곳은 〈정원〉 안에 있는 안비에트의 방 발코니. 머리 위에서는 별이, 아래편에서는 도시의 불빛이 찬란히 빛나고 있었다.

"안……."

사라가, 천천히 뒤돌아보았다. 그녀의 눈가에는 눈물 자국이 남아 있었다.

—멸망인자 〈포르투나〉의 파괴에 성공했고, 동화했던 사라도 목숨을 부지했다. 그것만 본다면, 상상조차 할 수 없을 만큼 파격적인 결말이다.

하지만 그 과정에서 사라는, 오랫동안 고락을 함께해온 사랑하는 딸을 잃고 말았다. 겨우 마음이 조금은 진정된 것 같지만, 그 후로 그녀의 눈물은 마를 줄을 몰랐다.

"……흐트러진 모습을 보여서 미안해."

"……아냐. 어쩔 수 없을 거야."

안비에트는 조용히 고개를 저었다. 최근까지 딸의 존재

를 몰랐던 안비에트조차도, 마음에 구멍이 뚫린 듯한 느낌을 받고 있었다. 그렇기에, 사라가 받았을 충격은 쉬이 상상이 됐다.

사라는 한동안 침묵을 지킨 후, 이야기를 시작했다.

"마녀 씨가 말했어. ─수리야는, 100년 전의 내 소망에 의해 탄생한 유사 인격일지도 모른대."

<small>그 아이</small>

사라는 그렇게 말한 후, 다시 밤하늘을 올려다봤다.

"내 혼에 수리야의 정보가 새겨져 있는 만큼, 그 아이는 진정한 의미에서 사라진 게 아냐. ─언젠가, 이번에는 제대로 그 아이를 낳아줄 거야. 그렇게 생각하니, 울고만 있을 때가 아니란 생각이 들었어."

"─그렇구나."

안비에트는 그렇게 말하며 고개를 끄덕였다.

그러자 사라는 차분한 발걸음으로 안비에트에게 다가오더니, 매달리듯 그를 끌어안았다.

"그러니까…… 부탁할게. 아침이 되면, 분명 괜찮아질 거야."

"……응."

안비에트는 깊이 고개를 끄덕이더니, 사라의 조그마한 몸을 안아줬다.

◇

〈공극의 정원〉 중앙 학사의 2학년 1반 교실에서, 무시키는 종이에 자로 선을 그었다.

"48.2밀리미터—."

그리고 그 종이를 정성 들여 자르더니, 동그랗게 말아서 끝부분을 붙였다.

링 모양이 된 종이를, 무시키는 장인을 연상케 하는 진지한 눈길로 응시했다.

"좋아⋯⋯."

"뭘 하는 겁니까?"

"우왓!"

느닷없이 등 뒤에서 목소리가 들려오자, 무시키는 흠칫하며 어깨를 떨었다. 그러자 종이로 만든 링이 책상에 떨어졌다.

"쿠로에⋯⋯ 놀랬잖아요."

무시키가 그렇게 말했지만, 쿠로에는 딱히 개의치 않으면서 종이 링을 미심쩍은 눈길로 쳐다봤다.

"이게 뭐죠?"

"아, 8호 손가락 사이즈를 종이로 만들어봤어요."

"⋯⋯뭘 위해서 그런 것을 만든 겁니까?"

"머릿속으로 시뮬레이션을 해보려면, 실물 크기의 샘플

이 있는 편이 좋지 않을까 해서요."

무시키가 맑디맑은 눈동자로 쳐다보며 그렇게 말하자, 쿠로에는 말없이 도끼눈을 떴다.

"무시키 씨가 즐거워 보여서 기쁘군요."

"아, 네. 황송해요."

"비아냥이라는 말을 알고는 있습니까?"

"네? 물론이죠."

"……."

무시키가 고개를 끄덕이자, 쿠로에는 체념한 듯이 한숨을 내쉬었다.

—멸망인자 〈포르투나〉의 파괴로부터 며칠 후. 〈정원〉은 일상을 되찾고 있었다.

〈포르투나〉에 의해 벌어진 세계의 피해는 『없었던 일』이 됐으며, 그에 이뤄진 소원 또한 소멸됐다. 무시키와 사이카의 몸은 다시 융합됐으며, 사이카의 혼은 이렇게 카라스마 쿠로에의 의해에 들어갔다. 당연한 듯이 메이드복을 입고 있던 여학생들도, 지금은 원래 교복을 입고 있었다.

……참고로 이건 들은 이야기인데, 여학생 교복이 메이드복이 되기를 빌었던 힐데가르드는 소원이 이뤄진 당일에 자기 방에 틀어박혀 작업을 하느라 메이드복 차림의 여자애를 한 명도 못 봤다고 한다. 왠지 안타깝다는 생각이 들었다.

"어?"

바로 그때, 무시키의 눈썹이 흔들렸다. 루리가 교실 문의 뒤편에 숨어서 이쪽을 쳐다보고 있었던 것이다.

"……어라? 루리? 그런 데서 뭐 하는 거야?"

"……!"

무시키가 그렇게 말하자, 흠칫한 것처럼 어깨를 부르르 떤 루리는 허둥지둥 그를 손가락으로 가리켰다.

"차, 착각하지 마, 무시키! 일전에는 〈포르투나〉의 권능으로 좀…… 그런 느낌이 됐을 뿐이야!"

"……뭐? 아, 응."

무시키는 기세에 압도당한 듯이 고개를 끄덕였다.

실은 루리가 무슨 말을 하는 건지 잘 모르겠지만, 루리는 그의 대답을 듣고 납득한 것 같았다. 루리는 표정을 살짝 굳히더니, 무시키와 쿠로에를 향해 성큼성큼 걸어왔다.

"……결국, 몸은 원래대로 돌아간 거구나?"

그리고 주위에 있는 학생에게 들리지 않도록, 낮은 목소리로 말했다.

"응. 유감이지만 말이야."

"이걸로 잘된 걸까?"

"뭐가 말이야……?"

『소원을 이뤄준다』라고 하는 반칙급 아이템이 손에 들어왔던 거잖아. 위험한 물건이긴 하지만, 잘 이용한다면 더 나은 결과를 얻었을 가능성도 있어."

"그건……."

그 심정은 이해가 됐다. 루리도 진심으로 멸망인자의 힘을 이용할 생각은 아니겠지만, 그 순간에 다양한 선택지가 손아귀에 있었기에 『진짜로 자신은 최선을 다한 걸까』란 생각에 사로잡히는 것도 무리는 아니다.

하지만 그런 루리와 무시키의 우려를 걷어내려는 듯이, 쿠로에는 고개를 저었다.

"―물론입니다. 저희는 그때, 각자가 할 수 있는 일을 전력을 다해서 수행했어요."

"쿠로에……."

루리는 감회에 젖은 듯한 목소리로 그렇게 말하더니, 이윽고 「……맞아」 하며 고개를 끄덕였다.

"아, 그러고 보니 사라 씨는 결국 어떻게 됐어?"

"밖으로 쫓아낼 수도 없으니, 기사 안비에트가 후견인이 되어 〈정원〉 중등부에 편입하게 됐습니다. 오늘부터 등교할 예정입니다."

"아, 그렇구나. ……그런데, 괜찮겠어? 멸망인자와 동화했다고는 해도, 마술의 소양을 지녔는지는 별개의 이야기잖아."

"신경이 쓰이신다면, 보러 가시겠습니까?"

""어?""

쿠로에가 그렇게 말하자, 무시키와 루리는 무심코 서로를 쳐다봤다.

◇

"……음?"

무시키 일행이 〈정원〉 중등부의 학사에 가보니, 그곳에는 먼저 와 있는 이가 있었다.

"안비에트 씨?"

"……!"

무시키가 이름을 부르자, 문틈으로 교실 안을 들여다보던 안비에트가 흠칫하며 어깨를 부르르 떨었다. 그 모습을 본 무시키는 아까 전의 루리를 떠올렸다.

"이, 이 자식들…… 여기에는 왜 온 거야?!"

"그건 우리가 할 말인데요."

"기사 안비에트도, 사라 씨를 보러 온 겁니까?"

쿠로에가 그렇게 말하자, 안비에트는 「뭐~?!」하고 새된 목소리로 외쳤다.

"누가 그딴 짓을 하겠냐고. 학원 안을 돌아다니다 길을 잃었을 뿐이야……!!"

참고로 중등부 구역은 〈정원〉 동부 에어리어 쪽에 존재했다. 고등부 교사인 안비에트가 길을 잃고 왔다고 하기에는 꽤 부자연스러운 장소였다.

"솔직하지 못하네요."

"혹시 사라 씨가 동급생 남자애 사이에서 인기 있으면 어쩌나 걱정된 거 아니에요?"

"아하~."

"이 자식들이……!"

안비에트의 이마에 시퍼런 힘줄이 돋아났다.

바로 그때, 교실 쪽에서 교사의 목소리가 들려왔다.

"―자. 다들 조용히 하세요. 오늘부터 여러분과 함께 마술을 배울 친구를 소개하겠어요."

"……아!"

안비에트가 그 말에 반응하듯 문 쪽으로 시선을 돌렸다. 무시키 일행도 문틈을 통해 교실을 들여다봤다. ……네 명이 나란히 서기에는 좀 좁지만, 어쩔 수 없다.

그러자, 교실 앞쪽에서 〈정원〉 중등부의 교복 차림으로 배시시 웃고 있는 사라의 모습이 눈에 들어왔다.

"사라 스바르나라고 해요. 여러분, 잘 부탁드려요."

사라는 그렇게 말하며 고개를 꾸벅 숙였다.

그 모습, 그리고 그 이름을 접한 학생들이 술렁거렸다.

"스바르나……?"

"아, 혹시 그 소문의……?"

"하지만, 이름이 다르지 않아……?"

다들 그런 말을 입에 담았다. 아무래도 애 딸린 교사 안비에트의 소문은 중등부까지 퍼진 것 같았다.

이윽고 한 여학생이 질문이 있는지 힘차게 손을 들었다.

"저기! 사라 양은 안비에트 선생님의 딸인가요?"

"아뇨. 그렇지 않아요."

사라는 딱 잘라 말했다. 그 대답을 들은 학생들이 「뭐야~」, 「역시 가짜 소문이었구나……」 하고 납득과 낙담이 뒤섞인 목소리로 말했다.

하지만…….

"─딸이 아니라, 아내예요."

사라는 볼을 살짝 붉히며, 그렇게 말했다.

교실은 소란에 휩싸였고, 방금 그 말을 들은 안비에트 또한 격렬하게 헛기침을 했다.

아무래도 그의 생활은, 앞으로도 시끌벅적할 것 같았다.

오랜만입니다. 타치바나 코우시입니다.

『왕의 프러포즈4 황금의 아이』를 전해드립니다. 어떠셨는지요. 재미있으셨기를 빕니다.

이번 표지는 신캐릭터, 수리야입니다. 흰색과 붉은색으로 된 의상이 참 귀엽군요. 머리 모양은 안비에트와 세트라서 땋아달라고 의뢰했습니다만, 이번 버전을 보고 담당 편집자님과 함께 경악했습니다. 이, 이런 식으로 머리를 땋을 수도 있다니……!

이번에는 의상 모티프를 꽤 고민했습니다만, 『수레바퀴』라는 이미지에서 연상을 해나간 끝에 최종적으로 레이스 퀸 모티프에 도달했습니다. 거기에 생각이 미친 순간, 「바로 이거야……!」 했던 걸 아직도 기억합니다.

그래도 안비에트를 표지에 싣지 못한 게 아쉽습니다. 안 그렇습니까? 안비에트의 제3현현 일러스트 좀 보세요. 정말 멋지지 않습니까. 언젠가 안비에트의 대흉근을 컬러로 보여드릴 수 있도록, 더 열심히 글을 쓰겠습니다.

그리고 드디어, 3권부터 말씀드렸던 『왕프』 코미컬라이즈가 간간 ONLINE에서 연재가 시작됐습니다!

작화는 쿠리오 네모 씨, 구성은 시시토 씨입니다. 정말 퀄리티가 뛰어나니, 꼭 체크해주십시오!

이번에도 많은 분께서 힘써주신 덕분에 이 책을 낼 수 있었습니다.

츠나코 씨, 이번에도 멋진 일러스트를 그려주셔서 감사합니다. 수리야의 머리 모양은 발명이라 해도 과언이 아니라고 생각합니다. 쿠사노 씨, 이번에도 쿨한 디자인을 완성해주셔서 감사합니다. 매번 표지의 숫자 디자인을 고대하고 있습니다. 담당 편집자님, 매번 신세 많이 지고 있습니다. 항상 감사드립니다.

편집부 여러분, 출판, 유통, 판매 등, 이 책의 발매에 관여해주신 모든 분. 그리고 이 책을 손에 들고 계신 당신께, 진심으로 감사드립니다.

다음 권인 『왕의 프러포즈』 5권에서 다시 뵙기를 진심으로 빕니다.

2023년 3월 타치바나 코우시

■ 역자 후기

안녕하십니까. 근로청년 번역가 이승원입니다.

『왕의 프러포즈 4 황금의 아이』를 구매해주셔서 진심으로 감사드립니다.

올해도 벌써 4월!

중순부터 작업실 실내 온도가 30도 가까이 치솟아서(옥탑방의 비애ㅠㅜ) 선풍기&에어컨을 켜고 싶었습니다만…… 내부 상태가 심각하더군요.^^

작년 여름 이후로 쌓인 먼지가 정말……. 결국 전부 분해해서 청소한 후, 완벽하게 말려서 조립! 자! 더워야, 덤벼봐라! 했더니…… 다음 날부터 호우주의보였습니다ㅠㅜ 추워서 긴 소매 옷을 다시 꺼내야 했죠, AHAHA.

그래도 깨끗하게 청소해놨으니, 올해 여름 대비를 일찌감치 잘 마쳤다 생각하면 되겠죠! 독자 여러분도, 시간 나실 때, 냉방기기 청소를 추천드립니다!

그럼 이번 권에 관한 이야기를 조금 해볼까 합니다. 스포일러가 포함되어 있으니 아직 본문을 읽지 않으신 분은 유의해주시길!

 이번 권의 메인 히로인은 수리야 스바르나! 스바르나란 성을 듣고 눈치채신 분도 있겠습니다만, 바로 그 패션 양아치(^^) 교사 안비에트 스바르나의 자칭 딸입니다.

 ……저 인간에게 숨겨둔 자식이?! 라고 생각한 독자 여러분! 저도 마찬가지였습니다. 행동거지가 양아치 같기는 하지만 주위 사람을 잘 챙겨줘서 자식 있으면 잘 키우겠다 싶었는데, 실은 자식을 버린 걸로 모자라 인정해주지도 않는 인간 말종이라니……! 라고 저도 생각했습니다.^^

 그래도 수리야는 참 귀엽고, 안비에트도 뒤늦게나마 딸내미를 잘 보살펴주는 것 같아 긍정적으로 생각했습니다만…… 숨겨져 있던 진실은 정말 충격적이었습니다.

 세계에 이변을 일으키고 있는 신화급 멸망인자, 그리고 그것을 회수하기 위해 암약하는 떠돌이 마술사 조직. 연관점이 없는 것 같던 일들이 퍼즐처럼 맞춰진 순간, 100년 전의 과거와 연관된 슬픈 진실이 드러납니다.

 개그와 시리어스, 그리고 배틀이 멋지게 버무려진 이번 4권을 재미있게 즐겨주시길!

 그럼 이만 줄이겠습니다.

L노벨 편집부 여러분, 항상 재미있는 작품을 맡겨주셔서 감사합니다. 앞으로도 잘 부탁드립니다!

　캠핑 가는 길에 납치하러 온 악우들이여. 지난번에는 일본으로 납치해서 호텔 통조림 마감을 시키더니, 이번에는 텐트에 가둬놓고 통조림 마감을 시키려는 거냐~!

　마지막으로 항상 제 버팀목이 되어주시는 어머니와 『왕의 프러포즈』를 읽어주신 모든 분에게 진심으로 감사드립니다.

　퇴학 위기와 무인도와 보충수업과 발정기와 보쌈(?!)으로 난리가 난 『왕의 프러포즈 5』 역자 후기 코너에서 다시 뵙겠습니다!

2024년 4월 말
역자 이승원 올림

왕의 프러포즈 4

초판 1쇄 발행 2024년 10월 10일

지은이_ Koushi Tachibana
일러스트_ Tsunako
옮긴이_ 이승원

발행인_ 최원영
본부장_ 장혜경
편집장_ 김승신
편집진행_ 권세라 · 최혁수 · 김경민 · 최정민
커버디자인_ 양우연
국제업무_ 박진해 · 조은지 · 남궁명일
관리 · 영업_ 김민원 · 조은걸

펴낸곳_ (주)디앤씨미디어
등록_ 2002년 4월 25일 제20-260호
주소_ 서울시 구로구 디지털로 32길 30, 코오롱디지털타워빌란트 1301-1308호
전화_ 02-333-2513(대표)
팩시밀리_ 02-333-2514
이메일_ lnovellove@naver.com
L노벨 공식 카페_ http://cafe.naver.com/lnovel11

OSAMA NO PROPOSE Vol.4 OGON NO MIKO
©Koushi Tachibana, Tsunako 2023
First published in Japan in 2023 by KADOKAWA CORPORATION, Tokyo.
Korean translation rights arranged with KADOKAWA CORPORATION, Tokyo.

ISBN 979-11-278-7800-9 04830
ISBN 979-11-278-6866-6 (세트)

값 8,500원

©Sumeragihiyoko, Mika Pikazo, mocha 2022
KADOKAWA CORPORATION

내 화염에 무릎 꿇어라, 세계여 1권

스메라기 히요코 지음 | Mika Pikazo 일러스트 | mocha 배경화 일러스트 | 김장준 옮김

'기회만 있으면 뭔가 불태우고 싶다…….'
그런 욕구를 가진 호무라는 이세계로 불려간다.
그곳에는 똑같이 이상한 여고생이 모여 있었고
특별한 재능을 가진 그녀들에게 이 세계를 구해 달라는 이야기가 나오는데?
100년 만에 부활한 마왕, 혼란에 틈타 활개 치는 악당들.
대혼란의 시대를 평정하기 위해서 소녀들은 세계의 운명을 짊어진다―.
"당신 악당이에요? 그럼 마음 놓고 불태울 수 있죠!"
불로 정화하는 것이야말로 정의! 소각 처분에 대흥분!!
압도적 화력으로 세계를 제압하는
정상인 듯 정상 아닌 미소녀 호무라의 미래는?!

최강 방화녀의 이세계 코미디!!

VTuber인데 방송 끄는 걸 깜빡했더니 전설이 되어있었다 1~6권

나나토 나나 지음 | 시오 카즈노코 일러스트 | 박경용 옮김

화려한 VTuber가 다수 소속된 대형 운영회사 라이브온.
그곳의 3기생이며 『청초』VTuber인 코코로네 아와유키.
"역시 롱캔 따는 소리는 최고야!"
"응? 완전 꼴리거든?"
"내가 마마가 될 거야!"
하지만 그녀의 부주의로 방송을 제대로 안 끈 결과,
본래 성격(주정뱅이, 호색, 청초(VTuber))을 드러내고 마는데?!
"클립 엄청 따갔어?! 트렌드 세계1위?! 동시 시청자 수 실화냐고!!!"
이게 웬일, 갭이 호평을 받으며 인기 대폭발!
그 결과······ "으랏차—! 방송 시작한드아!"

모든 걸 내려놓은 그녀는, 대인기 VTuber의 길을 달려간다!!

일주일에 한 번 클래스메이트를 사는 이야기 1~2권

하네다 우사 지음 | U35(우미코) 일러스트 | 이소정 옮김

그녀— 미야기는 이상하다. 일주일에 한 번 오천 엔으로 나에게 명령할 권리를 산다.
같이 게임을 하거나 과자를 먹여달라고 하거나,
가끔씩 기분에 따라서는 위험한 명령을 내리기도 한다.
비밀을 공유하기 시작한 지 벌써 반년이 지났지만,
그녀는「우리는 친구가 아니야」라고 말한다.
저기, 미야기. 이게 우정이 아니라면 우리는 무슨 관계야?

그 사람— 센다이가 아니면 안 되는 이유는, 지금도 딱히 없다.
내 우연한 변덕에 그녀가 따라줬다. 단지 그뿐.
그래서 나는 어떤 명령도 거부하지 않는 그녀를 오늘도 시험한다.
……내년 봄, 만약 다른 반이 되더라도, 그녀는 이 관계를 계속 이어가줄까.
지금은 그게 조금 신경 쓰인다.

마술탐정 토키사키 쿠루미의 사건부

타치바나 코우시 지음 | 츠나코 일러스트 | 이승원 옮김

토키사키 쿠루미― 남들에게 이야기할 수 없는 과거를 지닌 여자 대학생.
그리고, 마술공예품 범죄를 전문으로 해결하는 탐정.
저격 불가능한 거리에서 발사되어, 탐정의 가슴을 꿰뚫은 『마탄(魔彈)』.
원인 불명의 연속 혼수상태 사건에 휘말린
인형 애호가들 사이에서 소문이 돌고 있는 『살아 있는 인형』.
회원제 고급 레스토랑에서 제공되는 1인분 500만 엔의 『젊어지는 요리』.
자살 미수 사건이 일어난 여학원에서 목격됐다고 하는 『또 하나의 자신』.
마술공예품에 의해 일어난 상식으로 가늠할 수 없는
불가사의한 사건들 앞에서, 쿠루미가 추리의 시간을 아로새긴다!

자― 저희의 추리를 시작하죠.

엄마는, 수가 구할 거야——.

L NOVEL

왕의 프러포즈 4권
발매 기념 초판 한정 특전
[NOT FOR SALE]

안녕, 무시키. 좋은 아침이야.

L NOVEL

왕의 프러포즈 4권
발매 기념 초판 한정 특전

[NOT FOR SALE]